KNAUR

KATJA MAYBACH

SCHICKSALS KINDER

ROMAN

KNAUR

Besuchen Sie uns im Internet:
www.knaur.de

Aus Verantwortung für die Umwelt hat sich die Verlagsgruppe Droemer Knaur zu einer nachhaltigen Buchproduktion verpflichtet. Der bewusste Umgang mit unseren Ressourcen, der Schutz unseres Klimas und der Natur gehören zu unseren obersten Unternehmenszielen. Gemeinsam mit unseren Partnern und Lieferanten setzen wir uns für eine klimaneutrale Buchproduktion ein, die den Erwerb von Klimazertifikaten zur Kompensation des CO_2-Ausstoßes einschließt. Weitere Informationen finden Sie unter: www.klimaneutralerverlag.de

FSC
www.fsc.org
MIX
Papier | Fördert gute Waldnutzung
FSC® C083411

Originalausgabe Mai 2023
Knaur Taschenbuch

Ein Imprint der Verlagsgruppe
Droemer Knaur GmbH & Co. KG, München

Redaktion: Catherine Beck
Covergestaltung: ZERO Werbeagentur, München
Coverabbildung: Composing unter Verwendung von Motiven von Richard Jenkins Photography und shutterstock.com
Satz: Adobe InDesign im Verlag
Druck und Bindung: CPI books GmbH, Leck
ISBN 978-3-426-52804-4

2 4 5 3 1

EINS

Kurort Bad Lichtenberg
Dezember 1944

NATALJA

Nataljas Gesicht hellte sich auf, als sie nach oben sah und die ersten Schneeflocken auf den Wangen spürte. Während sie stehen blieb und in den grauen Himmel starrte, ob der Schnee wohl in Regen überging, wurde sie von hinten leicht angestoßen, und ihr Klavierauszug, fest unter den Arm geklemmt, rutschte heraus und fiel zu Boden.

»Entschuldigung, tut mir leid … ich habe nach oben geblickt … ob es wirklich schneit …«

Natalja drehte sich um und lächelte, nur eine Schneeflocke reichte zu ihrem Glück, und nichts konnte es stören. Sie sah, wie der Junge den Auszug von der Straße aufhob und ihn ihr gab. Er hatte sich also auch über die wenigen Schneeflocken gefreut, wie konnte sie da ungehalten sein? Das Papier wellte sich ein wenig, der Auszug war nass, doch es machte nichts. Es schneite, und dieser blasse hübsche Junge sah sie so forschend an, dass sie ihn strahlend anlächelte. Wie alt mochte er sein? Vielleicht sechzehn, siebzehn? Seine blonden Haare waren etwas zu lang, doch das gab ihm ein romantisches Aussehen.

»Alexander«, stellte er sich vor und hielt ihr höflich die Hand entgegen. Bevor Natalja sie ergriff, deutete er mit dem Kopf auf den Klavierauszug. »*Mondscheinsonate,* du spielst Beethoven?«

Staunen hörte sie aus seiner Stimme heraus, sie zeigte sich auch in seinem Gesicht.

Natalja zögerte, er duzte sie einfach, hielt er sie noch für ein Kind? »Natalja«, stellte sie sich vor, ohne auf seine Frage einzugehen.

»Ein schöner Name, ein russischer.« Sein Erstaunen wuchs. Sicher würde er sie jetzt fragen, wieso sie einen russischen Namen im nationalsozialistisch geprägten Deutschland trug, in das sie ja hineingeboren worden war.

Sie wusste es selbst nicht so genau. »Ich hatte eine russische Kinderfrau«, erzählte sie bereitwillig.

»Ach ja? Und sprichst du auch Russisch?« Sein Interesse wuchs mit seinem Erstaunen.

»Du bist ganz schön neugierig«, erklärte Natalja, erzählte aber doch weiter. »Ja, in meinen ersten Jahren habe ich nur Russisch gesprochen, und als ich dann aus Berlin hierher zu meinen Großeltern und meiner Tante kam, verstanden sie mich erst gar nicht.« Jetzt lachte sie in Erinnerung daran. »Damals war ich fünf«, fügte sie noch hinzu. War das falsch? Wenn er nachfragte, kam heraus, dass sie erst dreizehn war. Aber sie sah aus wie fünfzehn, das sagte auch ihre Großmutter Irene. Und sie hatte bereits eine musikalische Vergangenheit.

Sie war ein Wunderkind gewesen – schon im Alter von neun Jahren gewann sie in München einen Klavierwettbewerb und ein halbes Jahr später sogar einen internationalen Nachwuchswettbewerb. Mit dieser Vergangenheit war sie doch bereits fast erwachsen. Sie wurde verlegen, als Alexander sie weiterhin interessiert ansah. Natalja war nicht groß, und ihr schmaler Körper nahm ganz zarte weibliche Formen an, sie bewegte sich ein wenig linkisch, das hatte Großmutter Irene beanstandet. Sie müsse lernen, sich graziös zu bewegen. Das hatte zu einem heftigen Streit zwischen ihrer Großmutter und ihrer Mutter Victoria geführt.

»So ein Unsinn«, hatte Victoria erklärt, »setz meiner Tochter nicht diese veralteten Vorstellungen in den Kopf, das war schon zu meiner Zeit nicht mehr aktuell. Meine Tochter hat eine große Begabung, nur das zählt, außerdem ist sie hübsch. Basta.«

Das hatte Natalja zum Nachdenken gebracht. War sie nun einfach nur eine große Begabung oder doch auch hübsch? Schließlich war Victoria ihre Mutter und fand ihre Tochter aus diesem Grund hübsch. Sie selbst mochte ihre helle Haut, die Sommersprossen und die rötlichen Haare der Laverne-Frauen nicht. Die Jungen vom Kurfürstengymnasium, die oft vor der Mädchenschule der englischen Fräulein standen, neckten sie wegen der roten Haare. Rotfuchs, Rotfuchs, schrien sie ihr nach. Aber es waren einfach nur dumme Jungs, sie aber war bereits fast erwachsen und würde eine berühmte Pianistin werden. Sie sah jetzt Alexander an, der sie weiterhin stumm beobachtete. Was sollte sie jetzt sagen, da er schwieg? So standen sie voreinander, verlegen und unsicher. Dann aber antwortete sie. »Ja, ich spiele die Mondscheinsonate«, erklärte sie endlich und hob den Auszug hoch.

»Alexander, komm bitte, ich warte schon auf dich.«

Sie standen vor der Wandelhalle mit ihren Brunnen, und im Eingang erschien jetzt ein Arzt im weißen Kittel, der seine Ungeduld nicht verbergen konnte. Alexander wandte den Kopf, rief: »Ich komme ja«, und drehte sich Natalja wieder zu. »Wie du siehst, wartet man schon auf mich, leider.« Bedauernd hob er die Schultern.

Natalja erschrak. Wer hierherkam, um das Heilwasser der Brunnen zu trinken, war oft krank. Früher, oder ganz früher in der Steinzeit, wie es Natalja in Gedanken formulierte, kamen die Kurgäste hierher, um zu flanieren, sich in eleganter Robe zu zeigen und von Kellnern im Frack das Wasser in kostbaren Gläsern reichen zu lassen, um dabei über die neuesten Gesellschaftsereignisse zu klatschen. Das hatte Luise erzählt, doch wer jetzt kam, erhoffte sich Gesundheit aus der Quelle der Natur.

»Bist du … ich meine …« Sicher war es unhöflich, ihn zu fragen, ob er krank sei, aber …

»Ich war krank, aber jetzt geht es mir gut. Mein Vater glaubt an die Heilkraft dieses Brunnens, darum hat er mich hierhergeschickt. Einfach zur Erholung«, erklärte er leichthin.

Welche Krankheit hast du gehabt? Die Frage lag Natalja auf der Zunge, doch sie sprach es nicht aus. Aber sie wollte mehr wissen. »Bist du Patient in einer der Kliniken hier?«

Er schüttelte den Kopf. Er sei erst vor einer Woche hier eingetroffen und wohne bei seiner Großtante, Marlies Schwarz. »Ich kenne hier noch niemanden«, setzte er nach einem kleinen Zögern hinzu, »vielleicht könnten wir uns einmal treffen?« Seine Stimme klang unsicher.

»Ja, natürlich.« Nataljas Antwort kam, ohne nachzudenken. »Vielleicht Schlittschuhfahren?«, schlug sie mit einem Blick nach oben vor, denn die Schneeflocken verdichteten sich. In ihrer Fantasie sah sie sich bereits Hand in Hand mit Alexander über den zugefrorenen Weiher im Stadtpark gleiten.

Jetzt lachte Alexander. Wie hübsch er dabei aussah. Natalja spürte ihr Herz klopfen.

»Ja, das wäre schön«, stimmte er zu. Dann drehte er sich endgültig um, und mit einem »Wir sehen uns sicher, ich bin jeden Nachmittag um vier Uhr hier …« lief er auf den wartenden Arzt zu.

Natalja blieb noch einen Moment stehen, doch dann erschrak sie – auch sie wurde erwartet. Ihr Lehrer, Professor Geiger, wurde sehr schnell ungehalten, wenn sie sich verspätete. Keine Disziplin, sagte er dann regelmäßig. »Keine Disziplin, das Wichtigste für einen Künstler, hast du das noch nicht begriffen?«

»Ich bin erst dreizehn«, wandte sie dann jedes Mal ein, und jedes Mal erwiderte der Professor, das spiele keine Rolle, sie sei hochbegabt, und das bringe nun einmal Verpflichtungen mit sich.

Und so rannte sie jetzt los, vorbei an den Säulen der prunkvollen Wandelhalle, dann hetzte sie am Grand Hotel *Deutscher Kaiser* vorbei, bis sie in die kurze Privatstraße *Am Anger* einbog. Hier wohnte der berühmte Professor, der in Berlin vor drei Jahren ausgebombt wurde und seine Frau in den Trümmern sterben sah. »Durch Musik kannst du Schmerz verarbeiten. Und solange es Musik gibt, ist man nicht einsam.«

Seine Worte prägten sich Natalja ein. Denn war nicht auch sie einsam? Sie wuchs ohne Freundinnen, ohne andere Kinder auf, sie hatte nicht wie andere gespielt oder war durch den Park der Villa ihrer Großeltern getobt. Sie war eine schlechte Schülerin, bekam Nachhilfestunden, doch die meiste Zeit verbrachte sie am Flügel oder bei Professor Geiger. Das war ihr Leben, doch sie hatte nicht den Eindruck, ihre Kindheit verpasst zu haben. Nur die Musik zählte. »Eines Tages aber«, hatte Tante Luise ihr gesagt, »wirst du dich verlieben, und alles wird sich verändern, du wirst dich verändern. Denn die Liebe ist das Schönste und Bedeutendste, was man erleben kann.«

Das hatte ausgerechnet Luise, die Karrierefrau, gesagt, die das international renommierte Grand Hotel *Deutscher Kaiser* leitete. Als Luise ihr das sagte, hatte ihre Stimme traurig geklungen. Das hatte Natalja beschäftigt. Die Liebe sei das Größte? War das nicht ein Satz aus der Bibel? Es musste ja nicht das ganz große, alles verändernde Gefühl sein, von dem Luise gesprochen hatte, aber war man bereits verliebt, wenn man sich mit einem hübschen Jungen unterhielt und dabei Herzklopfen bekam? Der sich dazu auch noch über Schnee freute, so wie sie? Das war doch bereits eine erste Gemeinsamkeit, oder nicht? Das Anzeichen, verliebt zu sein?

Jetzt stand sie atemlos vor dem Gartentor des Hauses von Professor Geiger. Lang und anhaltend drückte sie auf die Klingel. Sie könnte behaupten, er habe ihr mehrfaches Läuten überhört. Doch schon öffnete sich die Haustür, und der Lehrer stand mit verschränkten Armen kopfschüttelnd dort und sah ihr missbilligend entgegen. Keine Chance einer kleinen Flunkerei.

»Es tut mir leid, der Schnee …«, versuchte sie eine Entschuldigung, bevor sie dem vorwurfsvoll schweigenden Professor ins Haus folgte.

ZWEI

VICTORIA

Victoria saß im abgedunkelten Zuschauerraum ihres *Theater im Palmengarten* und beobachtete das Probetraining neuer Tänzerinnen auf der Bühne. Sie trugen schwarze Übungstrikots und bemühten sich, auf die Musik von Jacques Offenbach Temperament und Freude beim Tanzen zu versprühen. Auch der Korrepetitor am Klavier tat sein Bestes.

»Wir machen eine Pause«, rief Victoria hoch, lehnte sich zurück und legte die Beine auf die Rückseite des Vordersitzes. »So wird das nichts. Alles wirkt lahm, wenn die Leute an Silvester zu uns kommen, wollen sie ein paar Stunden mitgerissen, unterhalten werden, den Krieg vergessen.« Die Choreografin Berthe kam die paar Stufen von der Bühne herunter, umlief den kleinen Orchestergraben und setzte sich neben Victoria.

»Du erwartest zu viel, Victoria. Wir wissen nicht, was morgen ist. Wie soll man da groß Pläne machen? Seit die Wehrmacht in Stalingrad kapituliert hat und in Ostpreußen der Einmarsch der Roten Armee begonnen hat, wie soll man da bei den täglichen Horrormeldungen noch Freude versprühen können.«

»Das ist unser Beruf, auch Berufung, vergiss das nicht. Wir haben die Aufgabe, Menschen zu unterhalten, sie für ein paar Stunden glücklich zu machen.«

»Jaja, Victoria, ich weiß.« Berthe versuchte, locker zu klingen. »Aber keine Vorstellung ist mehr ausverkauft, Zuschauer aus Baden-Baden und den umliegenden Orten bleiben weg.«

»Das ist verständlich«, sagte Victoria. »Wer will schon im Zug sitzen, der aus der Luft bombardiert wird, oder auf der Autobahn durch einen Tiefflieger erschossen werden.«

»Jaja, und für die Tänzer und Schauspieler ist es wenig motivierend, vor fast leerem Haus zu tanzen oder zu spielen.«

»Da darf man nicht eitel oder empfindlich reagieren, Berthe. Letztendlich haben sie oben hier im Haus eine Wohnung, ein gutes Gehalt, und sollte es zu Luftangriffen kommen, ist der Keller unter dem Orchestergraben bombensicher. Sie sind hier also wesentlich geschützter als in Berlin oder München.«

»Toi, toi, toi.« Berthe klopfte auf die Rücklehne eines Stuhls. »Bis jetzt zumindest. Was noch kommt, wissen wir nicht. Aber du hast recht, wir müssen unser Bestes geben, auch wenn wir nur für drei Zuschauer tanzen.«

»Ja, Berthe. Außerdem ist die Silvestervorstellung ausverkauft, die Karten gehen alle an Gäste des *Deutschen Kaisers*. Das Hotel ist übrigens ausgebucht, wie offenbar auch die anderen Hotels und Pensionen. Ihr werdet alles geben, euch selbst übertreffen, verstanden?«, rief Victoria hoch zu den Tänzern, die frierend auf der Bühne einen Kreis gebildet hatten.

Sie sahen sich an, nickten stumm zu Victoria hinunter.

»Jetzt geht hoch, für heute ist Schluss.« Damit entließ Victoria ihre Gruppe. »Wärmt euch auf, morgen geht es dann weiter.«

Victoria wühlte in ihrer Tasche und zog eine Zigarette heraus. Die Zigaretten, die man auf Lebensmittelkarten bekam, waren sehr knapp bemessen, und diese hier war bereits die letzte. Sie machte einen tiefen Zug, lehnte sich zurück und nahm die Füße vom Vordersitz. Sie sah zu, wie die Tänzer erschöpft von der Bühne schlichen, da sie heute kein Lob von der Chefin bekommen hatten. »Es wird schon werden, wir haben es immer geschafft«, rief Victoria ihnen noch nach. »War ich zu hart zu ihnen?«, wandte sie sich an Berthe.

»Nein, nein«, widersprach die Choreografin schnell, »du machst das schon ganz richtig, Zuckerbrot und Peitsche.«

Victoria überhörte die Ironie in Berthes Stimme. Auch sie war müde, und letztendlich war es ihre Tanztruppe, ihr Theater, das sie hier im Kurort vor sieben Jahren gegründet und den Erfolg hart erarbeitet hatte. Vor acht Jahren war sie aus Berlin gekommen, weil niemand mehr Victoria Laverne als Kostümbildnerin engagiert hatte. Sie sei »weg vom Fenster«, wie ein Agent ihr kühl erklärt hatte. Keiner hatte geglaubt, dass sie, die »Ausgebrannte, die Erfolglose« ein Theater aufbauen und führen könnte.

Aber sie hatte es geschafft, sie hatte an ihren Erfolg geglaubt, hier in Bad Lichtenberg ein kleines Showtheater eröffnen zu können. Und ihre zähe Arbeit, ihr Wille und das Verzichten auf jegliches Privatleben hatten es ermöglicht. Das Provinztheater war schnell bekannt geworden, zu jeder neuen Aufführung kamen Kritiker aus den Großstädten und hatten dieses kleine Theater hochgelobt, es sei ein *Schmuckstück der Provinz.* Doch ein Kritiker hatte geschrieben, es sei ein Theater für die Reichen und Schönen, die in Bad Lichtenberg in einem der besten Luxushotels Europas wohnten, vor einer Vorstellung Champagner schlürften und anschließend zum Dinner in eines der edlen Restaurants des Hotels gingen. Das sei ein Hohn, ein Schlag ins Gesicht des ganzen Lands, dessen Bevölkerung hungerte, ausgebombt war oder um ihre Männer an der Front trauerte. Von ihnen, die im Dreck und Schlamm ihr Land verteidigten, mal abgesehen. Und die zu Tausenden ihr Leben für das Vaterland opfern mussten.

Das hatte Victoria getroffen, denn genau das war nicht die Vision eines Theaters gewesen, wie sie es geplant hatte, es sollte ein *Theater für alle* werden. Aber das war es nicht geworden, die meisten Zuschauer kamen aus dem *Deutschen Kaiser.*

Victoria erhob sich. »Berthe, ich muss gehen, ich treffe jetzt Frank Welser, er hat das Kurfürstentheater hier übernommen.«

»Was? Der kommt in die Provinz?« Berthe staunte. »Er ist doch international berühmt für seine Inszenierungen am Berliner Opernhaus.«

»Das voriges Jahr durch eine Brandbombe vollkommen zerstört wurde. Ich kenne ihn übrigens aus meiner Berliner Zeit.«

»Ach so, ja, und jetzt findet auch er den Weg in die Provinz.«

Victoria gab keine Antwort mehr, sie war in Gedanken bereits bei dem berühmten Opernregisseur, der das kleine Barocktheater am Rathausplatz übernehmen wollte. Sie schlüpfte in ihren Mantel, schlang sich den gestrickten Schal ihrer Mutter um den Hals und zog die Mütze auf. Sie war komplett durchgefroren, dann verabschiedete sie sich kurz von Berthe und verließ das Theater. Vor dem Restaurant *Palmengarten* blieb sie einen Moment stehen. Am Flügel saß ein Pianist, wie in früheren Zeiten untermalte er mit seinem Spiel die gedämpfte Unterhaltung der Gäste des Lokals. Manchmal, wenn sie hier stand und dem Klavierspiel zuhörte, erinnerte sie sich an den Sommer 1914, an seine Wärme, die Sonne, die Kriegseuphorie, wenn der kleine Zeitungsjunge durch den *Palmengarten* lief, das Extrablatt hochhielt und neue Nachrichten verkündete. Eine davon war: Russland hat Deutschland den Krieg erklärt …

In diesen Sommertagen hatte hier ein junger russischer Pianist gesessen, Juri Petkov, und den *Liebestraum* von Liszt gespielt. Nur für sie, Victoria, das sechzehnjährige junge Mädchen, gerade aus dem Internat zurückgekehrt. Juri, der nach den Tagen der ersten Liebe so plötzlich verschwunden war. Erst viel später war ihr klar geworden, er musste als Russe zurück, um für sein Vaterland gegen Deutschland zu kämpfen. Juri, den sie viele Jahre später in Berlin wiedertraf, Juri, ihre große Liebe. Doch gerade die Momente, die Stunden mit ihm im Sommer 1914 blieben unvergessen, vielleicht auch, weil sie so jung und verletzlich war. Und der Schmerz so groß, als er ging.

Sie gab sich einen Ruck, atmete durch und sah sich im Restaurant um. Der *Palmengarten* war voll besetzt, die Leute kamen nachmittags hierher, weil sie zu Hause froren und der *Palmengarten* wie auch das Grand Hotel *Deutscher Kaiser* noch beheizt wurde.

Jetzt sah sie Frank Welser in einer Ecke sitzen, fast verdeckt durch eine Palme. Er beugte sich vor, sah zum Eingang herüber und beobachtete die Hereinkommenden. Er sah sie an, blickte weg. Erkannte er sie nicht? Hatte sie sich so verändert? Auch als sie ihm winkte und auf ihn zuging, sah er ihr immer noch irritiert entgegen. Da nahm sie ihre Mütze ab, fuhr sich schnell durch die kurzen Haare, und erst als sie direkt an seinem Tisch stand, sprang er auf, um sie zu begrüßen. »Entschuldigen Sie, aber ich habe Sie nicht sofort erkannt.«

Das traf sie mehr, als sie dachte – oft hatten sie sich in Berlin auf Premierenfeiern oder Einladungen gesehen, sich zugewinkt, doch nie miteinander gesprochen. Aber letztendlich war das schon zehn Jahre her. Er half ihr aus dem alten dicken Mantel, und sie setzte sich rasch, denn zum ersten Mal seit langer Zeit wurde ihr bewusst, wie sie aussah in dem gestrickten Pullover ihrer Mutter Irene, die das Stricken entdeckt hatte und es für Kriegswaisen und Mütter tat, und auch für ihre verfrorene Tochter Victoria.

»Ja«, sagte sie forsch, nachdem der erstaunte Blick des Regisseurs sie nicht losließ, »ich weiß, ich weiß, hier sehe ich etwas anders aus als in der Hauptstadt.«

Jetzt lachte Frank. »Entschuldigen Sie, aber in Berlin kannte man Sie als extravagante Frau mit dem besonderen Haarstil und den eleganten Hosenanzügen.«

»Die kurzen Haare habe ich immer noch, wie Sie sehen, und ich trage die Kleidung, die für mich hier passend ist.« Ihre Stimme klang schärfer, als sie gewollt hatte.

Sie setzte sich ihm gegenüber, blieb jetzt aber freundlich, und im Laufe der Unterhaltung ließ sie sich doch von ihm einnehmen, von der Intensität, mit der er über seine Pläne hier im Barocktheater sprach. Er wolle aus diesem kleinen Opernhaus ein berühmtes Theater machen, »in der Art, wie Sie es hier mit Ihrem Showtheater erreicht haben. Das ist außergewöhnlich«.

Wollte er wiedergutmachen, dass er sie gekränkt hatte? Hatte er es erkannt? Sie sprach wenig, hörte zu, als er über Berlin sprach, die Stadt, die bereits fast ganz in Trümmern lag. Er erzählte von seinen letzten Inszenierungen an der Deutschen Oper Berlin. »*Götterdämmerung*«, das war wie ein Zeichen, der Untergang einer Stadt. »Vielleicht sogar des Landes.«

Während er sprach, beobachtete sie ihn. Frank Welser musste so um die fünfundvierzig Jahre alt sein, er sah nicht wirklich gut aus, doch er strahlte Persönlichkeit und Energie aus, und der intensive Blick seiner blauen Augen konnte sein Gegenüber nervös machen.

Während sie Tee tranken, erzählte er von seinen konkreten Plänen für das Opernhaus. Er wolle es am 15. Juni nächsten Jahres mit Verdis *La Traviata* eröffnen. »Haben Sie Lust, die Kostüme dafür zu entwerfen? Opulent und etwas ›fürs Auge‹.«

»Na ja.« Victoria blieb skeptisch. »Jeder weiß, dass das Theater kein Geld hat, wie wollen Sie das finanzieren?«

»Irgendwie werden wir es schaffen.« Seine Begeisterung war ansteckend, und für sie war das eine neue Herausforderung. Opernkostüme zu entwerfen, das war etwas anderes als Showkostüme mit Glitzer und Perlen und immer nur Revue, Revue – wenn sie ehrlich war, hing es ihr zum Hals heraus.

Voller Euphorie und mit dem Entwurf eines Vertrags in der Tasche verließ sie nach zwei Stunden intensiven Gesprächs den *Palmengarten.* Sie fühlte sich inspiriert und voll neuer Energie. Bedeutete die Oper einen Neuanfang, nachdem sie nach Jahren im Showbusiness gelangweilt, ausgepowert war? Aber sie musste jetzt doppelt so viel arbeiten, für ihr eigenes Theater und gleichzeitig für das Opernhaus.

Sie sah hoch in die grauen Wolken, denn es schneite in dicken Flocken, und Victoria hielt ihr Gesicht dem Himmel entgegen, aus dem der Schnee lautlos auf die Erde fiel und sogar liegen blieb. Und das war hier in dem warmen Klima, in dem Palmen und Wein gediehen, etwas Besonderes. Etwas weiter weg stand ein junger Mann und ein … war das Natalja? Traf sich ihre Tochter mit einem jungen Mann? Doch dann verwarf sie den Gedanken. Natalja musste um diese Uhrzeit bei ihrem Professor sein, und niemals hätte sie eine Unterrichtsstunde versäumt.

Schnell lief Victoria weiter und bog in die Birkenallee ein, vielleicht war sogar ihr Vater in der Villa, dann konnte sie den Vertrag gleich mit ihm durchgehen.

Noch ganz in dem Gespräch mit Welser verfangen, vergaß sie, dass sie mit ihrer Schwester Luise im Wintergarten des *Deutschen Kaisers* verabredet war.

DREI

LUISE

Luise wartete im Wintergarten des *Deutschen Kaisers* auf ihre Schwester. Hatte sie die Verabredung vergessen? Victoria vergaß vieles in letzter Zeit, sie war überfordert mit der Führung und Erhaltung des Showtheaters, jede Saison zwei Inszenierungen, immer wieder neue Tänzer, neue Shows, wenig Einnahmen.

»Frau Direktor?«

Luise schreckte aus ihren Gedanken hoch.

Der Page Fritz stand vor ihrem Tisch. »Zwei Herren warten in der Halle auf Sie.«

Luise erhob sich und folgte dem Sechzehnjährigen, dessen Uniform ihm ein wenig um den schmalen Körper schlotterte. Er war freigestellt, musste nicht an die Front, wie inzwischen viele Jugendliche seines Alters, die man von der Schulbank wegholte, ein Gewehr in die Hand drückte und an eine der vielen Fronten schickte. Fronten, die nacheinander zusammenbrachen.

In der Halle standen zwei Männer in schwarzen Ledermänteln, und als sie ihnen entgegenging, hoben sie den Arm zum Hitlergruß.

Als Luise endlich in ihre Suite zurückkehrte, wurde es bereits dunkel. Sie öffnete die Terrassentür einen Spalt, um die frische Winterluft hereinzulassen. Tief atmete sie durch. Immer noch in Anspannung, das Falsche gesagt zu haben.

Hatte man sie in eine verbale Falle tappen lassen, ihr etwas entlockt, was die Gestapo hören, sie aber nicht hätte preisgeben dürfen? Als das Telefon läutete, erschrak sie zutiefst, löste sich von der Terrassentür und ging zu ihrem Schreibtisch. Hatten die Beamten von der Gestapo eine Frage vergessen, sollte sie noch einmal zum Verhör nach unten kommen? Und das war es gewesen, sie hatten zwar höflich erklärt, sie hätten nur ein paar Fragen, bedankten sich, dass Frau Luise Laverne, die das *Grand Hotel* so erfolgreich leite, sich Zeit für sie nahm. Sicher wisse sie, dass das Hotel von führenden Parteimitgliedern hochgeschätzt wurde. Doch am anderen Ende der Leitung war die junge Frau der Telefonzentrale. »Ihr Fräulein Schwester will Sie sprechen.« Victoria erklärte hastig, es täte ihr so leid, sie habe einfach vergessen, dass sie verabredet gewesen waren. »Aber weißt du, ich habe den berühmten Opernregisseur Frank Welser …«

Hörte Luise ein leichtes Klicken in der Leitung, wurde sie bereits abgehört, oder versagten ihre Nerven? »Das macht nichts, Victoria, wir sehen uns ja am Sonntag zum Essen.«

»Ja, stimmt. Onkel Carl übrigens versucht schon seit Wochen, Felix dazu zu überreden, Ostpreußen zu verlassen, auch wenn es doch …«

»Wie geht es Mutter?«, unterbrach Luise sie.

»Gut«, sagte Victoria erstaunt. »Du weißt ja, sie kümmert sich um Kriegswitwen und Waisen, wie sie das schon während des vorigen Kriegs gemacht hat. Und sie strickt … das ist ihre Leidenschaft, bunte Pullis. Heute hatte ich einen an, und da …«

»Entschuldige, Vic, ich bin so furchtbar müde, reden wir doch am Sonntag weiter.«

»Ja, wenn du meinst, ich wollte dir etwas erzählen, aber wenn du nicht willst …«

Victorias Stimme klang eingeschnappt, wie Luise genau heraushörte, aber trotzdem wollte sie das Gespräch beenden, nichts sagen, was gefährlich werden konnte. Und so verabschiedete sie sich von ihrer Schwester und hängte schnell ein.

Sie wollte auch nicht über ihren Cousin Felix sprechen. Carls Sohn, der aus Ostpreußen wegwollte, doch die Regierung hatte entschieden, dass die dortige Bevölkerung nicht evakuiert wurde. Das sei nicht notwendig, obwohl die Rote Armee bedrohlich näher rückte.

Sie hängte ein. Sie musste vorsichtig sein, nachdem sie gerade ein Verhör der Gestapo durchgestanden hatte. Auch wenn die Beamten höflich und freundlich gewesen waren und *ihr einfach nur ein paar Fragen nach Simon Roth stellen wollten.* »Sie haben ihn doch gekannt, Fräulein Laverne?«

Simon Roth.

Der geniale jüdische Architekt, der nach dem großen Brand im Jahr 1918 den Westflügel des Hotels neu konzipiert hatte und später auch noch den *Palmengarten* nach seinen Entwürfen renovieren ließ. Simon, mit dem sie eine leidenschaftliche Affäre gehabt hatte, die er so plötzlich beendete. Nur einen Brief hatte sie bekommen, den er einem Freund mitgegeben hatte, nachdem er ohne Abschied übereilt abgereist war.

Und nun jagte ihn die Gestapo. In Paris habe er einen Angehörigen der Wehrmacht niedergeschlagen, sogar tödlich getroffen, er, der Jude, habe sich der Résistance angeschlossen, die nahe Paris Deutsche gefangengenommen und getötet hätte.

Nein, sie wisse nicht, wo er sich aufhalte, und ja, sie habe eine Beziehung mit ihm gehabt, das hatte sie zugegeben, nachdem sie begriff, die Gestapo war darüber informiert. Ja, er sei damals nach Amsterdam gegangen, um ein Museum zu konzipieren, mehr wisse sie nicht. Sie war froh, dass sie damals den Brief zerrissen hatte, so wie er die Beziehung ohne Vorwarnung beendet hatte. *Du musst mich vergessen, ich bin Jude …*

Die Beamten hatten ihr eine Visitenkarte in die Hand gedrückt. »Wenn sich Simon Roth bei Ihnen meldet, sollten Sie uns umgehend informieren.«

Luise hörte die Drohung sehr wohl heraus und hatte es versprochen.

Nachdem sie das Gespräch mit ihrer Schwester so abrupt abgebrochen hatte, stand sie lange noch am Schreibtisch. Sie sollte sich beruhigen, sie hatte nicht gelogen, und sie hatte Vic unterbrochen, als sie von Felix erzählen wollte, sie hatte nichts preisgegeben, keinen Fehler gemacht.

Als sie ein Geräusch an der offenen Terrassentür hörte, erschrak sie. Ihr Herz jagte, und der Atem ging sofort wieder heftig. Sicher hatte sie sich getäuscht, eine Reaktion ihrer überreizten Nerven. Reglos blieb sie stehen und sah zur Terrassentür hinüber. Konnte es sein, dass die Tür dort leicht aufgestoßen wurde, der Vorhang sich bewegte? Und dann hob sich eine Silhouette im Halbdunkel dort ab, ein Geräusch, ein paar Schritte, eine männliche Stimme … bitte … Luise, hilf mir … und dann noch ein paar Schritte auf Luise zu, ein Schwanken, dann brach der Mann zusammen.

Luise zögerte nicht, sie beugte sich zu ihm hinunter, dem Mann, der offensichtlich Hilfe brauchte, der sie auch kannte, sah in sein Gesicht, das sich ihr entgegenhob. In seinen Augen las sie den verzweifelten Schrei nach Hilfe.

Es war Simon Roth.

VIER

Ostpreußen 1944

FELIX

Die Dunkelheit wollte dem Tag nicht weichen und der Schnee nicht aufhören, leise zu fallen. Felix öffnete die Haustür und kehrte mit einem Besen den Schnee von der Schwelle. Es hatte die ganze Nacht durchgeschneit, und vor der Haustür hatte sich ein hoher Berg aufgetürmt. Für einen Moment hielt er inne, atmete die kalte klare Luft ein und lauschte auf die Stille des Winters. Wie sehr liebte er diese Zeit in Ostpreußen, das ihm längst zur Heimat geworden war. Mit einem Lächeln blieb sein Blick am Zaun hängen, auf dem sich Hauben aus Schnee türmten, und er sah zu, wie ein paar Vögel das kleine Holzhäuschen umschwirrten, das seine Tochter Viola aufgestellt hatte und es so ernsthaft betreute. Einmal hatte sein Zwillingsbruder Julian ihn hier besucht, er, der in Rom im Vatikan lebte und an der Päpstlichen Universität lehrte. Es gefiel ihm hier, ich kann verstehen, dass es zu deiner Heimat geworden ist, hatte er gesagt. Doch auch er würde ihm raten, Ostpreußen zu verlassen, da war sich Felix sicher. Geh, solange es noch möglich ist. Fast konnte er seinen Zwillingsbruder hören – ja, er würde ihm raten, zu gehen.

Felix schloss fest die Haustür, musste sich dagegenstemmen, um sie schließen zu können. Er ging ins Wohnzimmer, in dem er bereits das Kaminfeuer angezündet hatte, das eine wohlige

Atmosphäre des Friedens schuf, die Atmosphäre einer Beständigkeit, des häuslichen Glücks, das es nicht mehr geben würde. Jette und die Kinder schliefen noch, und Felix bangte vor dem Moment, wenn er ihnen am Frühstückstisch seinen Plan unterbreiten würde. Aber ahnte Jette nicht längst, was er ihr vorschlagen wollte? Jetzt lief er durchs Haus, sein geliebtes Haus, das er vor vielen Jahren gekauft und restauriert hatte. Es war ein Kampf gewesen, eine Förderung der Reichsbank bewilligt zu bekommen, um diese alte Ruine wieder aufbauen zu können. Tag und Nacht hatte er mitgearbeitet, bis zur Erschöpfung, alles eingerichtet und die Möbel nach seiner Vorstellung anfertigen lassen. Mit jedem Stück verband sich eine kleine Erinnerung seines Entstehens, dann die Freude, als das Haus endlich eingerichtet war. Er liebte jedes Möbelstück. Versonnen strich er über die Lehne eines Stuhls, der am langen dunklen Esstisch stand. Wie viele Abende hatten sie hier gesessen, Leute bewirtet, getrunken, gelacht, sich unterhalten, auch Freunde gefunden, doch vor allem hatte ihn eine tiefe Freundschaft mit seinem Nachbarn, einem Reiseschriftsteller, verbunden. Doch er hatte das Dorf vor einem Monat verlassen. »Auch du musst gehen«, hatte er Felix eingeschärft. »Du und deine Familie. Ostpreußen wird fallen, die Russen werden uns überrollen. Seit die Wehrmacht in Stalingrad kapituliert hat, haben wir den Krieg doch längst verloren, und die rote Armee wird sich rächen für die Grausamkeiten der Deutschen. Und ihre Rache wird furchtbar werden.« Es klang wie eine biblische Prophezeiung, und bei den Worten seines Freunds war es Felix kalt den Rücken hinuntergelaufen.

Als Felix in der Küche den Ersatzkaffee kochte und das Frühstück richtete, versuchte er, die Tränen zu unterdrücken. Wusste er denn nicht längst, wie Jette reagieren würde, ahnte er, dass heute die Familie auseinanderbrechen würde? Dieses

Leben hier war zu Ende. Felix war Realist genug, um das zu erkennen.

Das letzte gemeinsame Frühstück hier in seinem Haus. Er schnitt das Brot auf, es stammte aus der Backstube des Guts der von Stettens, es gab noch Butter, Marmelade und Käse. Er würde auch Rühreier machen, es würde ein festliches Frühstück werden. Er sah durch das Küchenfenster in den Garten hinaus, in den tief verhangenen Himmel, hinter dem es nur zögernd hell wurde. Er hatte das Dorf mitgeschaffen, Kredite für die Bauern bei der Reichsbank in Insterburg erwirkt, es war ein blühendes Dorf geworden, sogar mit einem Rathaus, in dem er tagtäglich als ihr Bürgermeister saß, sich ihre Sorgen anhörte und ihre Streitereien schlichtete. Er war beliebt, jeder mochte Felix Laverne. Und jetzt würde er sie im Stich lassen. Er hatte erklärt, er fahre über Weihnachten mit Frau und Kindern zu seiner Familie nach Bad Lichtenberg. Er hatte gelogen, denn es war der Bevölkerung Ostpreußens verboten, das Land zu verlassen, eine Evakuierung von der Regierung ausgeschlossen. Er ließ die Dorfbevölkerung, die ihm vertraute, zurück. Und doch ging er.

Belastet mit den Gedanken seines Verrats, starrte er immer noch aus dem Fenster, als er Jette hörte, wie sie die Treppe herunterkam. Hinter ihr polterten die beiden Jungs. Gefolgt von Viola und hübsch angezogen, hüpfte sie die Stufen hinunter.

»Du bist schon auf und hast Frühstück gemacht?« Jette zeigte ihre Freude, indem sie ihn auf die Wange küsste.

Er nickte, der Kloß saß tief in seinem Hals. Während Felix sich dem Herd zuwandte, Butter in die Pfanne gab und das Ei verklepperte, half Jette ihrem vierjährigen Sohn Leopold auf einen Stuhl und strich ihm, ihrem Liebling, zärtlich über den blonden Haarschopf, eifersüchtig beobachtet von dem siebenjährigen Luitpold. Die achtjährige Viola gab ihrem Vater einen Kuss, rückte ihren Stuhl direkt neben den ihres Vaters.

Felix verteilte das Rührei, schenkte Kaffee und den Kindern Kakao ein und nahm neben Viola Platz. Mit großem Appetit verschlangen die drei das Rührei. Felix konnte nichts essen, die Aufregung vor diesem Moment der Entscheidung nahm ihm jeden Appetit. Ahnte Jette, dass er eine Aussprache suchte, Klarheit verlangte? Er beobachtete sie, wie sie in ihr Marmeladenbrot biss, dann mit den Kindern lachte und den Kopf in den Nacken warf, wie sie es immer tat. In diesem Moment erinnerte er sich an den ersten Sommer ihrer Liebe, die Nachmittage im Gras, ihre fordernde Sinnlichkeit, ihr Lachen, sein Erstaunen, dass Jette von Stetten, die junge Frau, die jeden haben konnte, ausgerechnet ihn ausgewählt hatte. Sie habe schon viele Liebhaber gehabt, hatte sie erklärt, aber du bist etwas Besonderes, du hast einen so zarten Körper, und du bist sehr einfühlsam. Warum dachte er gerade an diesem dunklen Morgen daran? Ahnte er, was das Ergebnis des Gesprächs sein würde? Seit diesem ersten Sommer hatte er sich verändert, sein Körper hatte sich verändert. Er war muskulös geworden, die viele Arbeit am Haus, im Garten, beim Obstanbau hatte ihn kräftig werden lassen. Gefiel er ihr eigentlich noch, da sie doch gerade damals seine Zartheit liebte, eine Zartheit, die ihn von den Kerlen unterschied, mit denen sie geschlafen hatte?

Manchmal fragte sich Felix, ob sie ihn während der Ehe betrogen hatte, denn letztendlich pendelte sie zwischen diesem Haus und dem großen Gut ihres Vaters hin und her. Dort blieb sie mit den Kindern oft wochenlang, und er war allein, doch das war in Ordnung. Er fühlte sich frei und ungebunden, half mit bei der Ernte seiner Rapsfelder, der Herstellung des Öls, das er deutschlandweit verkaufte. Sein Blick wanderte von der schweigenden Jette und den stillen Jungs, die tapfer in sich hineinfutterten, weiter und wurde zärtlich, als er seine Tochter Viola betrachtete. Mit ihr war Jette bei der Hochzeit bereits schwanger gewesen. Sie entsprach seinem Bild von Jette als Kind, mit langen blonden Zöpfen, strahlend und gesund durch die Wiesen streifend, auf Bäume kletternd, auch Viola ein glückliches Kind, so wie sicher auch Jette eine wunderbare Kindheit gehabt hatte. Sie wuchs ohne Mutter auf, und dadurch wurde die Beziehung zu ihrem Vater so besonders eng und vertraut. Würde Viola auch ihn, den Vater, sein ganzes Leben lang lieben? Ohne ihn infrage zu stellen, so wie Jette es tat? Unwillkürlich hob er die Hand und strich seiner Tochter zärtlich über die Haare.

»Was ist los?« Jette legte die Gabel auf den Tisch und sah ihn an. Sie kannte ihn zu gut, um nicht zu erkennen, dass ihn etwas Gravierendes beschäftigte.

Er atmete durch, auch er legte die Gabel ab und sah sie an. Bevor er zu sprechen anfing, erklärte Jette in einem Ton, der keinen Widerspruch duldete: »Wie du weißt, fahren wir morgen zurück aufs Gut. Und wie es scheint«, sie warf einen Blick aus dem Fenster, »hört es langsam auf zu schneien. Vater schickt uns seinen Wagen gegen zwölf. Und wir werden dort Weihnachten verbringen, wie jedes Jahr.«

Jetzt war der Moment gekommen. Jetzt musste er seinen Plan offenlegen. Er hatte vorsichtig beginnen wollen, langsam erzählen, was sie erwarten würde, wenn sie blieben, sich dann steigern, bis Jette einsehen musste, dass es nur den einen Weg gab, um zu überleben.

»Ich möchte, dass wir morgen Ostpreußen verlassen«, platzte er ohne seine wohlüberlegte Vorrede heraus.

Jette lachte auf. Erstaunt, hart. »Ich habe es immer geahnt, dass du wegwillst, du bist ein Feigling. Du hast Angst, die Russen kommen, stimmt's?«

»Ja, das ist richtig. Die Rote Armee wird Ostpreußen überrennen und nichts als Tod und Verwüstung hinterlassen.«

»So ein Unsinn«, sagte Jette heftig. »Hat die Wehrmacht nicht die Russen zurückgedrängt, mehrere Ortschaften wie … ja, wie … Nemmersdorf zurückerobert?«

Felix suchte verzweifelt nach Argumenten, die Jette überzeugen, sie in Angst versetzen könnten, um mit ihm das Land zu verlassen. Wo waren nur seine Argumente? Doch Jette ließ ihm keine Gelegenheit zu irgendwelchen Ausführungen, sondern sprach weiter: »Die Regierung sagt, wir sollen ausharren, es lohne sich. Wir werden nicht evakuiert, weil es nicht nötig ist.« Jettes Stimme wurde mit jedem Wort lauter.

Felix verlor die Fassung, wütend sprang er auf, und im Grunde ahnte er, dass er verloren hatte. Doch er versuchte es weiter: »Und warum«, seine Stimme bebte, verlor an Festigkeit, »warum evakuiert dann unser Gauleiter seine Familie nach Bayern und hat sich bereits eine Rückzugsmöglichkeit geschaffen?«

Jette antwortete nicht, es war ein Moment der Unsicherheit. Dann aber richtete sie sich kerzengerade in ihrem Stuhl auf und sah ihrem Mann fest in die Augen. »Felix«, erklärte sie ruhig. »Ich werde nicht gehen, ich werde Vater nicht allein lassen. Wenn du willst, dann gehe, ich bleibe, und zwar mit den Kindern auf dem Gut. Es ist auch mein Gutshof, unsere Kinder werden ihn einmal erben. Außerdem«, spielte sie ihren letzten Trumpf aus, »ist es der Bevölkerung verboten, zu flüchten. Und ausgerechnet du, der das Recht verteidigt und sich rühmt, jedes Gesetz zu respektieren – ausgerechnet du willst weg? Heißt es nicht sogar, dass jeder Fluchtversuch mit der Todesstrafe belegt werden kann? Und dieser Gefahr willst du uns aussetzen? Und wie willst du überhaupt von hier wegkommen?«

»Bauer Högle fährt uns morgen mit seinem Fuhrwerk zum Bahnhof. Um ein Uhr geht ein Zug hier ab, er fährt bis Marienburg, dort bekommen wir Anschluss, ich habe die Route genau berechnet.«

Wieder lachte Jette auf und nahm dadurch seinem Plan fast die Möglichkeit einer Durchführung.

»Und was sagst du den Dorfbewohnern? Erklärst du ihnen, dass du flüchten, sie im Stich lassen willst?«

Damit traf sie den wunden Punkt. »Ich habe gesagt, wir fahren über Weihnachten zu meiner Familie. Darum werden wir nur wenig mitnehmen und alles zurücklassen.«

Jette sah ihn an, sie erkannte, wie schwer es ihm fiel, hier wegzugehen. »Züge werden beschossen, es ist unsicher, genauso wie auszuharren. Ich denke, hierzubleiben ist weniger gefährlich, außerdem ist der Gutshof meine Heimat, du weißt, wie sehr ich dort verbunden bin. Ich liebe das Land, unser Land, das wir besitzen, die Pferdekoppel …«

»Die leer steht, weil die Regierung die Pferde abgeholt hat und sie im Krieg niedermetzeln lässt«, warf Felix ein. »Ich erinnere mich, wie du vor fünf Jahren geweint hast, als sie abgeholt wurden.«

»Wir werden neue haben, wenn der Krieg vorbei ist.« Jettes Stimme wurde leidenschaftlich. »Ich kann nicht, Felix, ich kann einfach nicht, und ich kann auch nicht glauben, dass die Russen uns niedermetzeln werden, wie du es nennst. Wenn Vater sie willkommen heißt, dann …«

»Hör auf.« Felix, der wieder Platz genommen hatte, sprang erneut vom Stuhl auf, und zwar so heftig, dass er nach hinten umkippte. Erregt hob Felix ihn auf, hart stellte er ihn zurück. »Wie kannst du so blind, so naiv sein, was geht nur in deinem Kopf vor sich? Du musst doch wissen, was passiert, was in Stalingrad passiert ist, welche Brutalitäten, Grausamkeiten, wie viele Menschen niedergemetzelt wurden … und du glaubst, wenn dein Vater ihnen entgegengeht, dann …«

»Wir sind Zivilisten, sie werden uns nichts tun«, unterbrach Jette ihn.

Felix war weiß im Gesicht, er zitterte am ganzen Körper, Jettes Unvernunft und ihr geradezu kindisches Verweigern der Realität des Kriegs machten ihn fassungslos. Aber so ehrlich wie heute hatten sie noch nie miteinander gesprochen. Er atmete tief durch. »Jette, ich habe dir doch gerade erzählt, dass man Zivilisten nicht verschont, Frauen werden vergewaltigt, getötet, alte Menschen zu Tode gefoltert. Ich kann dich nur noch einmal inständig bitten, komm mit mir. Mit mir und den Kindern. Wie gesagt, wir werden nicht viel mitnehmen können, um es als Reise zu meiner Familie zu tarnen. Jetzt haben wir noch die Möglichkeit, wenn die Rote Armee uns erst einkreist, wenn sie bis Insterburg vordringen, und das werden sie, kommen wir nicht mehr weg.«

Jette beugte sich zu Leopold hinunter, der zu weinen anfing, da die Eltern sich anschrien und es für den Kleinen bedrohlich klang. Sein älterer Bruder stimmte ins Weinen mit ein.

»Nein«, rief Jette laut, um das Schluchzen zu übertönen, »nein, Felix, mein letztes Wort ist nein. Ich werde morgen abgeholt, und ich gehe, mit oder auch ohne dich, aber mit den Kindern. Das hat dir wohl Julian eingeredet«, setzte sie noch laut hinzu. »Von allein kannst du doch niemals eine solche Entscheidung getroffen haben, ohne den Rat deines Bruders.«

»Ich habe ihn nicht gefragt«, antwortete Felix ablehnend, »und … ich werde nicht zulassen, dass du mit den Kindern aufs Gut zurückgehst.« Felix versuchte, Ruhe zu bewahren. Die Jungs hatten aufgehört zu weinen und starrten nun verängstigt zwischen Vater und Mutter hin und her. »Ich bin das Oberhaupt der Familie, ich habe das Recht, Entscheidungen für dich und die Kinder zu treffen, und ich entscheide, dass wir morgen das Land verlassen.«

Jette lachte auf, es klang spöttisch und machte Felix klar, dass in vielen Dingen sie das Sagen hatte und er es auch immer zugelassen hatte. Er war ein Ehemann, der seiner Frau jede Freiheit ließ, er wusste, nur dadurch konnte er Jette halten. Doch jetzt ging es um das Leben seiner Kinder. Das Gesetz befugte ihn zu dem Recht, Entscheidungen über die Kinder, die Familie zu treffen.

Plötzlich ließ sich eine Kinderstimme vernehmen, laut und deutlich. »Ich gehe mit Papa.« Viola erhob sich, stellte sich neben Felix und griff nach seiner Hand. »Ich will mit ihm zu den Großeltern Irene und Johannes, mir gefällt es dort, besser als auf dem Gut.«

Die beiden Kleinen, Luitpold und Leopold, fingen wieder an zu weinen.

»Viola, du kommst mit uns, mit mir und deinen Brüdern, was dein Vater macht, das …« Jette machte eine kleine Pause und starrte Felix wütend an. »Das kann er selbst entscheiden. Ihr jedenfalls kommt mit mir.«

»Nein!« Die Stimme der Achtjährigen klang entschlossen. »Ich gehe mit Papa.« Jette und Felix starrten sich an, Feindseligkeit, Hass stand zwischen ihnen, mehr, als Felix es sich ausgemalt hatte. Irgendwie hatte er doch gehofft, er könne Jette überzeugen, ihr klarmachen, was es bedeute, in Ostpreußen zu bleiben.

»Der Tod kommt auf euch zu«, erklärte er mit tonloser Stimme, »bitte, Jette, überwinde deinen Dickkopf und sei vernünftig.«

»Nein, morgen schickt mir Vater den Wagen, dann fahren wir.«

Es war Jettes letztes Wort, und Felix wusste, jetzt konnte er sie nicht mehr überzeugen. Er ergriff die Hand seiner Tochter. »Ich wiederhole, dass ich als Vater die Befugnis habe, über das Wohl meiner Kinder zu bestimmen. Und ich bestimme, ich nehme sie mit.« Er musste laut schreien, um das Schluchzen und Weinen seiner Söhne zu übertönen.

Wieder lachte Jette hart auf. »Wag es nicht, dich an meinen Söhnen zu vergreifen.« Dann sah sie Viola an. Sie war immer das Papakind gewesen, immer in Abwehr gegen die Mutter, schon als sie noch ganz klein gewesen war. »Wenn du mit Papa gehen willst, dann geh. Aber ich denke sowieso, dass wir uns bald wiedersehen, denn ihr werdet zurückkommen.«

An diesem Tag packten beide, Jette die Sachen der Jungs und ihre Kleider, die sie mit zurück auf das Gut nehmen wollte. Felix aber sortierte sehr überlegt, was er auf die lange Fahrt mitnehmen würde. Morgen verließ er seine Heimat, um an den Ort zurückzukehren, an dem er aufgewachsen und der ihm längst fremd geworden war.

Den ganzen Tag schwiegen sie sich an, gingen sich aus dem Weg. Mittags bereitete Jette eine Linsensuppe vor, schweigend setzten sie sich um den Tisch und aßen ein paar Löffel, niemand hatte Hunger. Sogar der kleine Leopold spürte die feindselige Atmosphäre, die zwischen den Eltern herrschte.

Und in dieser letzten Nacht konnte Felix keinen Schlaf finden. Jette hatte ihm den Rücken zugewandt, doch an ihren Atemzügen erkannte er, dass auch sie nicht schlief. Er rückte ganz nah und vorsichtig an sie heran, und sie ließ es zu. Er umschlang sie mit seinen Armen, auch das ließ sie zu. Er spürte ihren weichen Körper, ihre vollen Brüste, die durch die Geburten und das Stillen dreier Kinder an Festigkeit verloren hatten, aber gerade deswegen liebte er diesen Körper, der seine Kinder ausgetragen und geboren hatte.

»Jette«, flüsterte er, »Jette … bitte komm mit …«

Doch da rückte sie ein wenig ab, aber nur so weit, dass er sie immer noch spüren konnte. Beide fanden nicht in den Schlaf, und Felix ahnte, sie wollte von ihm geliebt werden, doch er konnte es nicht, er konnte sie nicht umarmen, sie lieben, denn morgen würde sie ihn verlassen. So umschlang er sie nur vorsichtig mit den Armen und legte den Kopf an ihre Schulter. So verharrten sie schlaflos, bis die Standuhr in der unteren Diele sieben Mal schlug und sie schweigend nacheinander aus dem Bett schlüpften.

Unten in der Küche standen die beiden Brüder ratlos an der Tür und beobachteten ihre Schwester, die sich abmühte, in dem alten Herd ein Feuer zu entfachen. »Steht nicht so herum«, herrschte Viola sie an. »Deckt gefälligst den Tisch und lasst keinen Teller fallen.«

Ungewohnt gehorsam folgten sie der Schwester, schielten aber weiterhin auf sie, als sie die Pfanne auf den Herd stellte und Spiegeleier darin briet. »Ich mag keine Spiegeleier«, maulte Luitpold. »Ich mag nur Rühreier.«

»Du isst, was auf den Tisch kommt«, herrschte Viola ihren Bruder an. »Mama und auch Papa essen gerne Spiegeleier.«

»Sie sind auf der Treppe«, erklärte der kleine Leopold, setzte sich schnell auf seinen Platz und sah den Eltern erwartungsvoll entgegen.

»Wie schön«, lobte Jette, »ihr habt das Frühstück gerichtet.«

»Das war Viola«, erklärte Luitpold.

»Aber wir haben den Tisch gedeckt«, fügte Leopold lautstark hinzu.

»Das habt ihr wirklich sehr gut gemacht«, erklärte Jette, während sie und Felix sich die Stühle heranzogen und sich setzten.

Das Frühstück verlief schweigend, keiner hatte wirklich Hunger. Jette saß angespannt am Tisch, horchte nach draußen, ob der Fahrer Henning schon kam, um sie und die Kinder abzuholen. Immer wieder sah sie zu Felix hinüber, in der unsinnigen Hoffnung, er würde aufspringen, sie umarmen und ihr sagen, er käme mit ihr. Doch die Hoffnung war vergebens, denn Felix schwieg. Auch er horchte nach draußen, auch er ahnte, es waren die letzten Momente, in denen sie zusammen hier in seinem Haus am Tisch saßen und frühstückten. Immer wieder sah auch er zu Jette hinüber, die seine Blicke jedoch nicht erwiderte. Auch er hoffte noch, sie habe ihre Meinung geändert. Jette war spontan, vielleicht … doch an ihrem Gesichtsausdruck erkannte er ihre Entschlossenheit, ihre Unnachgiebigkeit.

Nach dem Frühstück erhob sich Jette, um die Teller abzuspülen, die Pfanne zu reinigen.

»Ich kann das doch machen.« Viola sprang auf, sie schluckte die Tränen hinunter, um nicht laut zu weinen, ihre Mutter nicht zu umarmen, sie zu bitten, mit ihnen zu kommen. Doch Jettes Haltung blieb abweisend und nahm Viola jede Möglichkeit einer Nähe zu ihr. Würde ihre Mutter ihr nie verzeihen können, dass sie mit dem Papa ging? Aber *Mama ist schuld,* dachte sie trotzig, *dass wir keine Familie mehr sind.*

Das Warten wurde unerträglich. Endlich aber hörten sie den Wagen, der sich mit leisem Brummen durch den verschneiten Weg kämpfte. Mancher Dorfbewohner lief ans Fenster, um den großen Wagen zu bestaunen, den Friedrich von Stetten als Besitzer eines großen Landschaftsbetriebs hatte behalten dürfen.

Jette schob die beiden Jungs in die Diele, zog ihren Fellmantel über, zwängte die Brüder in ihre dicken Jacken und setzte ihnen rasch die Mützen auf.

»Ich kann nichts sehen, Mama«, schluchzte der kleine Leopold auf.

Felix schob ihm die Mütze hoch in die Stirn, während er seinem Sohn rasch über die Wange strich. Ein quälendes Gefühl des Abschieds überfiel ihn, auch der Angst, seinen jüngsten Sohn vielleicht nie mehr zu sehen… Nein, Felix atmete tief durch. Nein, das durfte er nicht einmal denken, nein, er wollte nur die Gewissheit zulassen, an Weihnachten sei die Familie wieder zusammen. Jette würde zur Vernunft kommen. Er setzte auch große Hoffnung auf seinen Schwiegervater, denn würde Friedrich von Stetten es zulassen, dass seine Tochter auf dem Gut blieb, während die Rote Armee bereits heranrückte? »Wir alle sehen uns spätestens an Weihnachten wieder«, wandte er sich in aufmunterndem Ton an die Jungs und drehte sich auch Viola zu, die neben ihm stand und nach seiner Hand griff. Sie sah zu ihm hoch, spürte sie seine Unsicherheit, seine Angst? Jette öffnete jetzt die Haustür, begrüßte den Fahrer und zeigte auf das Gepäck. Der Fahrer grüßte Felix freundlich, verstaute alles im Wagen und schwang sich dann hinter das Steuer. Jette kletterte hoch und setzte sich neben ihn. Felix und sie hatten sich flüchtig und schweigend umarmt. Felix beugte sich zu seinen Söhnen, drückte sie ganz fest und flüsterte jedem zu: »Bald sehen wir uns wieder.«

»Versprochen?« Leopold sah ihn ängstlich an, und Felix nickte mehrmals.

»Verlier den nicht auf der Fahrt«, warnte Viola ihren kleinen Bruder und zeigte auf den Teddybären, den Luitpold fest an sich gedrückt hielt. Dann umarmte sie ihn und den kleinen Leopold, der unter seiner großen Mütze hervorlugte, ganz fest. Sie versuchte, die Tränen zurückzuhalten. »Kommt, wir müssen los«, rief Jette ungeduldig, und so half Felix den beiden auf den Rücksitz und schloss die Tür. Doch dann kurbelte Jette plötzlich das Fenster herunter und beugte sich zu Felix. »Lass uns ein wenig Zeit, lass uns Weihnachten bei Vater feiern, dann sehen wir weiter, vielleicht kommen wir …«

»Danke, Jette, damit machst du mich sehr glücklich.« Er stellte sich auf die Zehenspitzen und hauchte ihr einen letzten Kuss auf die kalten Lippen. Sie kurbelte das Fenster wieder hoch, und Felix und Viola sahen zu, wie der Wagen langsam durch den Schnee anfuhr, dann abbog und außer Sichtweite geriet.

Das Letzte, was Felix in sich aufnahm, waren seine Söhne Luitpold und Leopold, die ihre blassen Gesichter gegen die hintere Fensterscheibe drückten und ihre kleinen Hände zu einem letzten Winken hoben.

FÜNF

Ostpreußen

JETTE

Jette saß vorne neben dem Fahrer Martin, der seit dreißig Jahren der Chauffeur von Friedrich von Stetten war. Jette wusste, dass sich ihr Vater gern auf langen Fahrten mit ihm unterhielt und ihm vieles anvertraute. So war sie auch nicht erstaunt, als Martin ihr erklärte, Herr von Stetten habe erwartet, dass sie mit ihrem Ehemann und den Kindern Ostpreußen verlassen hatte und er ohne seine Familie zum Gut zurückkäme.

»Mein Mann«, erklärte Jette schwach, »ist nur über Weihnachten zu seinem Vater gefahren.« An Martins Seitenblick erkannte sie, dass er ahnte, Felix sei geflohen.

»Und Viola?«

»Sie wollte mit ihm den Großvater besuchen, und dann ist ja auch noch die Großtante Irene und …« Sie sprach nicht weiter, sie war müde, und auf dem Rücksitz quengelte der kleine Leopold.

Luitpold beugte sich plötzlich vor und erklärte Martin, sein Vater möchte Ostpreußen verlassen. »Papa und Mama haben sich furchtbar gestritten.«

Martin nickte nur, lächelte, schwieg vielsagend, und Jette war erleichtert, dass sie in diesem Moment die Auffahrt zum Gut hochfuhren und sie aussteigen konnte.

In der Halle wurde gerade der hohe Weihnachtsbaum aufgestellt und geschmückt. Jedes Jahr war dieser Tag ein kleines Fest vor dem Fest.

Die Pächter stellten den Baum auf, die Angestellten und deren Frauen standen auf Leitern und schmückten ihn, dazu wurde Musik gespielt und aus der Küche Punsch und traditioneller Pfefferkuchen und Honigkuchen gereicht. Es wurde gelacht und gefeiert und ging fröhlich zu, mehr als dann am Heiligen Abend, an dem man in die Kirche ging und die Geburt Jesu feierte.

Doch heute war die Stimmung gedrückt, das Radio lief, die Leute lauschten und erzählten sich gegenseitig leise über Gräueltaten der Russen, Folterung, Erschießungen und Vergewaltigungen.

Friedrich von Stetten saß vor dem Kamin, beugte sich vor und legte Holz nach, als Jette mit den Kindern die Halle betrat. Schweigend sah er ihr entgegen, schweigend erhob er sich und umarmte sie. War er glücklich, dass sie zurückkam, zu ihm zurückkam?

»Wo ist Viola?«

»Sie ist beim Papa geblieben«, meldete sich der kleine Leopold und fing an zu weinen.

»Du hättest nicht zurückkommen sollen.« Friedrichs Stimme klang hart, als er seine Tochter losließ.

»Ich … ich wollte zu dir«, stammelte Jette und fühlte sich wie ein Schulmädchen, das ausgeschimpft wurde, weil es etwas angestellt hatte.

»Nach Weihnachten wirst du von hier fortgehen, es fahren von Insterburg aus Züge in den Westen, und mit einem von ihnen werdet ihr fahren. Das ist mein Befehl.«

Jette schwieg, sie, die Emanzipierte, die Freidenkende, war ihrem Vater gegenüber schwach und gehorsam. Verstand er denn nicht, dass sie seinetwegen zurückgekommen war?

»Es hat aufgehört zu schneien.« Friedrich von Stetten sah durch die großen Fenster der Halle in den Park. »Komm, mein Großer«, forderte er Luitpold auf, »ich habe ein Geschenk für dich, das darfst du heute schon einweihen.«

Luitpold, der sich tapfer hielt und nicht in das Schluchzen seines kleineren Bruders einfiel, fing an zu strahlen. Er ging mit seinem Großvater durch die Halle bis zu dessen Gewehrschrank.

Friedrich öffnete ihn und holte ein kleines Gewehr heraus. »Eine Sonderanfertigung für dich«, erklärte er, »das kannst du benutzen, bis du zehn, zwölf Jahre alt bist, dann kannst du mit einem großen Gewehr schießen.«

Und Luitpold strahlte noch mehr, griff ehrfürchtig nach dem Gewehr, das ihm sein Großvater entgegenhielt.

»Komm, wir gehen raus in den Park, da bringe ich dir bei, wie man damit umgeht.«

Luitpold folgte seinem Großvater, der in seinen Pelzmantel schlüpfte, den ihm ein Bediensteter gebracht hatte.

»Nein.« Jette stellte sich ihrem Vater in den Weg. »Nein!«, wiederholte sie. »Meinem Sohn bringst du das Schießen nicht bei, zumindest nicht jetzt, er ist erst sieben Jahre alt.«

Friedrich schob sie zur Seite. »Vergiss nicht, Jette, du hast mit zehn bereits schießen können und bist mit mir auf die Jagd gegangen. Komm.« Er nahm seinen kleinen Enkel am Arm, und schweigend sah Jette ihm und ihrem Sohn nach, die die Halle durchquerten und sie durch die Terrassentür verließen.

Stumm beugte sie sich zu Leopold hinunter, nahm den schniefenden Kleinen auf den Arm und ging mit ihm die Treppe hoch. Martin folgte ihr mit den Koffern.

»Ihr Herr Vater passt schon auf, Sie müssen sich keine Sorgen machen, Frau von Stetten.«

Sie nickte stumm, widersprach auch nicht, ihr Name sei doch seit acht Jahren Laverne. Sie war es gewohnt, dass die Angestellten und die Pächter sie mit ihrem Mädchennamen ansprachen. Für alle war sie immer noch die Tochter des großen Friedrich von Stetten, geliebt, geachtet, aber auch wegen seiner Strenge gefürchtet.

Aber bedeutete das nicht auch, dass sie hierhergehörte, zu ihrem Vater, auf das Gut, das ihre Heimat war?

SECHS

Bad Lichtenberg
Weihnachten 1944

FAMILIE LAVERNE

Wie seit Jahrzehnten saß Irene am Heiligen Abend am Flügel und spielte *Stille Nacht*. Alle sangen mit, doch niemand war mit seinen Gedanken beim Lied, bei der Familie.

Felix, der nach einer anstrengenden tagelangen Reise endlich angekommen war, dachte an Jette und die Söhne, die er nicht erreichen konnte, da die Leitungen nach Ostpreußen tot waren. Viola stand neben ihm, sie hatte ihre Hand in die ihres Vaters geschoben und sah zu ihm hoch, doch Felix dachte an Jette, an die beiden Jungen, an den Hof, den er verloren hatte. Irene dachte mit Wehmut daran, dass sie alt und es vielleicht das letzte Weihnachten in ihrem Leben war. Ihr Blick ging zu ihrem Mann Johannes, wie gelang es ihm nur, immer noch der attraktive Mann zu sein, er, obwohl er auch auf die achtzig zuging? Der immer noch der angesehene erfolgreiche Anwalt war? Heute saß der Schmerz nicht mehr so tief, dass ihr Ehemann die schöne Elisabeth, die Frau seines Bruders, geliebt hatte. Elisabeth, die vor Jahren nach Rom gegangen war, um in der Nähe ihres geliebten Sohns Julian zu sein. Ob sie immer noch so schön war?, schoss es Irene durch den Kopf.

Alles schläft, einsam wacht …

Ihr Blick wanderte weiter zu den beiden Töchtern, die neben ihr am Flügel standen und sie anlächelten. Beide lebten offenbar nur für die Karriere, das hatte sicher auch jeden Mann abgeschreckt, sie zu heiraten. Sie waren einfach zu selbstständig.

Ach, Franz … ihr geliebtes Kind, ihr Sohn, der 1918 in der Schlacht an der Somme gefallen war … der Schmerz um seinen Tod war mit den Jahren schwächer geworden, doch blieb letztendlich immer gegenwärtig. Seinen Sohn Maxim, den geliebten Enkel, hatte Johannes vor sechs Jahren in die Schweiz geschickt. Bei den Routineangaben des Ariernachweises wurde offengelegt, dass seine Mutter Jüdin war, obwohl Johannes ihn adoptiert hatte und er dadurch ein Laverne geworden war. Sie vermisste Maxim, doch es war richtig, dass er in der Schweiz lebte. Auch war so für ihn die Gefahr gebannt, an die Front geschickt zu werden und vielleicht für Deutschland zu sterben wie sein Vater. Ja, es war gut so.

… nur das traute hochheilige Paar …

Natalja stand auf der anderen Seite neben ihr. Irene musste jetzt doch lächeln, wollte die Enkelin aufpassen, ob ihre Großmutter bei den Tasten auch nicht danebengriff?

Holder Knabe im lockigen Haar …

Wie jedes Jahr sang Johannes mit seiner schönen Baritonstimme laut mit, an ihm orientierten sich die anderen; sein Bruder Carl bewegte nur die Lippen. Jahr für Jahr war es ihm peinlich mitzusingen, da er wusste, er traf keinen einzigen Ton.

Schlaf in himmlischer Ruh …

Johannes, der neben Luise stand, hatte leicht den Arm um seine Tochter gelegt. Irene erschrak – sie sah so blass aus, war sie krank, oder gab es etwas, das sie, die Mutter, nicht wusste? Niemand vertraute sich ihr an. Luise war mit dem Vater eng verbunden, und Victoria war so selbstständig, dass sie ganz offensichtlich niemanden brauchte. Auch nicht den Vater ihrer Tochter, aber wer war das überhaupt? Irene hatte zwar einen Verdacht, sprach ihn aber nicht aus.

Stille Nacht, heilige Nacht,
die der Welt Heil gebracht …

Alle blickten ernst, nur die kleine Viola strahlte. Sie trug ein rosa Kleid, das Irene in Nachtarbeit für sie aus einem Kleid von Victoria genäht hatte. »Weißt du«, hatte sie gesagt, »Victoria mochte schon als Kind keine Kleider tragen, und als sie später in Berlin gelebt hat, trug sie nur Hosen.«

War das etwa ein Akt der Befreiung von Erziehung und Konventionen gewesen?

Stille Nacht, heilige Nacht,
Christus, der Retter, ist da …

Erleichtert hörten sie auf zu singen. Irene erhob sich, denn Nataljas Weihnachtsgeschenk für die Familie war ein Klavierkonzert von Chopin. Jetzt nahm sie den Platz vor dem Flügel ein, rutschte zurecht, bewegte die Finger ein wenig in der Luft, und dann fing sie an zu spielen. Und während sie spielte, dachte sie an Alexander. Sie waren am zugefrorenen Weiher Schlittschuhlaufen gegangen, und als das Wetter dann zu mild wurde, saßen sie in dem kleinen Café, das direkt am Weiher lag und eigentlich nur eine Baracke war. Hier traf sich die Jugend, die Schüler beider Gymnasien, und zum ersten Mal erregte Natalja die Neugierde ihrer Mitschülerinnen. Sonst war sie verschrien als Streberin, da die Lehrer das »Ausnahmetalent« bevorzugt behandelten, und nun saß ausgerechnet sie mit einem hübschen Jungen in dem Café. Für Natalja waren es wunderbare Nachmittage gewesen, die plötzlich vorbei waren, als Alexander ihr erklärt hatte, er fahre am nächsten Tag in die Schweiz. Seine Mutter heirate dort wieder, er müsse erst einmal dortbleiben. Seine Mutter wolle es so, auch wenn sein Vater dagegen sei, sie habe sich durchgesetzt.

In diesem Moment hatte sie erkannt, wie wenig sie über Alexander wusste. Denn an den Nachmittagen hatte sie nur von sich und ihrer Familie erzählt, sie hatte sich ihm mitgeteilt wie noch nie zuvor irgendjemandem. Und in dieser Zeit hatte sie sich in ihn verliebt, doch dann kam der Moment, in dem er ihr sagte, er müsse gehen.

»Es ist Krieg, und du kannst so einfach in die Schweiz reisen?« Ein Hoffnungsschimmer war das gewesen, er könne gar nicht fahren, doch dann erklärte er, er habe einen amerikanischen Pass. Er sei doch in New York aufgewachsen. Das hatte sie nicht gewusst.

Er hatte es ihr nicht erzählt. Aber er war abgefahren mit dem Versprechen, zurückzukommen, sein Vater wolle es ja so. Wie feierte Alexander Weihnachten? Dachte er an sie? Dann war das Stück zu Ende, und sie nahm die Hände von den Tasten.

Die ganze Familie war berührt und sehr bewegt über die Intensität und den Ernst, mit dem die Dreizehnjährige spielte. Sie habe ein großes Talent, sie könne Herzen berühren, erklärte Luise, die als Erste klatschte, sich zu Natalja beugte und sie küsste, die einen artigen Knicks machte und sich verbeugte, als stehe sie bereits vor einem großen Publikum.

Noch beeindruckt von der Begabung Nataljas, gingen sie in das kleine Speisezimmer und aßen wie jedes Jahr Kartoffelsalat und Würstchen.

Dazu tranken sie einen rosé Sekt, und zum Nachtisch reichte Irene ihre Kriegsleckerle, ein Rezept ohne Butter, das sie bereits im vorigen Krieg erfunden hatte. Sie unterhielten sich ein wenig, wechselten in den Wohnraum hinüber, in dem der kleine geschmückte Baum stand. Dort kniete sich Felix vor das Radio, drehte an den Knöpfen, und alle sahen ihm gespannt zu.

»Da kommt nichts«, meinte Carl, »es rauscht und knistert ja furchtbar in diesem Apparat, mach lieber aus, sonst geht er noch in die Luft.«

»Da, hört ihr?« Felix hatte den Einwand seines Vaters nicht beachtet. »Eine Direktübertragung aus Rom.« Er wandte sich aufgeregt an die anderen. Ein Sprecher begleitete leise den Ablauf.

»Die Glocken aller Kirchen Roms läuten«, flüsterte er ins Radio, »wir sind hier auf dem Petersplatz und übertragen direkt. Hier haben sich deutsche und italienische Soldaten und auch die Alliierten versammelt.«

Silent night, holy night …

brauste es in den römischen Nachthimmel.

»Alle singen zusammen, heute Nacht sind aus Feinden Freunde geworden, heute Nacht, in der die Waffen ruhen und auf der ganzen Welt Frieden herrscht.« Die Stimme des Sprechers klang heiser vor Rührung.

Silent night, holy night …

»Ob Julian dort ist?«, wandte sich Felix tief ergriffen an seinen Vater, der nur mit den Achseln zuckte und sich verstohlen ein paar Tränen aus den Augen wischte. Stand Julian vielleicht sogar neben Papst Pius XII., als dieser die Weihnachtsbotschaft verkündet hatte? Julian, der Deutsche, der im Vatikan eine steile Karriere machte?

Julian, von dem sie nichts mehr gehört hatten.
Stumm sahen sie sich an. Julian, wie geht es dir?

All is calm, all is bright …
Round you virgin mother and child …
Silent night, holy night …

Jetzt rauschte es im Radio, ein Knistern, ein Brummen, und so drehte Felix den Apparat ab. Schweigend sahen sie sich an, bis Irene erklärte, es sei schon spät, man solle doch ins Bett gehen.

Luise war mit ihrem Vater auf die Terrasse gegangen, so hörten sie nicht, dass das Telefon läutete. Felix sprang auf, hastete in die Halle und nahm den Hörer ab.

Es war Jette, es war wie ein Wunder, ein Weihnachtswunder, dass diese Verbindung zustande kam. »Jette, wann kommt du, wie geht es euch?«

Jettes Stimme klang erschöpft, leise, doch dann erklärte sie, dass ihr Vater am Nachmittag einen Schlaganfall erlitten habe. »Ich werde bei ihm bleiben.«

Es knisterte, kratzte, die Verbindung brach ab.

»Kommt Mama?« Viola griff nach Felix' Hand.

Doch er schüttelte den Kopf. Er sah in das Gesicht seiner Tochter, sah die Frage, das Strahlen, das sie noch unterdrückte, doch dann musste er ihr die Wahrheit sagen. »Nein, Viola, nein … dein Großvater ist sehr krank, sie muss bei ihm bleiben.«

Auf der Terrasse erzählte Luise ihrem Vater, dass sie seit einer Woche den jüdischen Architekten Simon Roth vor der Gestapo verstecke.

Stille Nacht, heilige Nacht, sang Natalja vor sich hin, während sie die Treppe nach oben tanzte, immer zwei Stufen nach oben und eine wieder zurück.

SIEBEN

Ostpreußen
Januar 1945

JETTE

Frau von Stetten, Dr. Pfeffer ist da, er wird den Totenschein ausstellen, und dann müssen wir Ihren Herrn Vater auch wegbringen. Es eilt.« Der Gutsverwalter Peter Raben war leise ins Zimmer getreten und sah Jette eindringlich an, die wie erstarrt immer noch am Bett des Vaters saß.

Jette fuhr hoch. Warum war ihr Vater genau in der Zeit gestorben, als sie aus dem Zimmer gegangen war, um sich kurz hinzulegen, da sie die Nacht über bei ihm gewacht hatte.

Sie hatte mit ihm gesprochen, ihm zärtlich über die Stirn gestrichen, seine Hand genommen, die jedoch leblos in der ihren lag, sie hatte ihn beschworen, nicht zu gehen, obwohl sie längst gewusst hatte, er wollte nicht mehr leben, er wollte, dass sie, die geliebte Tochter, ging. Und er hatte gewusst, solange er noch atmete, blieb sie.

Sie erhob sich, öffnete die Tür, und Dr. Pfeffer kam herein, sprach ihr sein Beileid aus und deutete an, dass der Krankenpfleger und einer der Pächter schon warteten, um den Vater »herzurichten« und dann in den Sarg zu legen. »Die Männer holen ihn in einer Stunde ab, Pfarrer Kehlman ist sogar noch im Lande, er kann die Predigt halten. Ich weiß, ich weiß …« Er hob beide Hände abwehrend in Brusthöhe, »es geht Ihnen zu schnell, aber Sie wissen doch, die Rote Armee ist bereits in Insterburg.«

Er ging zu dem Toten, Jette zögerte, dann lief sie zum Fenster und sah in den Park hinunter. Sie presste das Gesicht gegen die zugefrorene Scheibe und starrte hinunter in den schneebedeckten Park. Sie konnte nicht viel erkennen; nur schemenhaft sah sie, wie fünf Pächter ihres Vaters mit Pickel, Schaufel und Bohrer seit zwei Tagen ein Grab in die vereiste, festgefrorene Erde schlugen. Sie hatten damit begonnen, als Friedrich von Stetten noch am Leben war.

Diese Grube da unten sollte die letzte Ruhestätte für den mächtigen Großgrundbesitzer werden. Er sollte hier verscharrt werden, wie Jette es in Gedanken nannte. Früher hatte ihr Vater davon gesprochen, dass er in der Familienkapelle einige Tage aufgebahrt werden wollte, so wie auch schon sein Vater und sein Großvater. Dem sollte ein feierliches Begräbnis im Familiengrab folgen, anschließend ein Fest über Tage gefeiert werden, für alle Pächter, deren Familien, die Einwohner umliegender Ortschaften – alle sollten eingeladen werden, um seinen Tod nicht nur zu betrauern, sondern auch ihn, Friedrich von Stetten, zu feiern. Das hatte er akribisch geplant. Er sei alt, hatte er zu Jette vor einem Jahr gesagt, jeder müsse gehen, und er wolle es mit Pomp und Musik und vielen Menschen.

Nun war er allein gestorben, einfach so, ohne ein paar letzte Worte an sie. Wie er sie liebe, wie … Jette unterdrückte ein Schluchzen. Er hatte vor einem Jahr zu ihr von der letzten großen Auseinandersetzung des Menschen gesprochen, dem einsamen Kampf des Altwerdens. »Das ist dir erspart geblieben«, flüsterte Jette. »Du warst nie alt, noch jung geblieben«, bis auf die letzten Wochen, als er so still im Bett lag und einseitig gelähmt war. Er sprach selten und dann nur mit großer Mühe, aber in seinen Augen erkannte sie seine Liebe für sie. Er hatte ihr nicht gezeigt, welche Angst er doch sicher vor dem Sterben durchlebte, sie sah nur die Liebe zu ihr, der Tochter.

»Sie sollten jetzt gehen, Frau von Stetten.« Der Krankenpfleger, Dr. Pfeffer und der Gutsverwalter standen am Bett des Toten.

Und sie ging, warf einen letzten Blick auf den Vater, bevor einer der Männer die Tür hinter ihr schloss.

Langsam lief sie die Treppe hinunter und in den großen Salon, sie wollte nicht sehen, wie die Männer den Sarg die Stufen hinunterbrachten.

Im Salon hatte die Frau des Gutsverwalters noch einen kleinen Imbiss vorbereitet, ein Abschiedsessen nicht nur für Friedrich von Stetten, auch für die Männer und den Gutsverwalter mit Familie, die gleich nach der Beerdigung abfahren wollten. Jette hatte angeordnet, dass man Champagner aus dem Weinkeller hole, damit man wenigstens noch mit einem Glas Champagner auf Friedrich von Stetten anstoßen könne. Und sie hatte angeboten, jeder könne sich im Weinkeller das aussuchen, was er mitnehmen wolle, auch die Speisekammer stellte sie allen, die geblieben waren, um ihr und ihrem Vater zu helfen, zur Verfügung.

»Wir können nicht viel mitnehmen«, war die Antwort gewesen, »aber vielen Dank, Frau von Stetten.«

»Haben Sie gepackt?« Frau Raben kam zu ihr.

Jette nickte.

»Sie können nur das Allernötigste mitnehmen, das wissen Sie ja, und mein Mann wird Sie noch an den Zug in Insterburg bringen, es heißt, es sei der letzte.«

Jette nickte. Ja, sie habe gepackt, ja, sie habe auch Reiseproviant für die Kinder eingepackt. Wo waren sie überhaupt? Sie sah sich um.

»Die beiden sitzen oben in Luitpolds Zimmer, Sie sollten sich um sie kümmern, die Kinder sind vollkommen verstört.«

Auch Dr. Pfeffer kam noch zu ihr in den Salon. »Ich habe erfahren, Herr Raben bringt Sie und Ihre Söhne zum Zug. Ich gebe Ihnen noch ein paar Medikamente mit. Sie könnten sie brauchen.«

Jette nahm sie und bedankte sich mit einem Nicken.

»Übrigens«, der Arzt sprach eindringlich auf sie ein, »die Telefonleitung hier ist tot, aber von meiner Praxis aus kann ich Ihren Mann anrufen, ihm sagen, dass Sie mit dem letzten Zug in Insterburg abfahren. Möchten Sie das?«

Jette nickte stumm. Es war also so weit, heute verließ sie endgültig die Heimat und fuhr zu ihrem Mann und ihrer Tochter an den Ort, der ihr fremd war. »Danke«, brachte sie heraus, »danke für alles.«

»Die Leute, die noch hier sind, machen das alles für Ihren Vater, den sie sehr verehrt und bewundert haben«, betonte der Arzt und sah sie forschend an. »Aber Sie müssen auch bereit sein.«

Jetzt stellte sich die Frau des Gutsverwalters zu ihr. »Wir alle wollen so schnell wie möglich weg.«

Wieder nickte Jette.

Frau Raben packte sie am Arm. »Begreifen Sie überhaupt? Die Rote Armee kommt näher, man hört bereits die Artillerie.« Ihre Stimme klang eindringlich, beschwörend. »Wir alle müssen uns beeilen.«

Jette nickte zu allem, was Frau Raben sagte. Sie fühlte sich leer, erschöpft, voller Angst. »Und Sie? Wo fahren Sie hin?«, raffte sie sich endlich zu fragen auf.

»An die Ostsee, dort warten Schiffe, um Flüchtlinge über die See wegzubringen. Die Russen sollen schon in Königsberg sein, also müssen wir uns beeilen.« Nachdem Jette nicht reagierte, packte Frau Raben auch Jettes anderen Arm und schüttelte sie. »Sie müssen an Ihre Kinder denken. Ihr Vater, das ist Vergangenheit, Ihre Söhne sind die Zukunft.«

Jette biss sich auf die Lippen. Jetzt ärgerte sie sich über die ständige Zurechtweisung der Frau des Gutsverwalters. Aber sie schwieg, letztendlich erkannte sie, dass sie darauf angewiesen war, dass Herr Raben sie noch vor seiner eigenen Flucht am Abend nach Insterburg brachte. »Danke«, murmelte sie. »Danke für alles.«

»Wie gesagt, wir machen das für Ihren Vater«, betonte Frau Raben. »Also bis gleich.«

Jette ging zurück in die Halle, hier stand noch der Christbaum, niemand hatte daran gedacht, ihn abzuschmücken und zu entsorgen, von Jette war keine Anweisung gekommen. Seine Zweige bogen sich vertrocknet nach unten. Viele der glänzenden Kugeln und Lamettafäden waren abgefallen und lagen darunter auf dem Boden. Als sich Jette umdrehte, sah sie ihre Söhne, die sich über das Geländer beugten und zu ihr herunterstarrten. Zu ihrer Mutter, die seit Tagen kaum mit ihnen sprach. Die Kinder spürten ihre Trauer, fühlten sich einsam und verloren ohne sie.

»Frau von Stetten, möchten Sie, dass die Kinder dabei sind? Wenn ja, ziehen Sie sie an.«

Jette nickte, ging die Treppe hoch, um die Kinder in ihre dicken Mäntel zu zwängen und ihnen in die Stiefel zu helfen.

Als sie über die Terrasse hinaus in den Park traten, hatte sich ein Wind erhoben, der schnell zum Sturm wurde. Das Ehepaar Raben stand am Grab, einige Pächter mit Familie, die noch hiergeblieben waren, um ihren Gutsherrn auf dem letzten Weg zu begleiten. Die kurzen Worte, die der Verwalter sprach, verwehten im Wind, und dann kam noch der Pfarrer angehetzt, doch auch seine Sätze blies ihm der Wind von den Lippen.

Von Erde bist du genommen … zu Erde sollst du werden … Gott vollendet an dir …

Hier fingen Leopold und Luitpold an zu schreien, während der Pfarrer noch das *Vater Unser* sprach.

Vater unser, der du bist …

Die wenigen Leute falteten die Hände und fielen murmelnd in das Gebet mit ein.

Dann war es schon vorbei, der Pfarrer sprach Jette noch kurz sein Beileid aus, bevor die Frauen wieder davonhasteten und die Männer vereiste Erde auf das offene Grab warfen. Da die Erde nicht ausreichte, bedeckten sie das Grab mit Tannenzweigen. Irgendeiner von ihnen schlug mit einem Hammer ein Holzkreuz in die vereiste Erde, dann verabschiedeten sie sich und wünschten Jette mit den Kindern alles Gute. Sie gingen in die Halle an das vorbereitete Büfett. Es war nur noch die letzte Geste, nicht sofort vom Grab wegzulaufen. Aber man sollte so schnell wie möglich wegkommen, sich den vielen Menschen auf der Flucht anschließen. Sie tranken alle noch hastig ein Glas Champagner, gedachten des Herrn von Stetten, griffen nach den Schnitten, die Frau Raben gerichtet hatte. Dann war alles vorüber, jeder dachte an die eigene Flucht.

»Es wird bereits dunkel, ich kann nicht mehr länger warten, ich hole Sie dann in einer Stunde«, erklärte Raben noch. »Bitte seien Sie bereit, meine Familie und ich wollen weg. Und denken Sie daran: wenig Gepäck.«

Da sie schwieg, setzte Raben noch unsicher hinzu: »Es tut mir leid, sicher wissen Sie, dass Ihr Vater mir den Wagen für die Landarbeit geschenkt hat, als Fluchtfahrzeug für mich und meine ganze große Familie … aber … ich kann …«

»Das ist schon in Ordnung«, unterbrach Jette ihn hastig. »Ich kann ja gar nicht fahren, also es ist gut so. Sie haben so viel für uns jetzt getan, wie sollte ich etwas dagegen haben.«

Er zögerte, er spürte, wie schlecht es Jette ging und wie groß ihre Angst vor dieser Fahrt ins Ungewisse mit den Kindern war. »Ich habe gehört, in Danzig läuft das Leben noch ganz normal. Dort können Sie in ein Hotel gehen und Ihren Mann anrufen.«

Jette nickte. Doch sie wusste, es war der Versuch, sie zu trösten, ihr Mut für die Flucht zu machen. Denn niemand wusste, ob der letzte Zug überhaupt nach Danzig ging. Oder nur nach Marienburg, das die Rote Armee bereits eingenommen hatte.

Als hinter dem Gutsverwalter die Haustür zufiel, herrschte Stille. Jette fröstelte im kalten Haus, sie sah zum Tisch, auf dem die Gläser standen, niemand hatte sie mehr aufgeräumt. Warum auch.

Müde ging sie die Treppe hoch, holte den kleinen Koffer und den Rucksack, den sie mitnehmen wollte. Oder sollte sie nur den Rucksack nehmen, alles andere hierlassen?

Die beiden Söhne blieben noch in ihrem Zimmer. Jette hatte ihnen gesagt, jeder solle ein Spielzeug holen, das er mitnehmen wolle.

Als sie mit dem Gepäck wieder unten in der Halle stand, hörte sie die Kinder aus ihrem Zimmer kommen. Sie sah hoch, sah den Älteren, Luitpold, der seinen Teddy im Arm hielt und noch irgendetwas unter dem dicken Mantel verbarg, das sie nicht erkennen konnte. Leopold trug einen kleinen Spieltraktor, den sein Großvater ihm geschenkt hatte. Während sie noch hoch zu den Söhnen schaute, hörte sie ein Geräusch am Hintereingang, das sie zusammenzucken ließ. Langsam drehte sie sich um. Es konnte sein, dass einer der Pächter etwas vergessen hatte, sich vielleicht doch noch eine Flasche Champagner mitnehmen wollte, wie Jette es ihnen angeboten hatte. »Wir werden gleich abgeholt«, sagte sie in die tiefe Stille hinein, während ihr Herz rasend klopfte. War es nur der Wind, klapperte irgendwo ein Fensterladen? Letztendlich hatte niemand daran gedacht, die Läden zu schließen, das Haus zu verriegeln. Alle wussten doch, dass es nicht mehr wichtig war, dass es dieses Haus bald nicht mehr geben würde.

Jemand trat heftig gegen die Hintertür. Eisiges Entsetzen packte Jette. Doch dann erwachte sie aus ihrer Erstarrung und machte den Kindern ein Zeichen, ganz leise auf die Eingangstür zuzugehen. Dann schlich sie zum Gewehrschrank des Vaters, öffnete ihn, holte ihr Gewehr heraus und lud es in Sekundenschnelle. Leise ging auch sie rückwärts auf die Eingangstür zu, schob das Gepäck mit dem Fuß darauf zu, das entsicherte Gewehr hinter dem Rücken. Es konnte Raben sein, der durch den Hintereingang kam, es konnte …

Die Hintertür krachte ein, und da standen sie: zwei Soldaten der Roten Armee.

»Frau …«, rief einer von ihnen Jette zu, »Frau … komm her …« Der andere lachte, ein Dritter kam herein, doch er sah die Champagnerflaschen, griff sich eine, zog den Korken raus, setzte sie an die Lippen und trank gierig.

»Frau … komm her …« Es klang drohend, schon kam er näher, da riss sie das Gewehr nach vorn, legte an und schoss. Sie schoss nur zweimal, kaltblütig, genau zielend, erschoss beide Soldaten, die taumelnd und blutüberströmt langsam in die Knie gingen und dann zusammenbrachen. Ein erstaunter Blick brechender Augen traf Jette, ein Blick, den sie nie wieder vergessen würde.

Doch dann stand der Dritte vor ihr, er kam näher. »Gewehr weg …

Frau … Weg … Gewehr weg … auf den Boden … Boden …« Auch er hatte ein Gewehr in der Hand und zielte auf die beiden Kinder. »… weg … sonst Kinder tot …«

Jette war ganz ruhig, ohne Angst, ohne Trauer. Sie hatte zwei Männer erschossen, die tot in ihrem Blut lagen, und sie würde auch mit diesem fertigwerden … *danke, Vater, dass du mich das Schießen gelehrt hast.* Aber als sie sah, dass er es ernst meinte, als er sein Gewehr auf die Kinder anlegte, da ließ sie es vorsichtig auf den Boden fallen und schob es mit dem Fuß weg, nicht zu weit, sodass sie es noch greifen konnte. Aus dem Augenwinkel sah sie, wie Leopold und Luitpold rückwärts zur Tür wichen; der Kleine versteckte sich hinter dem Rücken des siebenjährigen Luitpold. Irgendwas hatte er unter dem Mantel. Sie blieben stumm, schrien nicht, sie weinten auch nicht, sahen nur ihre Mutter an.

Der Soldat kam näher, er zog seinen Gürtel aus, griff blitzschnell nach Jettes Haaren, zog sie daran zu sich heran und schlug sie mit dem Gürtel ins Gesicht, dann zwang er sie in die Knie, und während er sie immer noch an den Haaren hielt, öffnete er seine Hose. Doch in diesem Moment krachte ein Schuss.

Der Russe ließ sie los, Blut lief ihm über das Gesicht, mit einem Ausdruck der Verwunderung sah er Jette an, die Frau, die vor ihm kniete, und brach langsam zusammen, sein Gesicht nur noch eine blutige Masse. Jette kam mühsam auf die Beine, zitternd, von Entsetzen gepackt. Sie drehte sich um, und da sah sie ihren siebenjährigen Sohn Luitpold, wie er sein Gewehr sinken ließ. »Mama …«, stammelte er. »Mama, wir müssen jetzt gehen …«

Doch Jette konnte nicht. Sie würgte und erbrach sich vor den drei Soldaten, die in ihrem Blut dalagen, zwei getötet von ihr, einer von ihrem kleinen Sohn, der seine Mutter beschützen wollte.

Er hatte mit dem Geschenk seines Großvaters geschossen, das er hatte mitnehmen wollen.

Peter Raben war gekommen. Entsetzt sah er auf die Toten, auf das Blut, auf Jette und den Kleinen, der mit ausdruckslosem Gesicht, das Gewehr in der Hand, danebenstand. Luitpold ließ zu, dass Raben es ihm vorsichtig aus der Hand nahm und auf den Boden legte, dann den Koffer und den Rucksack nahm. Jette hob den kleinen Leopold hoch, der mit großen Augen dabeistand, dann schlichen sie sich aus dem Haus. Ganz leise zog Jette die Eingangstür hinter sich zu.

Ihr Leben hier war vorbei, ein Leben, das mit der Tötung dreier Soldaten einen blutigen Abschluss gefunden hatte. Konnte ihr Sohn es jemals verkraften, dass er im Alter von sieben Jahren einen Mann erschossen hatte? Eiskalt erschossen, um seine Mutter zu retten?

»Und du hast wirklich geschossen?«

Luitpold nickte schweigend, und da lobte Raben ihn und erklärte, wie mutig er sei. Sie stiegen in den Wagen, und während Raben den Motor anließ, schwieg Luitpold, wandte den Kopf zur Seite und drückte den Teddy fest an sich.

Sie umfuhren die Stadt und sahen mit Entsetzen, dass Insterburg beschossen wurde, Brandbomben auf die Stadt geworfen wurden und einige Stadtteile in Flammen aufgingen.

»Ich habe gehört, dass endlich die Erlaubnis aus Berlin kam, die Stadt zu evakuieren, es wird also ein großer Ansturm auf den letzten Zug sein.«

Jette nickte stumm, während Raben ausstieg, ihr aus dem

Wagen half und dann das Gepäck übergab. »Es tut mir leid, ich muss Sie hier vor dem Bahnhof rauslassen, meine Familie …«

»Das ist schon in Ordnung«, war Jettes Antwort, sie wollte nicht länger Raben dankbar sein müssen. »Wir kommen schon zurecht.«

Ein hastiges *Alles Gute,* und vielleicht sieht man sich ja wieder, irgendwann …

Dann sprang Raben in den Wagen und fuhr rasch davon, ohne sich noch einmal umzudrehen. Er schien erleichtert zu sein, denn er hatte seine Pflicht und das Versprechen Friedrich von Stetten gegenüber erfüllt.

Jette zog den Rucksack über, nahm den Koffer, den Kleinen hoch und schärfte Luitpold ein, sich fest an den Gürtel ihres Mantels zu klammern.

Und dann gingen sie los. Doch am Bahnsteig blieb sie erstarrt stehen, das hatte sie nicht erwartet.

Es wimmelte von Menschen, alle drängten, stießen und schrien. Viele saßen erschöpft auf dem Bahnsteig, sie warteten schon seit vergangener Nacht auf diesen letzten Zug.

Und da stand sie, mit den Kindern an der Hand, die Mörderin zweier Männer, an der Hand den Siebenjährigen, der ebenfalls einen Mord begangen hatte.

Unsinn, es war Notwehr gewesen, ganz klare Notwehr, kein Mord. Ihr kleiner Sohn, er konnte doch nicht morden, er hatte sie gerettet vor einer Vergewaltigung, vielleicht sogar vor dem Tod. Es war Krieg und deshalb auch kein Mord. War sie ihrem Vater dankbar, dass er ihm, dem Kleinen, das Schießen beigebracht und ihm sogar ein eigenes kindgerechtes Gewehr hatte anfertigen lassen? Nur nicht nachdenken, auch nicht weiterdenken – waren noch mehr Soldaten in das Herrenhaus gekommen, hatten sie alles zerstört, zerschlagen, dann das Gutshaus in Brand gesteckt? Nicht daran denken, nur jetzt zusehen, dass sie ganz vorn am Bahnsteig stand, wenn der Zug einfuhr. Es schien, als ströme die ganze Kraft in sie zurück, die Kraft, der Mut, den Felix an ihr immer so bewundert hatte. Sie hob den Koffer hoch wie einen Schild, befahl den Kindern, sich fest an ihren Manteltaschen zu halten, und drückte sich durch, bis sie direkt am Bahnsteig stand. Und da fuhr der Zug schon ein, die Leute hinter ihr drängten, schrien, boxten sich brutal nach vorne. Jette wurde nach vorne geschoben, und schon stand sie auf dem obersten Trittbrett, sie sah sich nach den Kindern um, doch nur Luitpold war an ihrer Seite.

Wo war Leopold? »Leopold«, schrie sie, und schon drängten die Menschen hinter ihr nach. Fast fiel sie hin, doch da sah sie ihren Kleinen ganz hinten stehen, allein, dort, wo niemand mehr drängte und schubste. *Leopold* … ein einziger Schrei, dann fuhr der Zug langsam an, doch da packte sie Luitpold und sprang ab. Sie fielen weich auf die Nachdrängenden, schon boxte sie sich durch, mit letzter Kraft und Vehemenz, sie wurde angerempelt, beschimpft, weggestoßen, doch dann stand sie bei dem Vierjährigen, hob ihn mit einem Schluchzen hoch. Als sie sich umdrehte, fuhr der Zug schneller an. Menschen hingen wie Trauben an den Türen, an den Griffen, auf den Trittbrettern. Die anderen, die nicht mehr mitkamen, liefen neben dem Zug her, hoben die Hände, schrien: Bitte, wir wollen mit … nehmt uns mit …

Doch da fuhr der Zug um die Kurve und verschwand in der Dunkelheit. Der letzte Zug in die Freiheit.

Viele Leute waren zurückgeblieben, schluchzten, beschimpften sich gegenseitig, weinten, und über all dem Lärm sah man, wie Insterburg in Flammen aufging, und hörte das Feuer der Artillerie, das sich dem Bahnhof näherte. Die Rote Armee war nicht mehr aufzuhalten.

Jette zitterte, sie drückte ihre beiden Jungs ganz fest an sich. »Alles wird gut …«, flüsterte sie, »alles gut …«, und spürte nicht, wie ihr die Tränen über die Wangen liefen.

»Insterburg ist in russischer Hand«, kam plötzlich eine Ansage durch den Lautsprecher. »Panzer fahren durch die Straßen, das Artilleriefeuer ist eröffnet, Tote liegen auf den Straßen, Häuser brennen.«

Jette sah sich um. Sah, dass die meisten es nicht auf den Zug geschafft hatten.

In diesem Moment verließ Jette alle Kraft, vollkommen erschöpft setzte sie sich auf den eiskalten Bahnsteig, die Kinder an sich gepresst, doch war sie nicht einfach nur glücklich, dass sie Leopold nicht verloren hatte? »Hauptsache, wir sind zusammen«, flüsterte sie.

Luitpold befreite sich aus dem festen Griff seiner Mutter. »Warum sind wir nicht mit Papa gegangen?«

Jette schwieg. Sie fühlte sich schuldig, aber wie konnte sie ihrem Sohn erklären, dass sie aus Liebe zu dem Vater nicht gegangen war, nicht gehen konnte? Würde der Siebenjährige es verstehen? Doch das war im Moment nicht wichtig, wichtig war nur, wie sie jetzt dem Inferno entkamen.

»Frau von Stetten, hören Sie mich?«

Jette sah hoch, sie musste überlegen, wer die junge Frau war, die vor ihr stand und sich zu ihr herunterbeugte.

»Ich bin Frau Mangold, erinnern Sie sich? Wir sind Pächter von Ihnen und Ihrem Herrn Vater gewesen. Wollen Sie mit uns kommen? Sie können sich mit den Kindern auf den Pferdewagen setzen, Decken sind genug da.«

Langsam und mit neu erwachter Energie erhob sich Jette.

»Danke, danke. Wo fahren Sie hin?«

»An die Ostsee, dort warten Schiffe auf uns.«

»Auf uns?«

»Ja«, die Stimme der jungen Frau klang zuversichtlich. »Doch ja, auf uns, die Flüchtlinge, die Heimatlosen, dort kümmert man sich um uns. Kommen Sie … ich helfe Ihnen.«

Und sie schob Jette mit den Kindern und dem Gepäck hinten auf den Pferdewagen. Dort saßen bereits einige Kinder und Erwachsene eng aneinandergedrängt. Jette quetschte sich mit ihren Söhnen dazwischen und warf einen Blick auf die beiden Zugpferde. Jette erkannte die furchtbare Wahrheit: Diese abgemagerten Gäule würden nicht lange durchhalten.

Als sich der Wagen in die lange Schlange der Flüchtlinge einreihte, sah Jette sich um. Teile von Insterburg brannten, die Flammen loderten hoch, es fielen immer noch Bomben, und sie hörten Schreie und das dumpfe Dröhnen von Panzern und Artillerie.

Vier Tage später

Irgendwann zwischen Nacht und Tag, zwischen Eis und Schnee, waren die Pferde zusammengebrochen, mit Schaum vor den Mäulern langsam gestorben, der Wagen zur Seite umgekippt.

Jette wühlte sich aus den Decken, nahm den Kleinen auf den Arm, wies Luitpold an, sich an ihren Mantel zu hängen, sie mussten weiter. Eine lange Menschenschlange, die bis zum Horizont reichte, schleppte sich langsam durch die Kälte, in der Hoffnung, bald die Ostsee zu erreichen, ohne vorher erfroren oder verhungert zu sein. Dazwischen kamen Tiefflieger, die in die Menge schossen, Menschen, die tot zusammenbrachen oder zur Seite fielen, die Nachfolgenden stiegen über sie und liefen weiter, nur noch den einzigen Gedanken an ein rettendes Schiff. Eine dumpfe Freude, wenn man selbst nicht getroffen worden war.

Schweigend kämpfte sich die erschöpfte Menge durch die Kälte, fast verhungert, krank, nur noch mit dem Ziel vor Augen, die Ostsee zu erreichen.

»Wir werden gerettet werden«, murmelte Frau Mangold wie in einem ewigen Gebet vor sich hin, manchmal sah sie zu Jette, um eine Bestätigung zu erhalten, doch Jette schwieg. Schritt für Schritt, solange es ging, solange die Füße noch konnten, obwohl sie vor Kälte nicht mehr spürbar waren und Jette unentwegt über sie stolperte.

»Ist Ihr Sohn stumm, der Arme?«, fragte Frau Mangold, als sie sich für einen Moment auf die vereiste Erde gleiten ließen.

Neben Jette stand Luitpold, krank, blass, den Teddy an sich gepresst. Konnte man vermuten, dass dieser kleine Junge kaltblütig einen Mann erschossen hatte?

Jette war zu erschöpft, um eine Antwort zu geben, so nickte sie nur.

»Ach, der Arme«, murmelte Frau Mangold und schlang ihren Mantel aus Kaninchenfell fest um sich, doch Wärme gab er nicht ab, wie sie erzählt hatte. Sie seien eben nicht reich gewesen, konnten sich keinen Pelzmantel aus Fuchsfell leisten, wie die großen Herren und Damen, oder Nerz oder sogar russischen Zobel.

Jette schwieg, sie wusste, wen sie meinte, denn Jette hatte einen Zobel besessen, der hing jetzt oben in ihrem Zimmer auf dem Gutshof. Sie hatte vergessen, ihn mitzunehmen, hatte nicht erwartet, tagelang durch Eis und Schnee zu laufen; sie war lediglich auf eine Bahnfahrt gefasst gewesen.

Langsam wurde es Tag. Jette brach heimlich ein Butterbrot, das sie noch in ihrem Vorrat hatte, es war gefroren und ließ sich nicht beißen. Sie schärfte den Söhnen ein, kleine Stücke im Mund zu behalten, bis sie sich durch den Speichel auflösten und schlucken ließen. Sie selbst aß nichts. Wann kam denn endlich das Meer, wann der Hafen, wann das Schiff? Für einen Moment hüllte sie sich noch in die Decke, Leopold auf dem Arm, es wurde hell, es wurde Tag, und alles war nicht mehr ganz so schlimm, wenn es Tag war. Sie drückte Leopold, ihren kleinen Liebling, fest an sich. Er war so kalt, sie spürte es durch die Decke, er war starr, bewegte sich nicht. *Bitte, Leopold, sag was, du hast doch die Augen offen, Leopold … sag doch was, meinetwegen weine, schrei, doch sieh mich an, sieh mich richtig an.* Sein Gesicht war mit Frost überzogen, blau. »Leopold«, schrie sie, »Leopold, mein kleiner Engel, bitte sieh mich an, sag was …«

Frau Mangold beugte sich über ihn. »Das Kind ist tot, sehen Sie das nicht? Er muss in der Nacht gestorben sein.«

Ohne einen Laut, ohne Weinen, gestorben in ihren Armen, und sie hatte es nicht bemerkt.

»Sie müssen das Kind zurücklassen.« Zwei andere Frauen hatten sich durch ihren Schrei umgedreht.

»Das kann ich nicht, nein«, stammelte Jette. »Nein.«

Aber wo blieben die Tränen, wo die Verzweiflung? Kamen sie später, wenn …

Jette fühlte nichts, nur Kälte, eisige Kälte bis ins Innere, bis zum Herzen.

Da nahm Frau Mangold ihr vorsichtig Leopold aus dem Arm, doch Jette ließ ihn nicht los, sie presste den toten Körper ihres Kindes an sich, nein, nein, sie gab ihn nicht her … *Nein, er muss mit, es ist doch ihr Kind, sie kann ihn nicht zurücklassen.* Sie wich den Frauen aus, doch Frau Mangold war stärker, sie schaffte es, Leopold aus den Armen der Mutter zu befreien. »Sie müssen ihn zurücklassen, denken Sie an den anderen, an Luitpold.«

Sie sah Luitpold an. Sein Gesicht, in dem sich nichts spiegelte, kein Schmerz, keine Liebe, kein Mitleid mit ihr, der Mutter. Aber er hatte doch für sie getötet, konnte er denn nicht verstehen, dass sie seinen Bruder nicht zurücklassen kann?

»Das Meer, das Meer …«

Rufe von der Spitze des langen Zugs drangen bis zu ihr. Sie drückte ihr Kind, ihr Baby an sich, doch dann schluchzte sie auf. Sie ließ sich von Frau Mangold die kleine Böschung hinabführen, dort legten sie ihn hin, bedeckten ihn mit Zweigen. Oben stand Luitpold und starrte zu seiner Mutter und dem toten Bruder hinunter.

Gotenhafen, sie waren fast da. Dort ein Schiff, groß, Freiheit verheißend, Rettung.

Jette hielt ihren Sohn fest an der Hand, er presste immer noch seinen Teddy an sich, in seinem Gesicht konnte Jette nichts erkennen. Hatte er überhaupt begriffen, dass sein kleiner Bruder tot war? »Schnell, wir müssen uns beeilen …«

Direkt am Steg drängten von allen Seiten Menschen zum Schiff, Hunderte, Tausende, voller Angst. Sie stießen sich, boxten sich brutal durch, und wieder war es Jette, die zurückblieb, sich dann auch durchkämpfte, den Rucksack verlor, nur aufs Schiff. Sie hatte es geschafft.

Atemlos stand sie eingepresst zwischen Menschen, die sie von hinten gegen die Reling pressten. Und immer noch versuchten Hunderte Verzweifelte, aufs Schiff zu kommen. Jetzt ertönte das Signal, ohrenbetäubend, die Planke wurde eingezogen, doch als Jette nach der Hand ihres Sohns greifen wollte, war Luitpold nicht da. Sie hatte ihn doch an ihrem Ärmel festgebunden! Doch der Ärmel war zerrissen, ihr Sohn nicht mehr bei ihr.

Sie stand ganz vorne an der Reling, dagegengepresst von Menschen, sie sah die vielen Verzweifelten, die zurückblieben, und irgendwo ganz vorne musste Luitpold stehen. Und da war er auch, so klein, so hilflos, und es war so leicht, auf die Reling zu klettern, fast wurde sie von den Menschen hochgehoben. Und da stand sie oben, sie winkte, sie rief ihn, schwankte, sah ihn, sie war sich sicher. Luitpold, sie musste zu ihm …

Luitpold … Luitpold … ein Keuchen, ein Schluchzen.

Luitpold …

Und dann nur noch eiskaltes Wasser, immer tiefer sinken, keine Luft mehr. Nur Kälte, Wasser … Luitpold …

ACHT

Bad Lichtenberg
Anfang April 1945

NATALJA

Am Ostermontag hatte die Familie im *Deutschen Kaiser* zu Mittag gegessen. Natalja wollte an diesem strahlenden Frühlingstag zu Fuß nach Hause gehen, und so schlenderte sie an der Wandelhalle vorbei und blieb dort kurz stehen. Eine Gewohnheit, mehr nicht. Nein, sie machte sich keine Hoffnungen mehr, dass Alexander zurückkam, es war zu lange her, dass er gegangen war. Schon wollte sie sich abwenden und weitergehen, da sah sie einen jungen Mann mit langen blonden Haaren, der an einem der Stehtische sein Wasserglas hob und trank, dabei unterhielt er sich mit einem Arzt.

Sie starrte ihn an, bis er sich umdrehte. Er war es: Alexander. Sie verharrte stumm, sah nur zu ihm hin. Dann verabschiedete er sich von dem Arzt und kam auf sie zu. »Guten Tag, Natalja«, seine Stimme klang unsicher.

»Hallo«, war ihre einsilbige Antwort. Doch dann konnte sie sich nicht mehr zurückhalten. »Seit wann bist du hier? Und warum hast du dich nicht gemeldet, ich habe dir doch alles über mich berichtet, meinen vollen Namen und meine Adresse genannt, dir von meinem Unterricht bei Professor Geiger erzählt. Du weißt einfach *alles* von mir«, betonte sie. »Und du, warum …« Sie sprach nicht weiter. Hatte sie überhaupt ein Recht, ihm Vorwürfe zu machen? Unsicher sah sie ihn an.

»Es tut mir leid, Natalja, wirklich, ich wollte dich niemals enttäuschen, das musst du mir glauben. Aber ich … ich muss dir sagen, dass …«

»Was?«, unterbrach sie ihn, während ihr Herz heftig zu klopfen anfing. »Was willst du mir sagen?« Hatte er sich in ein anderes Mädchen verliebt, hatte er sich deswegen nie gemeldet? »Du willst mich nicht mehr treffen?«, brachte sie mühsam hervor.

Doch jetzt lächelte Alexander sie an, und sein Lächeln war zärtlich und ließ ihren Herzschlag ein wenig ruhiger werden. »Nein, Natalja, das darfst du nicht glauben, doch ich bin erst gestern angekommen, aber …«

Er sprach nicht weiter, suchte er nach den richtigen Worten? »Aber jetzt bleibst du hier, willst du das sagen?« Natalja strahlte ihn an. Er war da, hier bei ihr. Nichts sonst war wichtig. Ihre Enttäuschung war verflogen, doch warum schwieg er, strich sich nur nervös die Haare aus dem Gesicht, die ihm immer wieder in die Stirn fielen.

»Es tut mir so leid, für dich, für mich, aber ich wollte dir sagen, heute Abend fahre ich bereits wieder ab. Ich *muss*«, betonte er.

‚Nataljas Enttäuschung war so groß, dass sie gar nichts sagen konnte. Aber dann erkannte sie in seinem Gesicht den Ausdruck tiefster Traurigkeit, sodass sie zutiefst erschrak. »Du *musst?*«, flüsterte sie. »Warum?« Ihre Freude, ihn zu sehen, wich einem Gefühl der unbestimmten Angst, einer tiefen Unruhe. Jetzt erst fiel ihr auf, wie durchscheinend blass er war. »Es geht dir nicht gut, nicht wahr? Du kannst mir alles sagen, Alexander, bitte.« Sie wollte ihn umarmen, ihm nahe sein, doch Schüchternheit hielt sie zurück.

»Wollen wir ein wenig spazieren gehen?«, schlug er vor. Ganz offensichtlich wich er ihr aus, wollte sich ihr nicht anvertrauen, sondern er erklärte nur: »Ich habe eine Stunde Zeit.«

Eine Stunde. »Und … ich meine …«, fing sie an zu stottern. Warum sagte er jetzt nicht, *aber ich komme sehr bald zurück*, warum schwieg er? Wieder klopfte ihr Herz stark, als sie ihn ansah. Sollte sie ihm sagen, dass sie so oft an ihn gedacht, sich in ihn verliebt hatte? Und ihn fragen, ob auch er das Gleiche empfand? Er schien in Gedanken so weit weg zu sein. So schmerzlich weit weg von ihr, von ihrem Leben.

»Du siehst hübsch aus, noch hübscher, als ich dich in Erinnerung hatte«, sagte er plötzlich, und sein Lächeln ließ sie das ganze Gefühlschaos, dem sie ausgesetzt war, kurz vergessen. In seinem Lächeln lag so viel Zärtlichkeit, war das nicht eine Antwort auf ihre unausgesprochene Frage?

Sie trug heute an diesem sonnigen Festtag einen kurzärmeligen Angorapullover, mit Perlen bestickt. Ein Modell von Elsa Schiaparelli, wie Luise erklärt hatte, die ihn ihr zu ihrem vierzehnten Geburtstag im März geschenkt hatte.

Sie hörte gar nicht hin. »Wenn ich dich jetzt nicht zufällig hier getroffen hätte, dann hätte ich gar nicht gewusst, dass du hier bist. Dass du überhaupt noch lebst«, fügte sie hitzig hinzu. Doch dann erschrak sie, Alexander war noch blasser geworden.

»Es tut mir leid, wirklich. Aber ich wollte dir und auch mir die Enttäuschung ersparen. Es war auch nicht geplant, dass ich hierherkomme. Nur ein paar Untersuchungen, einige Infusionen, dann fahre ich wieder. Aber ich komme zurück, versprochen.«

»Das hast du im Dezember auch gesagt, und jetzt ist April, und du fährst schon wieder ab.« Doch da sah sie, wie schmal er geworden war, wie müde er aussah, vielleicht sogar unglücklich? Sie biss sich erschrocken auf die Lippen. Bloß keine Vorwürfe. »Es tut mir leid«, beeilte sie sich mit einer Entschuldigung. Aber irgendwo nagte doch die Enttäuschung an ihr. Vielleicht konnte sie ihm doch nicht so schnell verzeihen, nur weil er sie so zärtlich angelächelt hatte.

Er antwortete nicht, und so bogen sie schweigend von der Hauptstraße ab und liefen eine kleine Anhöhe hinauf, bis er stehen blieb und ihr anbot, sich auf eine Bank zu setzen.

»Ich liebe diese Aussicht von hier oben.« Jetzt legte er den Arm um ihre Schulter und zog sie leicht an sich. »Die Wandelhalle und die riesige Glaskuppel von diesem …«

»Das ist die Kuppel des Kurhauses, und zwar vom Pavillon der Vögel«, fiel sie ihm rasch ins Wort, da er zögerte. »Das ist Kulturerbe.«

»Ich war noch nie dort«, erklärte er.

»Ich auch nicht«, erwiderte sie sofort. »Ich ertrage das laute Zwitschern und Kreischen der Vögel nicht, es tut meinem Gehör weh. Als wir hier ankamen, ist meine Mutter mit mir hingegangen, da sie selbst als Kind so gern den Papagei beobachtet hatte, aber für mich …«

Sie sprach nicht weiter, da seine Umarmung enger wurde. »Das ist verständlich«, murmelte er und schob ihr zärtlich eine Locke aus der Stirn. »Du hast das absolute Gehör.«

»Woher weißt du das?«

Jetzt lachte Alexander. »Wenn man von Professor Geiger unterrichtet wird, muss man sehr begabt sein und sicher auch das absolute Gehör haben. Du siehst, ich erinnere mich an alles, was du mir im Dezember erzählt hast.«

Das versöhnte sie ein wenig. Er hatte an sie gedacht. »Und magst du Musik?«, fragte sie. Fiel ihr nichts Besseres ein?

Er schüttelte den Kopf. »Nein, eigentlich nicht. Das hat mit meinem Vater zu tun. Als ich erst drei Jahre alt war, wollte er unbedingt, dass ich Klavierspielen lerne. Es war mir verhasst, und irgendwann musste er dann einsehen, dass ich unbegabt bin. Darüber war mein Vater sehr enttäuscht.«

»Das ist schade, magst du denn gar keine klassische Musik?«

Er zuckte nur mit den Achseln. »Ich habe in meiner Kindheit vielleicht zu viel davon gehört, aber …« Er sprach nicht weiter, sondern sah auf seine Uhr. »Es tut mir so leid, aber ich muss zurück. Ich habe noch ein paar Untersuchungen, und dann werde ich mit einem Wagen des Roten Kreuzes nach Berlin in die Charité gefahren.«

Der Tag, so hell und voller Freude, verwandelte sich in ein dunkles Verlies, so kam es Natalja vor. Dunkel und traurig. »Warum? Nach Berlin, das tagtäglich bombardiert wird, man hört doch ganz schreckliche Nachrichten, und hier … hier bist du doch sicher … ich meine … bist du krank?« Die Tränen ließen sich nicht zurückhalten.

»Vom hiesigen Sanatorium aus werden ein paar Patienten heute Nacht nach Berlin gefahren, und ich fahre mit. Es ist die Empfehlung von Professor Lenhardt, bei dem ich im Dezember in Behandlung war, zur allgemeinen Kräftigung, das hatte ich dir erzählt.«

Ja, das hatte er beiläufig erwähnt, auch dass er jeden Tag von dem Wasser aus dem Brunnen trinken würde. Auf dieses Heilwasser schwöre sein Vater.

»Wieso jetzt in die Charité?« Natalja wusste, dass es ein international renommiertes Krankenhaus war. Krankenhaus und nicht ein Sanatorium, wo man hinging, um die Gesundheit zu kräftigen.

Alexander griff nach ihrer Hand, hob sie an seine Wange und legte den Kopf dagegen. »Es geht nur darum, einen Verdacht aus der Welt zu schaffen. Ich treffe in Berlin dann auch meinen Vater. Endlich«, fügte er hinzu.

Aber Natalja hatte nur eines begriffen: Kaum wieder da, gab es einen neuen Abschied. »Wann kommst du zurück?« Tränen erstickten ihre Stimme.

»Ich weiß es noch nicht. Ich denke, es geht in diesem Moment einfach nur um eine Abklärung.«

Natalja spürte nichts als Enttäuschung und tiefe Angst. »Du sagst mir aber doch die Wahrheit, oder?«

Er antwortete nicht, sondern erhob sich. »Lass mir Zeit«, bat er sie. »Ich bin gestern erst aus der Schweiz hierhergekommen, heute fahre ich nach Berlin, und bald bin ich wieder zurück.«

Konnte sie ihm glauben? Langsam stand auch sie auf. »Ich warte auf dich, Alexander, vergiss es bitte nicht.«

»Nein, natürlich nicht, ich will ja zurück. Zurück zu dir«, fügte er leise hinzu.

Hand in Hand gingen sie schweigend den Hügel hinunter. Erst vor der Wandelhalle fragte sie ihn, wieso der Krankenwagen nachts nach Berlin fahre. »Da ist es sicherer«, erklärte Alexander. »Keine Tiefflieger, das hoffen wir wenigstens.«

Sie sahen sich an. War alles gesagt, oder gab es nicht noch so viel, was nicht ausgesprochen war?

»Ich habe mich in dich …«, fing Natalja hitzig an, doch da legte Alexander ihr zart einen Finger auf die Lippen und verschloss sie. »Sprich nicht weiter, bitte.« So verstummte sie, doch da beugte er sich zu ihr und küsste sie auf ihre Lippen, die sich bereitwillig öffnen wollten.

Er aber zog sich zurück. »Ich muss gehen. Denk daran, ich bin bald wieder hier.« Ein kurzes Zögern, ein langer Blick, dann wandte er sich ab. »Bis bald.«

Sie sah ihm nach, wie er schnell von ihr weglief, und sie stand auch noch da, als er bereits außer Sichtweite war.

Heute war sie zum ersten Mal geküsst worden. Es war schön gewesen, unglaublich schön, doch auch traurig, denn er war überschattet von Abschied und unbestimmter Angst. Er war gegangen, aber wann würde sie ihn wiedersehen? »Alexander, wann genau kommst du zurück? Alexander …«, rief sie und rannte ein paar Schritte, bis sie erkannte, es war sinnlos.

Und Natalja schwankte zwischen Traurigkeit, dass Alexander gegangen war, und auch der Freude ihres ersten Kusses. Und sie würde warten, denn er kam ja wieder. Er hatte es versprochen.

Sie hatte noch eine ganze Stunde Zeit, bis ihr Unterricht bei dem Professor begann. Was sollte sie anfangen? Sich verkriechen? Weinen? Da sah sie Viola, die vor dem Eingang zum *Theater im Palmengarten* stand, offenbar wartete sie auf Victoria.

Viola war ein hübsches Kind, nach dem sich oft Leute auf der Straße umdrehten. Sie erregte Aufsehen, doch sie merkte es nicht einmal. Viola, die in der Schule die Beliebteste war, um deren Freundschaft sich die Mitschülerinnen fast stritten, Viola, die beste Schülerin ihrer Klasse. Alles schien ihr leichtzufallen, jeder brachte ihr Zuneigung entgegen. Sie war ein so tapferes Kind, alle bewunderten sie dafür. Es musste unerträglich sein, nicht zu wissen, ob die Mutter und die Brüder noch lebten. Die meisten glaubten, sie seien mit der Wilhelm Gustloff untergegangen, doch das sprachen sie in Violas Anwesenheit nicht aus. Jeder versuchte, dem hübschen Mädchen die Hoffnung zu erhalten, ihre Mutter und die Brüder seien nur vermisst, wie so viele. Beim Roten Kreuz hingen Fotos und lange Listen von Suchkindern, Kinder, die auf der Flucht verloren gegangen waren, aber auch Erwachsene: Frauen, von denen man nicht wusste, ob sie noch lebten, verzweifelte Familien, die ihre Angehörigen über das Rote Kreuz und andere Hilfsorganisationen suchten.

Langsam ging Natalja auf Viola zu. Was hatte sie nur an sich, dass jeder sie mochte? Eine leichte Eifersucht befiel Natalja, doch dann schämte sie sich. Sie selbst hatte doch gerade etwas Großes erlebt, den ersten Kuss ihres Lebens. Und Alexander würde zurückkommen. Alles würde gut.

Jetzt ging sie auf Viola zu und legte ihr den Arm um die Schultern. »Auf wen wartest du?«

Viola freute sich, als Natalja sie so herzlich ansprach, das kam selten vor, denn meist war Natalja ihr gegenüber mürrisch.

»Wartest du auf meine Mutter? Nimmt sie dich wieder mit in eine Theaterprobe?« Auch das war ein Grund für eine leichte Eifersucht, denn Victoria hatte die eigene Tochter noch nie zu einer Probe eingeladen.

Viola schüttelte den Kopf. »Nein, auf Papa, ich war mit ihm verabredet, aber jetzt unterhält er sich im Pavillon die ganze Zeit mit einer Frau.« Ihr hübsches Gesicht wirkte ratlos. »Aber später gehe ich mit deiner Mama in ihr Theater.«

»Also ich gehe dann …«, erklärte Natalja, da Viola ganz offensichtlich auf ein Gespräch mit ihr keine Lust hatte.

»Ist gut«, antwortete Viola, während sie weiterhin zu dem Pavillon starrte.

Felix stand mit Olga Reimann vor dem Pavillon der Vögel. Sie war vor Kurzem von der Stadt als Ornithologin engagiert worden. Sie, deren Großvater den *Deutschen Kaiser* in Brand gesteckt hatte, die Felix damals verführt und ihn dann der Vergewaltigung bezichtigt hatte. Damals war sie ein sechzehnjähriges Mädchen gewesen, das dadurch eine familiäre Katastrophe ausgelöst hatte. Er hatte sie beobachtet, als sie mit einem Eimer, in Gummistiefeln und Handschuhen den Pavillon verließ und ihn hinter sich zuschloss. Schon als Kind hatte sie sich für die »Exoten« interessiert, sie kannte die lateinischen Ausdrücke und konnte stundenlang vor dem Pavillon stehen. Nun also hatte sie ihren Traumberuf ergattert, da ihr Vorgänger an der Front gefallen war und es keine männlichen Experten in der Stadt gab. Als sie ihn gesehen hatte, war sie lächelnd auf ihn zugekommen, hatte ihre Gummistiefel und Handschuhe ausgezogen. Dann zog sie sich ihren dicken Pullover über den Kopf. »Es ist so schwül hier«, erklärte sie und seufzte erleichtert, als sie sich den Pulli über den Arm hängte. Darunter trug sie nur eine leichte Leinenbluse, durch die sich ihre Brustwarzen durchdrückten und deren einer Träger ihr jetzt über die Schulter rutschte.

Felix schluckte, ihm wurde heiß. Rasch wandte er den Blick ab, erklärte, er wollte ihr nur zu der Stelle gratulieren, es sei sicher die richtige Position für sie.

»Ich habe gehört, dass deine Frau und deine Söhne auf der Flucht vermisst werden. Ich wünsche dir von ganzem Herzen alles Gute. Ich hoffe, du stehst diese Zeit der Unsicherheit gut durch, aber du hast ja deine Familie, die dich unterstützt.«

Meinte sie es ernst? Sie sah ihn mit ihren großen grauen Augen an, sie schienen ihm nicht mehr so kalt schimmernd wie damals … als sie ihn verführt und er durch sie den höchsten sexuellen Rausch erlebt hatte. Wie alt mochte sie jetzt sein? Anfang dreißig vielleicht, überlegte er schnell.

»Danke«, sagte er steif, dann aber wollte er nicht so kleinbürgerlich wirken und schob ihr ihren Blusenträger über die Schulter hoch.

»Papa!«

Erschrocken drehte er sich um, hinter ihm stand seine Tochter Viola. »Ich muss gehen«, rief er Olga hastig zu, während er sich bereits abwandte, auf Viola zuging, sie an der Hand nahm und mit ihr fast fluchtartig den Raum verließ.

»Wer ist diese Frau?« Misstrauisch sah seine Tochter zu ihm auf. Wie musste es auf Viola gewirkt haben, als er in dieser intimen Geste den Träger hochschob?

»Nur eine alte Bekannte«, versuchte er, zu relativieren. »Wir haben kurz über frühere Zeiten gesprochen.« Er bemühte sich, seiner Stimme Leichtigkeit zu geben.

»Ist das die Frau, in die du und dein Bruder Julian verliebt wart und wegen der ihr euch geschlagen habt? Als du fast gestorben wärst?«

Abrupt blieb Felix stehen. »Wer hat dir das erzählt?«

»Tante Irene, sie ist der Meinung, auch wir Kinder sollten alles über die Geschichte der Familie erfahren.«

Felix ergriff tiefe Wut auf Irene. Musste sich seine Tante in alles einmischen, stets versuchen, die Familie zu lenken, wie sie es für richtig hielt? »Ja«, gab er dann zu. Es war unsinnig, zu lügen. »Ja, so war es. Aber verliebt war nur Julian in sie.«

»Und du?«

Er schüttelte den Kopf. »Nein, eigentlich nicht.«

»Und Julian ist dann Priester geworden und lebt heute in Rom, im …«

»Vatikan«, ergänzte Felix rasch, um sie von dem Thema abzulenken.

»Ich würde meinen Onkel gern kennenlernen, er ist ein so schöner Mann.«

»Hat dir das auch deine Großtante erzählt?« Sein Ärger nahm zu.

»Ja, auch, aber am Treppenaufgang hängt doch sein Foto.«

Das hatte Felix im Moment seiner Verwirrung vergessen. »Ach ja, das war nach seiner Priesterweihe durch den Papst Pius den Elften. Es war eine sehr feierliche Zeremonie, die im Petersdom stattfand.«

»Wo ist dein Bruder jetzt?«

Felix wollte vor seiner Tochter nicht seine Unruhe zugeben, auch hier die Angst um Julian und die Mutter. Seit einem Jahr war die Verbindung nach Italien abgebrochen. »Ich weiß es nicht, ich kann nur hoffen, dass es ihm und unserer Mutter gut geht.«

Viola sah zu ihm auf. Verständnis und Mitleid erkannte er in den Augen dieses neunjährigen Mädchens, Augen wie die einer Erwachsenen. »Du wirst Julian und auch deine Mutter sicher wiedersehen. Vielleicht sollten wir beten.«

Da ergriff Felix tiefe Scham. Seine kleine Tochter, die ihre Mutter und die beiden Brüder selbst so schmerzlich vermisste, hatte die Kraft, ihn zu trösten. Verdiente er die Liebe seiner Tochter überhaupt, er, der Schwache, der Verführbare, den eine dünne Bluse mit durchscheinenden Brustwarzen bereits in Erregung versetzte? Verachtenswert gegenüber Julian, der seinen religiösen Weg ging, den Weg, zu dem er sich berufen fühlte, der seit Jahren im Zölibat lebte.

Mit belegter Stimme, um sich und Viola auf andere Gedanken zu bringen, erzählte er, früher habe man gesagt, er, Felix, sei von den Zwillingen der Gescheite und Julian der Schöne.

Da lachte Viola, griff nach seiner Hand und sah zu ihm hoch. »Aber Papa«, sagte sie, »du bist auch schön, sonst hätte Mama sich doch nicht in dich verliebt.«

Jetzt lachte auch Felix, um seine Traurigkeit und Verzweiflung ein wenig wegzulachen, sei es auch nur für einen Moment.

Wo aber war Jette, wo seine Söhne, seine Mutter, und wo war Julian, sein Zwillingsbruder?

Olga Reimann blieb stehen und sah ihm nach, doch Felix drehte sich nicht mehr um. Sie erinnerte sich an ihn als den schüchternen schmalen Studenten, aber er hatte sich verändert, war ein kräftiger Mann geworden, und doch sah er sie mit dem gleichen Blick an wie damals. Er begehrte sie immer noch, das hatte sie an der Geste erkannt, als er ihr den Träger hochschob. Eine kleine Provokation von ihr, die er nicht durchschaut hatte.

Sie nahm den Eimer hoch, ging in den hinteren Teil des Raums und öffnete die Tür zu einem winzigen Abstellraum, in dem auf einem provisorischen Tisch Bücher, Vogelfutter und Reinigungsmittel standen. Dazwischen lagen ein paar persönliche Sachen von ihr, die sie jetzt einsammelte und in eine große Tasche stopfte, die sie unter dem Tisch hervorholte. Heute würde sie eine Wohnung beziehen, die ihr die Stadtverwaltung zugewiesen hatte.

Sie griff nach einem gerahmten Foto, das zwischen den vielen Sachen stand und das sie immer begleitete. Sie nahm es hoch und sah es lange an. »Großvater, jetzt bin ich zurück«, murmelte sie. »Du hast gegen die mächtigen Lavernes gekämpft, du wolltest sie vernichten, als du das Hotel in Brand gesteckt hast. Aber du hast den Kampf verloren. Auch ich war so voller Hass, weil sie dich ins Gefängnis gebracht hatten, in dem du gestorben bist. Allein, elend. Schon im Heim, in das ich gesteckt wurde, habe ich Rache geschworen, und ein paar Jahre später habe ich eine gefährliche Intrige inszeniert, die mir fast gelang. Aber ich musste es erkennen: Die Familie Laverne wird immer der Sieger sein. Sie haben Geld, sie haben Macht.« Olga strich in einer zärtlichen Geste über das alte Sepia-Foto des geliebten Großvaters. »Ich bleibe nicht ewig in Bad Lichtenberg. Der Stadtrat will einen studierten Ornithologen engagieren, aber das dauert noch. Bis dahin werde ich hier sein, dafür zahlt mir die Stadtverwaltung viel Geld. Wenn der Neue kommt, Großvater, werde ich eine eigene Tierhandlung mit exotischen Vögeln in Hamburg aufmachen. Ich habe meinen Hass aufgegeben, die Vergangenheit ist nicht mehr wichtig für mich. Ich habe erkannt, jeder Kampf gegen die Lavernes würde sinnlos sein. Aber das schwächste Mitglied der Familie wird zu mir kommen. Und er wird mir wieder hörig werden, ich habe es an seinem Blick gesehen. Es wird ein Spiel werden, ein amüsantes Spiel meiner Macht und seiner Abhängigkeit. Ein kleiner Triumph, den ich mitnehme, wenn ich von hier fortgehe.«

Olga steckte das gerahmte Foto in ihre Tasche, dazu einige der Bücher, und verließ den Raum.

NEUN

Oberhalb von Como, Italien
Ende April 1945

JULIAN

Der Regen prasselte gegen die Windschutzscheibe, sodass Julian sich über das Lenkrad beugte, um die steinige Straße wenigstens in ihren Umrissen zu erkennen. »Wir sollten anhalten, bis das Unwetter vorbei ist.«

Julian wandte sich seiner Begleiterin zu. Signora Dottore Alberta Cassini, Ärztin in dem Kloster Giuliano del Monte, das zum Lazarett umgebaut worden war und in dem sie seit Beginn des Kriegs tätig war.

Sie hatte jetzt die Hand auf Julians gelegt, die krampfhaft das Lenkrad umfasst hielt. Auch als Julian den Motor drosselte und stehen blieb, nahm sie die Hand nicht weg. Sie hörten auf das Rauschen des Regens, das Aufkommen des Winds, der den Regen gegen die Scheiben warf.

»Da drüben«, Julian wies mit dem Kopf in das Unwetter hinaus, »gehört mir ein großer Bauernhof, leider kann man nichts erkennen. Er liegt wunderbar, so halb am Hang, mit Blick auf den Comer See. Zu ihm gehören einige Hektar Land.«

»Monsignore, Sie haben einen Bauernhof?«

Julian nickte lächelnd. »Ja, ich hatte einen Freund von der Universität, Davide, der in dem Einsatz in Abessinien gefallen ist. Wir haben seinen Vater oft hier auf diesem Gut besucht.

Nach Davides Tod erfuhr ich, dass der Hof seines Vaters versteigert werden soll, und da …«

»Haben Sie mitgeboten und ihn ersteigert«, unterbrach Alberta Cassini ihn lebhaft.

Julian nickte. »Davides Vater Pietro Mancini war darüber sehr glücklich, er bewirtschaftet ihn weiterhin, möchte sich aber aufs Altenteil zurückziehen. Ich habe ihm versprochen, den Hof nur an jemanden zu geben, der Liebe zu diesem Stück Land mit seinem Klima hat und der sich mit ihm gut versteht.«

»Und haben Sie schon jemanden gefunden?«

Julian schüttelte den Kopf. »Nein, das ist nicht so leicht, aber ich lasse mir auch Zeit.«

Sie schwiegen, starrten in den Regen.

»Sie wissen sicher«, erklärte Alberta nach einer langen Pause, »dass ich morgen das Lazarett verlasse. Meine Klinik in Padua holt mich zurück, ich werde dort gebraucht.«

Julian schwieg, und obwohl er das schon seit Wochen wusste, ergriff ihn jetzt tiefe Enttäuschung. Doch er sprach sie nicht aus. Hatte er wirklich gehofft, sie würde bleiben?

»Wir haben zwei Jahre zusammen gearbeitet, und ich weiß eigentlich nicht, was Sie aus dem Vatikan hierher verschlagen hat.« Kam jetzt am Ende ihrer Zusammenarbeit eine Fragestunde?

Lächelnd wandte er sich ihr zu. »Es hat sich ergeben, oder besser gesagt, es war Bestimmung. Der Heilige Vater hat mich nach München geschickt, um mit dem dortigen Erzbischof Gespräche zu führen. Ich stieg nachts in Rom in den Sonderzug des Vatikans, aber in Mailand ging es nicht weiter. Ich wurde mit Sicherheitsbeamten aus dem Zug geholt und erfuhr, dass ein Anschlag auf den Zug des Papstes geplant war. Offenbar ein kommunistischer Anschlag. Wahrscheinlich dachte man, Papst Pius XII. säße darin. Der Zug wurde auf ein Abstellgleis manövriert, und beim Aussteigen kam auf einem anderen Gleis ein Lazarettzug an. Ich blieb stehen und sah die vielen Verwundeten, die schrien und stöhnten. Da kam ein Arzt auf mich zugehetzt, es war unser Oberarzt Dottore Tebaldi, und er bat mich, den Sterbenden, die nach einem Priester riefen, die Letzte Ölung zu geben. Ich habe es als Gottes Fügung angesehen, dass ich dort am Bahnhof helfen konnte.«

»Und dann?«

»Ich bin mit dem Transport hierhergefahren, ich hatte nicht gewusst, dass das kleine Kloster als Lazarett umfunktioniert worden war. Und irgendwann wurde ich auch gebeten, bei Operationen und der medizinischen Versorgung der Patienten zu helfen, mich um die Körper und nicht nur um die Seelen zu kümmern.« Jetzt lachte er Alberta an. Es war sie gewesen, die ihn um Hilfe gebeten hatte und ihn immer mehr einband in die Versorgung der Patienten, und er machte das gern. Als er sie jetzt ansah, spürte er den Schmerz eines Verlusts, brennender, als er es sich eingestehen durfte. Alberta Cassini hatte in Padua studiert und musste sich auf der Universität als Frau durchsetzen, was sehr schwierig gewesen sei, wie sie erzählt hatte. Doch dann hatte sie sogar erreicht, dass sie männlichen Konkurrenten in der Universitätsklinik in Padua vorgezogen wurde. Als Frau habe sie es in der medizinischen Domäne der Männer immer sehr schwer gehabt, aber sie habe sich durchgesetzt. Eine Frau müsse eben besser sein als zehn Männer. Sie war eine ausgezeichnete Ärztin, überragend in diesem Beruf. Julian wunderte sich nicht, dass die Universitätsklinik sie angefordert hatte, endlich aus ihrer Freistellung zurückzukommen. Sonst wusste Julian wenig über sie, nur noch, dass sie drei Jahre älter war als er und verheiratet.

»Ah«, stellte er fest, »wir können weiterfahren, es hat aufgehört zu regnen.«

Doch da tauchten plötzlich wie aus dem Nichts mehrere dunkle Gestalten auf. Drei Männer kamen näher, und einer von ihnen klopfte an der Fahrerseite gegen die Scheibe und machte Julian ein Zeichen, sofort aus dem kleinen Transporter auszusteigen.

»Sie bleiben sitzen«, flüsterte er Alberta zu, »wenn es sein muss, rutschen Sie rüber und fahren los.«

»Niemals«, hörte er sie protestieren, als er aus dem Wagen sprang und die Männer ihn sofort mit angelegten Gewehren umkreisten.

»Gott sei mit euch«, sagte Julian freundlich und schlug das Kreuz.

Unsicher sahen die Männer ihn an, dann in die Runde.

»Wir suchen jemanden, was haben Sie geladen, Pater?«

»Medikamente für das Lazarett im Kloster Giuliano del Monte.«

Einer der Männer ging um den Lkw herum und riss die Plane hoch, kletterte hinein und sprang nach einer Weile wieder herunter.

»Er ist sauber.«

»Wen suchen Sie denn?« Julian war neugierig.

Die Männer wechselten Blicke, schwiegen dann, wiesen ihn barsch an, wieder einzusteigen.

Als er ein paar Meter hastig und rumpelnd weitergefahren war, sah Julian durch den Rückspiegel zurück, doch die Männer waren wie vom Erdboden verschluckt.

»Das waren sicher Partisanen«, meinte Alberta. »Es ist bekannt, dass Gruppen von ihnen oben in den Bergen ihr Lager haben, aber sie sind schwer zu finden. Und sie begehen Morde im Namen der Freiheit, des Kommunismus, auch kämpfen sie gegen die Faschisten und die Nazis.«

Nach ein paar weiteren Metern hielt er wieder an und kurbelte das Fenster herunter, tief atmete er die frische Bergluft ein. »Entschuldigen Sie bitte, ich brauche einfach ein paar Minuten, ich dachte, sie erschießen zuerst mich und dann …«

Er sprach nicht weiter, doch Alberta erkannte in seinem Blick Sorge, fast Zärtlichkeit für sie. Er hatte Angst um sie gehabt. »Nein, nein, die sind ja fort, alles ist gut.«

Er lehnte sich zurück, schloss die Augen und atmete tief durch, er spürte, dass sie ihn schweigend ansah. Da lächelte er, griff nach ihrer Hand. »Wollen Sie mich etwas fragen?«

»Ja, das will ich eigentlich schon lange.«

»Und?« Sein Lächeln blieb, während er die Augen geschlossen hielt.

»Warum ist ein Mann wie Sie Priester geworden?«

»Ein Mann wie ich? Was soll das bedeuten?«

Alberta biss sich auf die Lippen, hatte sie sich verraten? Sie zögerte, ihm zu erzählen, dass sich alle im Lazarett, vor allem die Krankenschwestern, die Frage stellten, wieso ein so schöner Mann Priester wurde und sich für das Zölibat entschieden hatte.

»Es ist eine lange Geschichte«, fing er leise an. Es war ein gutes Gefühl, sich ihr anzuvertrauen. »Mein Zwillingsbruder Felix und ich waren vor vielen Jahren in dasselbe Mädchen verliebt. Und dann kam sie aufgelöst zu mir und erklärte, mein Bruder habe sie vergewaltigt. Voller Wut, ohne nachzudenken, bin ich nach Hause gerannt und habe meinen Bruder halb totgeschlagen. Fast wäre ich zum Brudermörder geworden.«

»Fast?«

»Er lag wochenlang im Koma, und anschließend hatte er Schwierigkeiten mit dem Gedächtnis und musste sein Studium aufgeben, dazu hatte er auch noch Schwierigkeiten in der Motorik.«

»Und das Mädchen, hatte sie die Wahrheit gesagt?«

»Nein, sie hat gelogen, sie wollte unsere Familie zerstören. Aber nachdem ich meinen Bruder halb totgeschlagen hatte, ging ich zu unserem Pfarrer, und er schickte mich für einige Wochen in ein nahe gelegenes Kloster. Es traf sich alles, so als wäre es Bestimmung. Er empfahl mich an den deutschen Kardinal Weber, und durch ihn kam ich an die päpstliche Universität in Rom.«

»Und Sie studierten Theologie und Jura, nicht wahr?«

Er nickte, hielt die Augen immer noch geschlossen, doch er spürte, dass sie wieder ganz zart seine Hand berührte.

Ein Moment der Intimität, wie sie ihn beide nie zuvor gekannt hatten. War es der gemeinsam durchgestandene Schrecken oder die Nähe zueinander, bevor sie das Lazarett verlassen würde? Eine Nähe, die sie jetzt, im Wissen der Trennung, zuließen?

»Gab es nach diesem Mädchen dann nie mehr eine andere Frau?«

Er schwieg einen Moment, und Alberta erschrak. War sie zu weit gegangen, zu persönlich geworden, zu plump, bei ihm, dem Zurückhaltenden, dem Unnahbaren?

Doch dann richtete er sich auf und wandte sich ihr zu. »Nein«, antwortete er ruhig und sah sie an. »Nein, Alberta, es gab nie eine andere Frau in meinem Leben, auch nicht vor meinem Gelübde zum Zölibat.« Ein Moment des Schweigens, dann sagte er brüsk: »Ich denke, wir fahren weiter, der Regen hat aufgehört.«

Er kurbelte das Fenster hoch und ließ den Motor an. Aber Alberta hatte noch nicht genug.

»Ihre Mutter lebt auch in Italien, nicht wahr?«

»Ja, eigentlich in Rom, im Moment aber in der Toskana, dort ist sie in Sicherheit. Vor Jahren hat sie meinen Vater verlassen und ist nach Rom gezogen.«

»Lassen Sie mich raten: Weil sie in Ihrer Nähe sein wollte.«

Er zuckte nur die Schultern und lächelte.

»Leider habe ich nach Deutschland keine Verbindung, weder telefonisch noch brieflich, ich mache mir Sorgen um meinen Bruder. Er lebt mit seiner Familie in Ostpreußen. Anfang des Kriegs gab es noch Verbindungen, aber seit über einem Jahr ist alles wie abgeschnitten.«

Jetzt erreichten sie das Kloster, ein Mönch lief ihnen entgegen, winkte mit beiden Armen, sodass Julian scharf bremsen musste und ausstieg.

»Ist etwas passiert?«

»Nein, nur Gott sei es gedankt, dass Sie heil hierherkamen, das ganze Gebiet wimmelt von Partisanen. Offenbar hält sich der Duce hier in der Nähe um Giuliano de Mezzegra auf.«

Stumm sahen Alberta und Julian sich an. Sie hatten Benito Mussolini gesucht, der mit seiner Geliebten Clara Petacci auf der Flucht war. Dann betraten sie zusammen das Kloster, verabschiedeten sich rasch voneinander, denn Julian wollte sich noch schnell frisch machen, bevor er die Abendandacht hielt.

Alberta Cassini sah ihm nach. Julian war groß, schlank und sportlich, und er war der schönste Mann, den Alberta jemals gesehen hatte. Sie wusste, dass die Krankenschwestern in der Abendandacht stets in der ersten Reihe saßen, da sie den schönen Monsignore anhimmelten.

Julian betrat spät sein Zimmer. Abrupt blieb er stehen, es war nur ein Hauch, eine Bewegung im Dunklen, dann ging das Licht am Bett an, und dort stand Alberta.

Sie trug einen seidenen Morgenmantel, der die Linien ihres Körpers erahnen ließ, und ihre dunklen Haare fielen ihr offen über die Schultern.

»Julian«, flüsterte sie, während sie auf ihn zuging. »Julian, einmal, ein einziges Mal – dein Gott versteht es, denn es ist Liebe zwischen uns. Das ist doch Liebe, oder nicht?«

Er brachte kein Wort heraus. Er spürte die Trockenheit im Mund und die Nachgiebigkeit des Körpers und seines Gefühls. Ja, er liebte diese Frau, ja, aber …

»Ich habe mich für das Zölibat entschieden. Bitte, Alberta, es geht nicht … es …« Da spürte er, wie sie sich an ihn lehnte, er spürte ihre weichen Lippen auf seinem Mund und ihren nackten Körper, da sie ihren Morgenrock fallen ließ.

»Morgen«, flüsterte sie, »morgen werde ich dich verlassen müssen … nur jetzt, heute Nacht … einmal …«

Er spürte seine Erregung, und er spürte sein Nachgeben, das Nachgeben der Frau gegenüber, die er seit zwei Jahren liebte, aber nicht lieben durfte.

Als er am nächsten Morgen erwachte, war Alberta nicht mehr da. Er schloss die Augen und ließ sich auf das Kissen zurücksinken. Er atmete noch den Duft ihres Körpers ein, es war, als fühle er noch ihre Küsse, ihre Hände, die ihn streichelten, langsam, spielerisch und zärtlich über seinen Körper fuhren, sein Geschlecht umfassten.

Mit einem Stöhnen öffnete er die Augen. Heute Nacht hatte er das Zölibat gebrochen, er war zum Sünder geworden. Dazu kam noch Ehebruch, da Alberta verheiratet war.

Als es an der Tür klopfte und jemand rief, man erwarte ihn in der Kapelle, ob es ihm nicht gut gehe, erhob er sich rasch. Hatte die Stimme nicht irgendwie provokant gewirkt? Hatte man bemerkt, dass Alberta die Nacht bei ihm verbracht hatte?

Während er aus dem Bett fand, sah er eine Nachricht auf dem Nachttisch liegen.

ich liebe dich, ich liebe dich, Julian,
gib uns zwei Wochen. 1. – 14. Juli Sorrent.

Daneben hatte sie noch die genaue Adresse geschrieben, ein Haus am Meer im Golf vom Sorrent.

Zwei Wochen mit der Frau, die er so lange schon liebte und die ihn vergangene Nacht die Leidenschaft gelehrt hatte.

Er steckte den Zettel in die Tasche seiner Jacke im Schrank, dann machte er sich hastig fertig. Er vergaß, sich zu rasieren, und erschien so in der Kapelle. Jeder starrte ihn an, jeder schien zu wissen, was passiert war. Dass Monsignore Laverne, einer der höchstrangigen Priester im Vatikan, heute Nacht zum Sünder geworden war.

Während der nächsten Tage konnte er sich nicht konzentrieren, und dann kam plötzlich die Nachricht aus dem Vatikan. Man schicke ihm einen Wagen, er solle umgehend zurückkommen.

Als er das Telefonat beendet hatte, begegnete er dem Hilfspfarrer Emilio, von dem er schon lange Feindseligkeit spürte, auch dass er gern über andere klatschte, über alles und jeden informiert war. Lag in seinem Blick nicht Triumph? Häme?

Hatte er den Vatikan benachrichtigt, was der hochrangige Priester Julian Laverne getrieben hatte, dass er zum Sünder geworden war?

Zwei Tage später verabschiedete er sich, die Ärzte und die Krankenschwestern bedauerten es sehr, vor allem aber die Patienten, mit denen er gesprochen, sie getröstet und für die er immer da gewesen war. Dann verließ er am Abend mit einem kleinen Koffer, mit dem er vor zwei Jahren angekommen war, das Kloster San Giuliano del Monte.

Draußen stand eine dunkle Limousine, der Chauffeur lehnte an der Tür, öffnete sie, zog seine Mütze. »Guten Abend, Exzellenz, wir müssen schnell durchfahren, denn um zehn Uhr morgen früh erwartet Sie der Heilige Vater.«

Als Julian auf dem Rücksitz Platz genommen hatte, winkte er dem Oberarzt, mit dem ihn eine Freundschaft verbunden hatte. Hinter ihm stand der Hilfsgeistliche Emilio, der seine Schadenfreude nicht verbergen konnte. Ein Verräter, ein Neider, einer, der ihn immer gehasst hatte. Die Nacht mit Alberta Cassini verlangte ihren Tribut.

Langsam zog er Albertas kurzen Brief aus seiner Anzugjacke. Er schloss die Augen, in Gedanken spürte er Albertas Küsse, ihre erfahrenen Hände, die ihn zärtlich streichelten, er spürte sie noch auf seinem Körper. Alberta, die in ihm unglaubliche Leidenschaft erweckt hatte.

Doch dann öffnete er die Augen, sah auf ihre Nachricht, und während ihm Tränen in die Augen stiegen, zerriss er langsam den kleinen Brief.

ZEHN

Bad Lichtenberg
Zur gleichen Zeit, Ende April 1945

VICTORIA

Da muss irgendwas passiert sein. Da unten wird ein Extrablatt verkauft, ich verstehe immer nur Benito Mussolini.«

Frank Welser drehte sich vom offenen Fenster weg und sah zu Victoria, die auf seinem Bett saß und sich gerade die Schuhe anzog. Dann lehnte er sich wieder weit hinaus. »Der Junge ist weg, offenbar hat er alle Blätter verkauft.«

Victoria nickte nur, trat dann neben ihn und legte den Kopf leicht an seine Schulter.

»Du bist schön, weißt du das?«

Victoria sah hoch und lachte ihn zärtlich an. »Du musst mir keine Komplimente machen, nur weil wir miteinander schlafen.«

Als sie erkannte, dass Frank durch ihre Bemerkung gekränkt war, verbesserte sie sich rasch: »Versteh mich nicht falsch, ich genieße unsere Beziehung. Aber ich bin nicht schön, ich bin zu groß, zu dünn und habe viele Sommersprossen.«

Einen Tag nach ihrem ersten Gespräch hatte sie mit Frank eine Affäre begonnen. Sie mochte ihn, vielleicht hatte sie sich auch einfach nur nach der Umarmung eines Mannes gesehnt, wer wusste das schon? Sie dachte nicht darüber nach, nahm es so, wie es kam.

Jetzt löste sie sich von ihm. »Ich muss gehen, ich habe der kleinen Viola versprochen, sie mit in die Probe zu nehmen. Aber ich habe sie auf den Abend verschoben, also gehe ich mit ihr ins *Café Blum.*«

»Du kümmerst dich sehr um das kleine Mädchen?«

»Natürlich, sie gehört zur Familie. Ihr Vater und sie leben in einem Albtraum. Nicht zu wissen, was mit der Mutter und den Brüdern passiert ist – leben sie noch, sind sie vergewaltigt, ermordet worden … gerade dies nicht zu wissen, ist eine Tragödie. Mein Vater versucht durch seine Kontakte, Näheres zu erfahren. Haben sie es bis zur Ostsee geschafft, waren sie auf der Wilhelm Gustloff, das aber wäre die große Katastrophe.«

»Das Schiff, das untergegangen ist?«

»Ja, die Briten haben es torpediert, weil sie es für ein Kriegsschiff hielten. Zehntausende sind mit dem Schiff untergegangen, und die Tragödie ist natürlich auch, dass man von den meisten Passagieren die Identität nicht kennt, es heißt ja, die Flüchtlinge haben zu Tausenden das Schiff gestürmt. Ein Schiff, bestimmt für tausendfünfhundert Passagiere, hatte plötzlich zehntausend an Bord. So, Frank, ich muss wirklich gehen. Und«, sie blieb direkt vor ihm stehen, »es gefällt mir, dass du mich schön findest.« Sie lächelte und küsste ihn rasch auf die Wange.

Sofort griff er nach ihr und zog sie an sich. »Geh nicht«, bat er. Für einen Moment gab sie nach und lehnte sich an ihn, während er ihr zärtlich durch die Haare fuhr. »Haben alle Frauen deiner Familie rote Haare?«

Victoria nickte. »Ja, das ist die Farbe der Laverne-Frauen, meine Mutter, meine Schwester Luise und auch meine Tochter Natalja.«

»Und von wem hat sie das Talent?«, fragte er leichthin. »Vom Vater?«

Victoria löste sich von ihm, hob unbestimmt die Schultern. »Kann sein, aber ich muss jetzt gehen.«

»Sie ist vierzehn, nicht wahr?« Er gab nicht auf.

»Wenn du es weißt, warum fragst du mich dann?«

Sie ging auf die Tür zu, öffnete sie bereits, doch Frank war schneller und stellte sich ihr in den Weg. »Ich erinnere mich an eine Spendengala im Hotel *Adlon*, auf der ein russischer Pianist ein kurzes Konzert gab. Der Skandal des Abends war, als er sein Spiel abrupt abbrach und mit einer sehr extravaganten Kostümbildnerin, bekannt in der Berliner Künstlerszene, den Raum verließ und, wie man sich erzählte, mit ihr in seiner Suite verschwand. Das war vor fünfzehn Jahren. Jeder wusste, dass diese Frau Victoria Laverne war.«

»Alles Spekulationen, nichts anderes. Im Übrigen«, lenkte sie ab, »übernachte ich heute wegen der späten Probe im Theater, also warte nicht auf mich. Tschüss.«

Schon fiel hinter ihr die Tür zu. Sie rannte die Stufen vom ersten Stock hinunter und hinaus auf den Rathausplatz, hier blieb sie kurz stehen. Frank hatte einen wunden Punkt bei ihr berührt. Je länger sie wartete, desto schwieriger wurde es, Natalja zu sagen, wer ihr Vater war.

Sie war unruhig, lief weiter, bis sie in die Hauptstraße einbog und hoch zum *Theater im Palmengarten* hastete. Atemlos blieb sie stehen, während sich ein Zeitungsjunge an ihr vorbeidrückte und ihr das Extrablatt vors Gesicht hielt.

DAS ENDE DES FASCHISMUS

Benito Mussolini wurde oberhalb des Comer Sees, nahe des Orts Giuliano de Mezzegra, von Partisanen aufgespürt und zusammen mit seiner Geliebten Clara Petacci ermordet. Später wurden die Leichen an einer Esso-Tankstelle in Mailand aufgehängt.

Während die Gäste vom Restaurant *Palmengarten* aufsprangen und dem Zeitungsjungen das Extrablatt aus den Händen rissen, sah sich Victoria suchend um, bis sie Viola entdeckte. Sie ging auf sie zu. »Weißt du was? Wir gehen ins *Café Blum,* dort gibt es immer noch diese kleinen hohen Nusstörtchen – magst du? Weißt du, die heutige Probe habe ich auf den Abend verschoben. So können wir jetzt Törtchen essen gehen.«

Die Nusstörtchen zauberten ein kleines Lächeln auf das Gesicht des Kinds, und so legte Victoria den Arm um ihre Schulter, zog sie ein wenig an sich und ging mit ihr wieder zurück auf den Rathausplatz ins *Café Blum.*

Ihre Gedanken aber waren in Italien. Was bedeutete der Mord an Mussolini für Deutschland, für die Welt, ging nun der Krieg zu Ende? Fiel alles in sich zusammen?

»Warum schaust du so ernst?« Viola sah an ihr hoch. »Ist es, weil dieser Mussolini ermordet wurde, mochtest du ihn?«

Jetzt lachte Victoria. »Aber nein, nein, ich … ach nichts, komm …«

Sie wollte das Kind nicht mit ihren düsteren Gedanken beschweren, ihr nicht preisgeben, dass eine dunkle Angst in ihr hochstieg. Sicher war sie einfach nur müde.

ELF

Bad Lichtenberg

LUISE

Im *Deutschen Kaiser* wurde getuschelt, nachts schleiche ein Mann durch die Gänge des Hotels, er verstecke sich, wenn der Page die geputzten Schuhe wieder vor den Türen der Zimmer verteilt habe. Ein Gast? Das war unwahrscheinlich, aber dann erinnerte man sich an ein früheres Gerücht vor Weihnachten, die Direktorin verstecke einen Juden.

Die Angestellten sahen sich schweigend an, denn seit gestern war bereits wieder die Gestapo im Haus, und man wusste nicht, was diese drei Männer wollten, wen genau sie suchten.

Als Luise hörte, dass Angehörige der Gestapo im Hotel gesehen wurden, sich jedoch nicht bei ihr vorgestellt hatten, wie das letzte Mal vor Weihnachten, erschrak sie zutiefst.

Damals, als Simon Roth in ihrer Suite zusammenbrach, damals, als sie den alten Mayer um Hilfe gebeten hatte. Versorgt wurde er diese ganzen Monate über durch die Nichte von Mayer über die Dienstbotentreppe. Sie begingen ein Verbrechen, wie die Regierung es nannte, ein Verbrechen, das aufs Schärfste bestraft wurde: das Verstecken eines Juden. Sie hatte immer geahnt, dass sie seit dem Verhör damals unter Beobachtung stand, aus diesem Grund hatte sie das Zimmer, in dem Simon jetzt lebte, gemieden, auch in den Nächten. Sie konnte nichts riskieren, nicht den alten Mayer und seine Nichte in Gefahr bringen, auch nicht sich selbst und Simon. So hatte sie ihn nur ein einziges Mal gesehen, als er in ihrer Suite zusammenbrach. Sie hatte die Nichte angewiesen, ihm zu sagen, es gehe ihr gut, jeder Kontakt auch über sie sei ausgeschlossen.

Und nun lief er also offenbar nachts durch die Gänge des Hotels? Konnte er die Einsamkeit, das Gefühl, eingesperrt zu sein, nach so vielen Monaten nicht mehr ertragen? Es wäre verständlich.

Ihr Wunsch, ihn zu sehen, ihm nahe zu sein, wurde in den vergangenen Wochen fast übermächtig. Doch sie durfte diesem Gefühl nicht nachgeben, sie hatte sich entschieden, ihn, sich selbst und den alten Mayer mit seiner Nichte zu schützen. Doch sie dachte oft an den Moment, als er in ihrer Suite zusammengebrochen war. Sie hatte sich vor ihn gekniet, ihn in ihre Arme genommen, ihn umschlungen, gewartet, bis sich sein Atem normalisierte und er sie ansah, mit diesem Blick der Angst, der Verzweiflung und Hoffnungslosigkeit. Der Blick des erbarmungslos Gejagten.

Sie würde diesen Ausdruck in seinen Augen, seinem Gesicht nie vergessen. Und in dieser Sekunde hatte sie sich damals entschieden, ihn zu schützen.

Heute saß sie in ihrer Suite am Schreibtisch, sah ein paar Dokumente und Angebote durch, doch sie blieb unkonzentriert. Dann traf sie spontan eine Entscheidung. Heute Nacht würde sie die Gänge ablaufen, suchen, sich genau umsehen. War es wirklich Simon, der die Einsamkeit nicht mehr ertrug, oder war es einfach nur ein exzentrischer Gast, der unter Schlaflosigkeit litt oder sogar schlafwandelte? Angespannt wartete sie, und so gegen zwei Uhr verließ sie die Suite, die Zeit, in der die Pagen die geputzten Schuhe wieder vor die Zimmer verteilt hatten und die Restaurants längst geschlossen hatten, wie auch die Bar.

So huschte sie die Treppe in den ersten Stock hinunter, stand an der Ecke, von der aus sie das versteckte Zimmer ohne Nummer gut im Blick hatte.

Sie wartete, und mit jeder halben Stunde wuchs ihre Anspannung. Sie konnte die Augen kaum mehr offen halten, lehnte sich an die Ecke und atmete durch. Nicht plötzlich im Stehen einschlafen … doch da, sie hatte sich nicht getäuscht: Die Tür des Zimmers öffnete sich vorsichtig einen kleinen Spalt. Jetzt erschrak Luise, plötzlich wieder hellwach. Sie machte ein paar Schritte auf die Tür zu, als sie von hinten angesprochen wurde: »Frau Laverne, können wir Ihnen helfen?«

Erschrocken fuhr sie herum, denn hinter den Sicherheitsleuten des Hotels tauchten zwei Männer auf. Sie mussten ihr nicht vorgestellt werden, sie wusste, wer sie waren: Beamte der Geheimpolizei.

Bevor sie sich aus ihrer Erstarrung löste, nicht wagte, sich zur Tür des Zimmers ohne Nummer umzudrehen, heulte die Sirene, grell, laut, bedrohlich. Und sie hörte nicht auf.

Fliegeralarm. War das ein Fehlalarm, eine Übung? Das war Luises erster Gedanke, denn in den Kriegsjahren hatte es hier keinen einzigen Alarm, keinen Luftangriff gegeben, die Flieger verließen ihre Route nach den Industriestädten nie. Der Alarm ging weiter, und jetzt öffneten sich die Türen der Zimmer und Suiten fast gleichzeitig, die Gäste drängten in Panik heraus, in Nachthemden, schnell einen Mantel übergezogen, in der Hand die Notfalltasche. An jeder Treppe gab es große Schilder mit der Wegbeschreibung in den Luftschutzkeller.

Luise zitterte, während die Sirene heulte und nicht aufhören wollte. Nur langsam kam sie zur Besinnung. Keine Übung, es war Ernst. Immer mehr Leute drängten an ihr vorbei, stießen sie in Panik, stürzten die Treppen hinunter, denn die Aufzüge durfte man in diesem Notfall nicht benutzen.

»Frau Direktorin, schnell!«

Luise wurde mitgerissen im Strom der Hotelgäste, panisch in ihrer Todesangst. Sie alle wollten in den Weinkeller, der bei Beginn des Kriegs zum Luftschutzkeller umgebaut und noch nie benutzt worden war.

Auch Luise hastete die Treppen hinunter, aus dem ersten Stock ins Erdgeschoss. Die Sirene wollte nicht aufhören, und da kamen sie schon: ein tiefes Brummen, ein Donnern und dann Krachen. Das Krächeln langsam zusammenstürzender Mauern, das Geräusch von knisterndem Feuer. Luise lief weiter nach unten.

»Es hat die Wandelhalle und den *Palmengarten* getroffen«, schrie jemand vom Empfang.

Luise hastete zum Eingang des Hotels. Sie hatte nur einen Gedanken: Vic. Sie wusste, dass ihre Schwester eine Abendprobe im *Theater im Palmengarten* angesetzt hatte und dort im ersten Stock übernachten wollte.

Vic ... mein Gott ... Vic ... Sie hetzte los, lief weiter, bis sie stehen blieb, das Tosen des Feuers warf sie zu Boden, überall nur Rauch. Staub, der ihr in die Kehle stieg und den Atem nahm, Flammen, die sich in die Mauern fraßen. Und in ihrem Schein erkannte sie, dass es die Wandelhalle nicht mehr gab, auch nicht den *Palmengarten,* das Theater, wieder ein Krachen, ein Splittern, das Bersten von Glas. Die Kuppel des Pavillons brach splitternd in sich zusammen. Überall standen schon Wagen der Feuerwehr, die Männer waren abgesprungen, kämpften sich durch Flammen und Rauch, um Menschen aus den brennenden Trümmern zu retten. Notärzte versorgten die am Boden liegenden Verletzten. Luise lief zwischen blutenden, stöhnenden Menschen hindurch, auf der Suche nach Victoria. »Vic«, schluchzte sie. »Vic, bitte sei am Leben, du kannst nicht gehen, nicht du, Vic ...«

Dort, wo die Wandelhalle gestanden hatte, waren nur noch Ruinen im Staub zu erkennen. Luise stolperte, rappelte sich mühsam wieder auf, drängte sich weiter durch die Wagen der Feuerwehr, durch Schläuche, Rettungswagen und Ärzte.

Und endlich sah sie Victoria, sie lag zwischen Toten und Verwundeten, reglos, mit Staub überzogen auf einer Trage, die am Boden stand. Wie eine eisige Hand griff das Entsetzen nach Luise. Vic … war sie tot, lebte sie noch? *Vic … wach auf, Vic …*

Da blieb ein Feuerwehrmann bei ihr stehen.

»Meine Schwester«, schluchzte Luise, »was ist mit ihr?«

»Sie hat Glück gehabt, es gab zwischen Trümmern einen kleinen Hohlraum, das muss wohl der Orchestergraben des Theaters gewesen sein, da lag sie. Wir haben sie rausgezogen«, erklärte er schnell, wandte sich bereits wieder ab. »Sie ist noch bewusstlos, ein Arzt wird sich gleich um sie kümmern.«

Luise setzte sich auf den Boden, legte vorsichtig den Kopf ihrer Schwester in ihren Schoß, strich ihr zart den Staub aus Gesicht und Haaren. Vic aber blieb bewusstlos.

Endlich kam ein Arzt, kniete sich nieder, hob ihren Kopf, zog die Augenlider hoch, tastete sie ab und gab ihr dann hastig eine Spritze. »Sie hat eine Gehirnerschütterung, ich denke, auch mehrere gebrochene Rippen. Ein Bein ist zertrümmert, sie wird gleich ins Krankenhaus eingeliefert, wo man sie versorgen wird. Aber nur kurzfristig, wir brauchen die Betten für die Schwerstverwundeten. Warten Sie hier mit ihr, wenn es ihr schlechter geht, melden Sie sich.« Schon hastete er weiter.

Und Luise blieb, sie streichelte ihrer Schwester das Gesicht, die Haare und sah nur kurz hoch, als Johannes aufgelöst und blass neben ihr stand.

Johannes übernachtete in der Villa, und wie meist schlief er oben in seinem Turmzimmer. Er war der Erste, der durch die Sirene wach wurde, aus dem Bett taumelte und die Treppen hinuntereilte, »Irene« schrie, »Irene, Natalja, Viola, Felix, schnell, raus aus den Zimmern«.

Und da standen sie blass, in Nachthemden, erschrocken über das Krachen, das aus dem Ort zu ihnen hochdrang. Auch Felix erschien, er war noch angezogen, denn er verbrachte die Nächte schlaflos in seinem Zimmer.

»Schnell in den Keller«, rief Johannes ihnen zu. »Wo ist Carl?«

»Ich bin unten, ich arbeite«, schrie sein Bruder hoch, lief ihnen entgegen, half Irene, die durch ihre Schlaftabletten noch benommen war. Da hob er sie einfach hoch und trug sie in den Keller.

Dort erschien auch Wilma, die neue Köchin, verschlafen tapste sie aus ihrer kleinen Wohnung im Souterrain. »Ich mache heißen Kaffee«, schlug sie vor.

Doch Irene, die jetzt endlich ganz wach war, schüttelte den Kopf. »Warten wir noch …« Sie und Johannes wechselten besorgte Blicke, beide dachten an ihre Töchter.

Viola hielt sich die Ohren zu und weinte, als sie das Krachen hörten, die Sirenen der Notarztwagen. In stummer Angst um Vic und Luise saßen sie schweigend, die Hände verkrampft, die Gedanken bei den beiden Frauen.

Dann aber sprang Johannes von der Bank auf. »Ich werde hinunterlaufen.« Schon rannte er die Treppe vom Weinkeller hoch, durch die Halle zum Eingang. Die Familie konnte ihn nicht aufhalten.

Unterwegs hörte er die Entwarnung und lief weiter, kam unten an, jetzt hatte er inmitten von Rauch und Verwüstung seine Töchter entdeckt. Fast brach er aus Erleichterung zusammen, als Anspannung allmählich der Angst wich. Seine ganze Familie hatte den Angriff überlebt.

»Wir hatten solche Angst um euch, Luise. Ich dachte, das Hotel ist getroffen.« »Das ist es auch. Genaues weiß ich noch nicht, nur, dass die Fenster im Westflügel durch die Wucht des Angriffs zerborsten sind, und am Ostflügel ist eine Mauer in sich zusammengebrochen. Aber das ist jetzt alles unwichtig, denn Vic lebt.« Und da brach sie in Tränen aus, während über Vics Gesicht der Anflug eines Lächelns glitt und sie versuchte, nach der Hand der Schwester zu greifen.

Und da erkannte Luise, dass sie bei dem Luftangriff nur an Vic gedacht hatte, nicht aber an Simon Roth. Da stand sie auf, bat ihren Vater, bei Vic zu bleiben, und suchte ihn unter den Toten, suchte ihn unter den Verwundeten. Aber sie fand ihn nicht. Simon Roth war verschwunden.

Im Morgengrauen des nächsten Tages wurde das Ausmaß der Zerstörung sichtbar. Die Wandelhalle war nur noch eine Ruine, schwarz vom Feuer, ein paar rauchende Säulen standen noch, und das Glasdach des Pavillons der Vögel lag in Tausenden von Splittern. Auch das Theater gab es nicht mehr, und im zerstörten Restaurant *Palmengarten* reckten sich ein paar Palmen, angesengt vom Feuer, in den Himmel. Und über allem flogen aufgeregt die Vögel des Pavillons, sie saßen auf den Ruinen, den Palmen, den Birken der Allee, zwitscherten und kreischten.

Sie waren überall, setzten sich auf Schultern der Retter, auf Ruinen, auf die Straße, sie flogen hoch, flatterten nervös herum, und einige erkannten ihre Freiheit und flogen hoch empor in den blauen Himmel.

ZWÖLF

Bad Lichtenberg
Kurz danach

DIE FAMILIE

Plötzlich kam das Gerücht auf, Adolf Hitler habe sich mit seiner Geliebten Eva Braun im Führerbunker erschossen. Doch im Kurort beachtete man diese Meldung kaum, man versuchte, weiterzuleben, die Toten zu beerdigen und den Familien, die obdachlos geworden waren, ein Dach über dem Kopf zu geben.

Ein Krankenwagen hatte Victoria hoch in die Villa und dort nach oben in ihr Zimmer gebracht. Sie hatte eine schwere Gehirnerschütterung, gebrochene Rippen und Prellungen erlitten. Dazu war ihr rechtes Bein gebrochen. Sie lag schweigend im Bett, hielt die Augen geschlossen, und durchlebte diesen einen Moment immer wieder, der Augenblick, in dem sie dem Tod so nahe gewesen war. Sie hatte die Abendprobe in ihrem *Theater im Palmengarten* um ein Uhr nachts beendet und das ganze Ensemble hoch in die Wohnung geschickt, sie selbst war im Theater geblieben. Unruhig war sie auf der Bühne auf und ab gelaufen, hatte eine Zigarette nach der anderen geraucht, obwohl der Brandschutz es verbot. Sie war schlecht gelaunt, fühlte den Überdruss an Shows, an Glitzer, an der leichten Musik, an diesem Theater.

Und in diesem Moment heulte die Sirene auf. Verwundert blieb sie stehen, war das wirklich ernst oder nur eine Übung?

Doch da hörte sie auf der Treppe rasche, schnelle Schritte, am Theaterraum vorbei und hinunter in den Fundus, dort, wo man vor Jahren einen Luftschutzkeller eingerichtet hatte, noch niemals benutzt. Also löste sie sich aus ihrer Erstarrung, auch sie wollte raus, doch da stolperte sie und stürzte die drei Stufen bis unter die Bühne. Ein Moment der Todesangst, als sie den Tiefflieger hörte, das Rauschen, das Krachen, sie konnte nicht mehr atmen, erstickte fast, die Hitze presste ihr die Brust zusammen.

»Hallo? Ist da unten jemand?«

Doch sie konnte nicht antworten, da sie nicht atmen konnte.

»Da unten liegt jemand«, das hörte sie noch. Und dann wachte sie auf, als sie auf der Straße lag, überall Staub, Trümmer, Vögel, sie spürte die furchtbaren Schmerzen, sah, wie Luise sich über sie beugte und weinte. »Sie lebt … mein Gott, Vic … du lebst.«

Jetzt aber, wenn sie zu Hause im Bett lag, griff die Angst nach ihr, sie bekam keine Luft, war eingesperrt, überall Steine, Krachen, dann doch eine Stimme, die *Hallo* rief, *ist da unten jemand?* Sie hatten sie gefunden, es war ein kleines Wunder gewesen, doch dieses Gefühl der Angst verließ sie in den Nächten nicht mehr. Was sie auch beschäftigte, in den Stunden vor dem Luftangriff hatte sie diesen Überdruss gespürt, die Überlegung, wollte sie ihr Theater überhaupt noch weiterführen, was bedeutete es ihr? Und jetzt lag es in Trümmern.

Sie fühlte aber auch die große Erleichterung – das ganze Ensemble hatte unten im Fundus überlebt. Als sie jetzt Victoria zu Hause besuchen wollten, erklärte Irene ihnen, ihre Tochter sei noch zu schwach für Besuche. Da ließen sie ihr ausrichten, sie seien auf dem Weg nach Berlin, man habe gehört, dass jetzt, da der Krieg praktisch zu Ende sei, die Theater wieder öffneten, und man wolle doch gleich vor Ort seine Chancen nutzen. Es war gut so, wie es kam.

Sie stand wieder vor dem Nichts, so wie damals, als sie aus Berlin kam und hier in ihr »Kinderzimmer« zurückgekehrt war. Das Zimmer war in ein elegantes Appartement umgebaut worden, aber letztendlich war es doch immer noch ihr Kinderzimmer.

Natalja kam an ihr Bett und griff schüchtern nach ihrer Hand. »Mama, ich bin so froh, dass du lebst«, flüsterte sie ganz nahe am Ohr ihrer Mutter, die die Augen geschlossen hielt. Nur ein Lächeln zeigte Natalja, wie sehr sich ihre Mutter über diese ungewohnt zärtlichen Worte freute. Auch Viola kam, wollte ihr etwas vorlesen, doch Victoria war zu müde und ihre Kopfschmerzen noch unerträglich. Aber wenn Irene kam, ihr die kühle Hand auf die Stirn legte, sie mit Melissengeist leicht einmassierte, fühlte sich Victoria geborgen. Es war schön, zu Hause zu sein, eine Mutter zu haben, die sie jetzt umsorgte. Beide, Tochter und Mutter, mussten nicht reden, doch diese Zeit brachte sie zueinander. Sie fühlten eine Nähe, die es noch nie gegeben hatte. Und Victoria erkannte, wie wichtig es für Irene war, für ihre Tochter da zu sein, und wie wenig sie ihrer Mutter in ihrem bisherigen Leben diese Möglichkeit gegeben hatte. Sie, Victoria Laverne, die Selbstständige, die niemanden brauchte, die ihr Leben im Griff hatte. Wie gut tat es jetzt, die Hand ihrer Mutter auf ihrer Stirn zu fühlen und umsorgt zu werden.

Doch eines Morgens erschrak Victoria. Ihre Mutter war blass, mit dunklen Ringen unter den Augen. »Du musst dich um mich nicht mehr sorgen.« Sie griff nach Irenes Hand. »Du musst auf dich aufpassen, dich um dich selbst kümmern.«

Da lachte Irene und war glücklich – ihre Tochter sorgte sich um sie. Und Victoria nahm die Hand von Irene und legte ihr Gesicht darauf, und dann fing sie zu weinen an. Sie weinte, weil sie überlebt hatte, sie weinte, weil sie sich wieder als Kind fühlte, da ihre Mutter bei ihr saß und sie ihre Fürsorge spürte. Und sie weinte, weil sie erkannte, dass ihre Mutter alt war und sie sich dessen nie wirklich bewusst gewesen war.

Am Abend des ersten Mai ging eine Meldung um die ganze Welt:

Der Führer Adolf Hitler ist, bis zu seinem letzten Atemzug gegen den Bolschewismus kämpfend, gefallen.

Auf dem englischen Sender BBC wurde neunzig Minuten Musik von Richard Wagner gespielt, und dann ging die Meldung über den Sender: *Hitler dead.*

Eine gute Woche später, am zehnten Mai, verkündete Hitlers Nachfolger General Döblitz, er habe einen Waffenstillstand ausgehandelt.

Der Krieg war vorbei.

In allen Städten läuteten die Kirchenglocken den Frieden ein, Leute liefen auf die Straßen, umarmten sich und tanzten. Und in Bad Lichtenberg fragte sich die Bevölkerung, warum in den allerletzten Kriegstagen ein britischer Kampfflieger noch eine Bombe auf ihren Ort abwerfen musste und große Teile zerstört wurden.

»Die Stadt verändert sich, nicht nur, weil sie zum Teil zerstört ist«, erklärte Johannes seiner Tochter, als er mit ihr zu Hause auf der Terrasse saß. »Hast du es bemerkt? Keine Hakenkreuz-Fahnen, keine Parolen mehr, es scheint, als habe es Adolf Hitler und sein Gefolge nie gegeben.«

Luise nickte, sie war zerstreut, müde, viele Gäste reisten ab, neue kamen nicht, die Luxusboutiquen im Westflügel hatten geschlossen. *Vorübergehend,* wie die Schilder an den Türen anzeigten. Und es fanden sich keine Handwerker, um die Schäden zu richten und neue Fenster einzusetzen. »Ich denke, ich werde einen Teil des Hotels schließen müssen. Ich sehe keine andere Lösung. Fast allen Hotels und Pensionen hier im Ort geht es genauso«, berichtete sie weiter.

»Verständlich, jeder muss sein Leben neu ordnen, wer denkt schon daran, Urlaub zu machen oder auf eine teure Kur zu gehen. Aber vielleicht kommen ja bald die Franzosen oder auch Amerikaner wieder.«

Luise zuckte nur desinteressiert mit den Schultern.

Johannes sah seine Tochter prüfend an, bevor er sich seine Zigarre anzündete. »Was ist übrigens aus Simon Roth geworden?«

Da verlor Luise die Beherrschung. »Ich weiß es nicht«, rief sie laut. Dann erzählte sie ihrem Vater von der Nacht des Angriffs, wie sich die Tür zum Zimmer ohne Nummer geöffnet hatte und wie zwei Geheimpolizisten auftauchten. »Und dann bin ich losgelaufen, wie alle rannte ich nach unten. Nur mit dem Gedanken: Victoria ist im Theater.«

Schweigend zog Johannes an einer Zigarre, während er seine Tochter beobachtete. Sie war nervös, warf ihre Tasse um, sprang auf, weil sich der Tee über ihren Rock ergossen hatte. »Ich habe gleich einen Termin«, erklärte sie, um weiteren Fragen ihres Vaters zu entgehen.

Johannes spürte ihre Abwehr, stand ebenfalls auf und drückte seine Zigarre im Aschenbecher aus. »Weißt du«, sagte er noch, während er sich verabschiedete. »Wir sollten glücklich sein, dass Vic überlebt hat. Alles andere wird sich finden. Es sind doch Probleme, die zu lösen sind. Und kümmere dich bitte um deine Mutter, sie will einfach nicht zum Arzt gehen.«

Luise fühlte sich von ihrem Vater zurechtgewiesen. Das war neu, das kannte sie nicht. Sie besaß sonst immer seine Unterstützung.

»Deine Mutter freut sich schon auf die Rückkehr von Maxim, er muss aber seinen Vertrag bei der *Global Investment* noch bis 1. September einhalten, dann wird er kommen.«

»Wie schön, wir freuen uns alle«, erklärte Luise wenig empathisch. Ihr Neffe also kam zurück, nachdem er sieben Jahre in der Schweiz gelebt hatte. Ohne Krieg, ohne an die Front zu müssen oder doch verhaftet zu werden, da er eine jüdische Mutter hatte. Johannes hatte das alles für seinen geliebten Enkel möglich gemacht.

»Du weißt«, erklärte Johannes jetzt noch, »Maxim hat einen verantwortungsvollen Posten bei der Firma, und er kann erwirken, dass der *Deutsche Kaiser* jetzt Kredite bekommt. Sonst kann er nicht überleben. Auch der *Palmengarten* braucht für den Wiederaufbau eine kräftige Finanzspritze aus der Schweiz.«

»Jaja, ich weiß.« Luise wurde ungeduldig. »Ich muss los.«

»Ja, aber denk an deine Mutter, sie übernimmt sich, bitte rede mit ihr.«

»Ich werde es versuchen, aber wann hat sie sich jemals etwas sagen lassen? Außer von Maxim, ihrem geliebten Enkel.«

»Ja, es wird Zeit, dass er zurückkommt.«

DREIZEHN

Bad Lichtenberg

DIE FAMILIE

Zwei Wochen nach Kriegsende erreichte Johannes eine Nachricht vom Roten Kreuz, die die ganze Familie zutiefst erschütterte:

Man habe einen kleinen Jungen gefunden, dessen Name Luitpold sei, das habe auf seinem kleinen Rucksack gestanden; den Nachnamen konnte man nicht mehr entziffern. Man habe ihn in der Nähe von Gotenhafen in der Danziger Bucht aufgegriffen, von dem aus die Wilhelm Gustloff in See gestochen sei.

Er spreche nicht, sei scheu, fast verhungert und habe sich herumgetrieben, bis ihn ein Passant aufgegriffen und beim Roten Kreuz abgeliefert habe. Dort sei er bis jetzt in einem Auffanglager gewesen. Das sei vier Wochen nach dem Untergang der Wilhelm Gustloff gewesen. Das Rote Kreuz hatte sich bei dem Anwalt Johannes Laverne gemeldet, da er über verschiedene Instanzen und Institutionen eine Suchmeldung aufgegeben hatte. Sie schickten ein Foto, doch selbst Felix oder Viola erkannten auf einem unscharfen Foto mit einem kleinen mageren Jungen Luitpold nicht eindeutig. »Und was ist mit Mama und Leopold?«, wollte Viola ängstlich wissen, doch diese Frage stieß auf banges Schweigen der Familie, die ihre schlimmsten Befürchtungen vor dem Kind nicht aussprechen wollte.

Eine Woche später, als Johannes am Telefon erklärt hatte, so genau könne man das Kind nicht identifizieren, meldete sich das Rote Kreuz noch einmal. Sie würden den Kleinen in Bad Lichtenberg auf der Fahrt nach Baden-Baden vorbeibringen – handle es sich nicht um Luitpold Laverne, würde er in ein Heim nahe Karlsruhe gebracht werden.

Die bevorstehende Ankunft versetzte die gesamte Familie in Aufregung. In zwei Tagen sollte es so weit sein.

Die Familie beschloss, dass an diesem Nachmittag nur Johannes, Felix und Viola den kleinen Jungen begrüßen sollten. Aber was, wenn es nicht Luitpold, nicht sein Sohn war? Felix konnte die Ungewissheit, jetzt, da Hoffnung bestand, kaum mehr ertragen. Aber er sollte sich noch nicht freuen dürfen, er musste abwarten. Wenn dieser Junge nicht Luitpold war, würden sie dann monatelang, vielleicht sogar Jahre warten, bis sie irgendwann dann erfuhren, seine beiden Söhne und Jette seien längst tot?

Sein Vater Carl versuchte, ihn zu beruhigen. »Wenn dieser kleine Junge nicht Luitpold ist, besteht immer noch jede Hoffnung, ihn doch noch zu finden. Wir werden die Suche nicht aufgeben.«

Viola aber sah sich das Foto immer wieder an. »Ich denke, es ist Luitpold«, erklärte sie, und in diesem Gefühl kaufte sie in dem Spielwarengeschäft der Stadt einen Teddybären. »Sicher hat er seinen verloren und freut sich über diesen neuen«, erklärte sie.

»Sie hat den Optimismus der Jugend«, erklärte Victoria ihrer Schwester. »Schade, dass man ihn im Laufe des Älterwerdens verliert.«

»Aber Vic, was redest du da. Wir beide waren immer optimistisch, haben an eine gute Zukunft geglaubt. Wie heißt der Wahlspruch der Lavernes?«

Victoria lachte. »Jaja, du hast ja recht. Nur nie aufgeben, egal, was passiert.«

Am angegebenen Termin waren wie vereinbart nur Felix, Viola und Johannes in der Villa.

Doch oben im ersten Stock hatten sich Natalja, Victoria und auch Luise am Geländer zusammengefunden, von wo aus sie einen guten Blick nach unten in die Halle hatten, selbst aber unentdeckt blieben. »Das dauert ja entsetzlich lange.« Felix konnte sich in seiner Ungeduld kaum mehr beherrschen.

Endlich, gegen Abend dann, hörten sie, wie ein Wagen durch das große Tor und die Auffahrt hochfuhr bis direkt vor den Eingang. Autotüren schlugen zu, während Johannes bereits an der Haustür stand und sie öffnete. Er sah zu, wie eine Frau und ein älterer Mann aus dem Auto stiegen und auf ihn zukamen.

»Mein Name ist Keller«, stellte sich die Frau vor. »Ich bin Ärztin, und das ist mein Mitarbeiter Fritz Müller.« Johannes begrüßte beide und führte sie in die Halle. In stummer Erwartung sahen Felix und Viola ihnen entgegen. Nach der Begrüßung erzählte Frau Keller, dieser kleine Junge habe wohl sehr viel erlebt und durchgemacht, er sei immer noch sehr traumatisiert. »Ich schlage Ihnen vor, den Jungen in psychologische Behandlung zu geben.«

»Ich denke, er braucht vor allem die Liebe seines Vaters und seiner Schwester«, war die ungeduldige Antwort von Felix. »Und wo ist er? Sie haben ihn doch hoffentlich mitgebracht?« Hatten sie umsonst gewartet und gehofft?

»Der Kleine ist noch im Auto. Ich wollte zuerst mit Ihnen sprechen, Sie also sind der Vater?«

Felix nickte stumm, er war blass, und jeder konnte erkennen, wie verzweifelt er war, wie unerträglich die Situation für ihn. »Bitte holen Sie ihn doch jetzt herein.«

»Ich wollte Ihnen ja nur erklären, dass der Kleine schwer traumatisiert ist. Auch wissen wir nicht, was passiert ist, da er nicht redet. Ich habe gehört, dass es hier eine sehr gute Klinik für traumatisierte Kinder und Jugendliche gibt, die Klinik von Professor Gebhardt.«

»Ja, aber jetzt holen Sie ihn doch bitte, oder soll ich das tun?« Felix lief bereits zur Haustür, doch da war Johannes schneller und hielt ihn zurück.

»Wir dürfen nichts falsch machen«, warnte er seinen Neffen. »Frau Keller weiß sehr genau, wie man vorgehen sollte.«

Frau Keller nickte, warf Johannes einen dankbaren Blick zu und ging hinaus.

»Sie wird gleich zurück sein«, versuchte ihr Mitarbeiter, Felix zu beruhigen.

Erst nach einer Weile kam Frau Keller mit einem kleinen Jungen an der Hand zurück, der sich jedoch hinter ihr versteckte. Sie drehte sich um, sprach leise auf ihn ein, bis er endlich hervorkam, da war Felix schon mit einem Schritt bei ihr. Doch der Kleine war schneller, er versteckte sich auf der anderen Seite.

»Luitpold?« Auf die sanfte Stimme von Viola hin tauchte er zögernd auf.

Und da stand er, ein blasser, abgemagerter Junge mit eingefallenen Wangen und tief liegenden Augen. Seinen alten ausgefransten Teddybären, dem ein Auge fehlte, hielt er fest an sich gedrückt.

Stille herrschte in der Halle.

»Ich …« Felix wurde schwarz vor Augen, Schweiß brach ihm aus. »Ich …«

Wollte er sagen, er erkenne den Jungen nicht? Alle sahen auf ihn, doch da löste sich Violas Hand aus dem Griff des Vaters, sie ging auf den Kleinen zu und kniete sich vor ihn hin.

»Luitpold?« Ihre Stimme klang leise und sanft und voller Liebe. »Ich bin's, deine Schwester, ich bin Viola. Erkennst du mich?«

Da glitt ein schwaches Lächeln über das blasse Gesicht des Jungen, er nickte, er sah sie an, und wieder lächelte er. Aber als jetzt Felix auch auf ihn zuging, wich er sofort zurück. »Luitpold, ich bin's, dein Papa.«

Doch der Junge wich weiterhin zurück, in seinem Gesicht stand kein Erkennen, nur Abwehr.

Aber als Viola die Hand ganz langsam hob und ihm leicht über die Wange strich, da sah er sie an, traurig, verzweifelt, und dann begann er zu weinen. So warf er sich auf den Boden und weinte und schluchzte, bis man ihn endlich verstehen konnte. »Mama … Mama … ist vom Schiff aus ins Wasser gesprungen, ich habe ihr doch gewinkt … aber sie war nicht mehr da … einfach weg …«

Da setzte sich Viola neben ihn und zog ihn sanft an sich, doch Luitpold weinte und wiederholte immer wieder: »Aber sie war nicht mehr da … einfach weg … und Leopold ist auch weg … tot … er ist tot …« Man konnte ihn kaum verstehen, er stotterte, weinte, verhaspelte sich, dann schwieg er, und niemand brachte ihn dazu, weiterzuerzählen.

Von diesem Tag an verfiel er in Schweigen.

VIERZEHN

Zürich, Schweiz
Vier Monate später, September 1945

MAXIM

Maxim Laverne lief unruhig am Zug auf und ab, sein Gepäck hatte er bereits in seinem Schlafwagenabteil verstaut, doch jetzt wartete er auf seine langjährige Freundin Karin. Kam sie nicht mehr, um sich von ihm zu verabschieden, gerade heute, da er sie so sehr brauchte?

Denn heute fuhr Maxim nach Hause. Zehn Tage früher als geplant, denn er fuhr zur Beerdigung seiner Großmutter Irene. Sie war ganz plötzlich gestorben. Sie sei abends zu Bett gegangen, eingeschlafen und nicht mehr aufgewacht.

»Ein wunderbarer Tod«, hatte Karin ihm erklärt, »also sei nicht traurig.«

Aber natürlich war er das, seine Großmutter Irene hatte ihm so viel bedeutet, sie hatte ihn vom ersten Moment an geliebt, geliebt auch als Sohn ihres Franz, des Sohns, der bereits 1918 an der Somme gefallen war.

Damals, als er als Vierzehnjähriger aus Berlin nach Bad Lichtenberg kam, ein verzweifelter Junge, voller Angst, die Familie Laverne würde ihn nicht als Sohn von Franz anerkennen. Denn seine Mutter Clara Weinberg war nicht mit ihm verheiratet gewesen. Doch vom ersten Moment an hatten sie ihm nur Liebe entgegengebracht. Und er? Er ging in die

Schweiz und lebte dort gut, während in Deutschland Hunderttausende junger Männer an der Front einen qualvollen Tod erlitten. Aber auch da hatte Karin die richtigen Worte gefunden: »Deine Familie hat es so entschieden. Auch wenn dein Großvater Johannes dich adoptiert hat, warst du der Sohn einer Jüdin. Die Familie wollte, dass du in die Schweiz gehst.«

Wo steckte sie jetzt nur? Er wünschte sich eine letzte Umarmung – sie würde ihm die Angst nehmen, zurückzukehren in die Ungewissheit. Würde die Familie es ihm doch übel nehmen, dass er nicht sofort nach Ende des Kriegs vor vier Monaten zurückkam?

Der Bahnsteig füllte sich, Reisende drängten an ihm vorbei, riefen, schrien, weinten, umarmten sich. Maxim stellte sich auf die Zehenspitzen, doch Karin war nirgends zu entdecken, stand nicht irgendwo am Zug und suchte ihn.

Sie waren schon lange zusammen, hatten sich am ersten Tag auf der Universität kennengelernt, als er unsicher in der Aula stand und sie ihn, kurzsichtig, wie sie war, angerempelt hatte, sodass er ins Stolpern kam. Da hatten sie gelacht und waren sehr schnell ein Paar geworden. All die Jahre hatte sie ihn begleitet, als die Angst immer noch tief in ihm verankert war, als Sohn einer Jüdin auch in der Schweiz ausgewiesen und nach Deutschland zurückgeschickt zu werden.

Ah, da kam sie, Karin …

Nein, er hatte sich getäuscht, sie war es nicht.

Ein Blick auf die Uhr, noch sechs Minuten.

Aber Karin konnte ihm sogar sein schlechtes Gewissen nehmen. Er lebe hier ein gutes Leben in Sicherheit, während andere Juden zu Hunderttausenden ermordet wurden. Während Juden an den Grenzen zur Schweiz die Einreise verwehrt wurde. Auch da hatte Karin die richtigen Worte gefunden: »Du hast

Juden in deiner hiesigen Wohnung versteckt, auch du hast gekämpft und viel riskiert …«

Da war er ruhig geworden.

Vor ein paar Tagen hatte sie ihn gefragt, ob er das Gefühl habe, jetzt nach Hause zu kommen. Oder wollte er zurück nach Zürich?

Er wusste es nicht.

Nur noch zwei Minuten, Karin, wo bleibst du denn?

Da kam sie angerannt, sie drängte sich durch die vielen Menschen, suchte ihn mit den Blicken, bis sie ihn entdeckte. Und dann stand sie vor ihm, atemlos, mit wehenden Haaren und einem falsch geknöpften Mantel, sicher war sie wieder in letzter Minute aus der Wohnung gehetzt, weil sie einfach kein Zeitgefühl hatte.

»Schön, dass du es noch geschafft hast, Karin.«

Sie nickte, kruschte in ihrer Tasche herum und holte ein Kuvert heraus. »Ich habe dir einen Brief geschrieben und … ja«, setzte sie hastig hinzu, »ich wünsche dir alles Gute, es wird schon schiefgehen.«

Irritiert griff er danach. »Ich meine, alles wird für dich gut, sie werden dich lieben, wie sie dich auch damals vom ersten Moment an geliebt haben. Und du wirst dort ein schönes Leben haben, so wie du es gewohnt bist.«

Er war überrascht, wie nüchtern ihre Stimme klang, fast ohne Interesse für ihn und seinen Zwiespalt, auch an seiner Trauer um die geliebte Großmutter.

Er fing zu stottern an, alte Unsicherheiten kamen hoch. »Ich werde noch bleiben, da ich als Vertreter der Investoren die Pläne für den Wiederaufbau absegnen soll.«

»Das ist eine große Ehre für dich, aber das Hotel wurde doch gar nicht bombardiert.«

»Doch, auch. Aber das ist nicht so gravierend. Luise hat einen Kreditantrag und Vorschläge für weitere Beteiligungen gemacht, um den *Palmengarten* wieder aufzubauen. Beides soll schöner und aufwendiger werden, als sie gewesen sind, und das kostet viel Geld.«

»Und du sollst die Unterlagen prüfen?«

Sie sah ihn ungläubig an, das verunsicherte ihn. »Meinst du, ich kann das nicht? Glaubst du, ich bin mit sechsundzwanzig Jahren zu jung für diesen Posten?«

»Ach, Unsinn, immer vermutest du hinter meinen Worten etwas Negatives, das nervt.«

Jetzt wurde der Zug abgepfiffen, die Schaffner liefen an den Waggons entlang und warfen die Türen zu. »Du musst einsteigen«, drängte Karin, keine Zeit mehr, sich groß zu verabschieden. Als er bereits auf dem Trittbrett des Zugs stand, warf er ihr eine Kusshand zu, doch da fuhr der Zug an, und er musste einsteigen. Erst in seinem Abteil sah er, dass er Karins Brief nicht mehr in der Hand hielt, auch hatte er ihn nicht in die Taschen seines leichten Mantels gesteckt. Er musste ihm aus der Hand geglitten sein, als er in den Zug einstieg.

Er ließ sich auf seinen Sitz fallen und schloss die Augen. Oder hatte sie erwartet, dass er das Fenster herunterkurbelte und ihr winkte? Sofort sprang er hoch, doch der Zug war bereits aus dem Bahnhof herausgefahren.

Der Brief. Aber hatte sie nicht schon Andeutungen gemacht, sie wolle sich trennen, seine Welt, die Welt der reichen Lavernes, das sei nicht die ihre. Sie habe auch kein Verständnis für seine Arbeit in der amerikanisch-schweizerischen Investmentfirma, der *Global Investment,* in der es nur um Beteiligungen an Luxusimmobilien ging.

Auch gab es da einen Journalisten, der für ein links gerichtetes Blatt schrieb. Sie hatte ihm sicher geschrieben, dass es diesen anderen gab und sie sich trennen wollte.

Er horchte in sich hinein, und wenn er darüber nachdachte,

war diese Trennung richtig so. Der Tod seiner Großmutter veränderte sein Leben, Maxim spürte es. Über ihren Tod hinaus schien sie ihm zu sagen, Maxim, bitte bleib in Bad Lichtenberg, werde dort sesshaft, an dem Ort, an dem die Wurzeln deines Vaters sind.

Aber was würde die Zukunft bringen?

Lichtenberg/Süd hieß jetzt die provisorische Bahnstation, einen Kilometer vor dem Bahnhof Lichtenberg, der durch den Luftangriff zerstört worden war. Hier kam Maxim an, stieg aus und wartete auf den Zubringerbus. Er hatte in Baden-Baden den früheren Regionalzug erreicht, und so wurde er nicht abgeholt. Seit einem Monat erst hatte der *Deutsche Kaiser* wieder geöffnet, doch Luise hatte ihm geschrieben, das Hotel sei nicht einmal zur Hälfte ausgelastet und die Boutiquen noch geschlossen. Sie hatte daran gedacht, den *Deutschen Kaiser* ganz zu schließen, aber diesen Plan habe sie wieder verworfen. Denn jetzt wohnten französische Offiziere im Hotel, und es kamen wieder Gäste aus Frankreich, die jedoch sehr enttäuscht waren, da es die schöne Wandelhalle nicht mehr gab.

»Nicht nur der Bahnhof ist eine einzige Ruine«, hatte ihm sein Sitznachbar im Regionalzug erzählt. »Und der schönste Ortsteil ist ebenfalls zerstört.«

Maxim nickte freundlich und sah aus dem Fenster. Seine Unruhe wuchs, als er in den Zubringerbus einstieg.

Überall im Ort wehten französische Fahnen der Besatzung. Jetzt fuhr der Bus am Restaurant *Palmengarten* vorbei, hier standen Tische und Stühle auf der Straße, eingesäumt von blühenden Sträuchern, ein Versuch, das Restaurant am Leben zu erhalten. Dahinter jedoch verbarg sich die Ruine hinter hohen verhangenen Gerüsten.

»Station Wandelhalle«, rief der Busfahrer, und Maxim sprang auf, holte den Koffer aus dem Netz und zwängte sich an seinem Sitznachbarn vorbei.

Draußen sah er sich um: überall Gerüste, die kaum die Ruinen dahinter verbargen. An der Wandelhalle gab es noch einen Brunnen, um den sich Kurgäste drängelten. Maxim war zutiefst erschüttert, so groß hatte er sich das Desaster nicht vorgestellt. Er schirmte die Augen gegen die Sonne ab und sah hoch zur Glaskuppel, doch es gab sie nicht mehr, nur der Himmel, sonst nichts.

Und dann zuckte Maxim zusammen: Direkt über seinem Kopf flatterten ein paar schillernde Vögel, schwenkten ab und ließen sich auf den Birken der Allee nieder. Niemand hinderte sie daran.

»An die Vögel haben wir uns gewöhnt«, lachte eine Frau, die stehen geblieben war, Maxim freundlich an. »Es sind nur noch wenige da, und der Bürgermeister hat beschlossen, man soll sie einfach fliegen lassen, so wie sie es wollen. Abwarten, wo sie sich niederlassen. Die meisten aber sind in den Zoo nach Karlsruhe gebracht worden, vor allem die Exoten, die hier nicht überleben würden. Wissen Sie, der Pavillon der Vögel, unser Kulturerbe, ist bei dem Luftangriff zerstört worden.« Sie nickte ihm noch zu und ging weiter.

Maxim nahm den Koffer hoch und lief auf den *Deutschen Kaiser* zu. Er war ein Fremder und kam in einen Ort, den er anders in Erinnerung hatte. Er kam zu seiner Familie zurück, deren weibliches Oberhaupt gestorben war.

Doch als er ins Hotel kam, sah er Luise am Empfang stehen, und als er auf sie zuging, da strahlte sie und umarmte ihn und erklärte, wie sehr sie sich freue, dass er zurück sei.

Auch Luise hatte sich verändert. Vielleicht waren es nur die Blässe und das schwarze Kleid, das sie älter aussehen ließ, als er sie in Erinnerung hatte. Wie hatte sie die letzten Jahre verbracht? Er brannte darauf, alles zu erfahren.

»Wie war die Reise? Hast du im Zug schlafen können?«

Stumm schüttelte er den Kopf. Ihre Blicke trafen sich, natürlich konnte er das nicht, nach dem Tod von Irene und der bevorstehenden Beerdigung. Sie hatten vereinbart, dass er diese erste Nacht im Hotel schlafen sollte.

»Der Page bringt dich mit deinem Gepäck hoch in dein Zimmer, wollen wir uns in einer halben Stunde im Wintergarten treffen?«

Er nickte stumm und folgte dem Pagen zum Aufzug.

Als er in den Wintergarten kam, saß Luise schon an ihrem üblichen Tisch, das zumindest hatte sich nicht geändert. Sie winkte ihm, und für einen ganz kurzen Augenblick hatte er dieses Déjà-vu: Luise saß dort und lächelte ihm entgegen, wie damals, als er am Eingang gestanden hatte. Er war in Begleitung von Rachel gewesen, seiner ersten Liebe, die er im Alter von siebzehn Jahren erlebt hatte.

Er wollte stehen bleiben, diesen Moment der Erinnerung festhalten, doch dann nahm er sich zusammen und ging auf Luise zu.

»Komm, setz dich«, lud sie ihn ein. »Ich freue mich, dass du mit mir hier noch Tee trinkst, bevor du nach Hause fährst.«

Nach Hause. Es berührte ihn, als sie das sagte.

Er nahm seiner Tante gegenüber Platz, sie bestellten Tee, und während sie warteten, erklärte Luise ihm den Ablauf des morgigen Tags: »Um zwei Uhr findet der Trauergottesdienst statt, und dann gehen wir auf den Friedhof.«

Maxim wusste bereits, dass Irene an dem Ort beigesetzt wurde, der die Gedenkstätte für den geliebten Sohn Franz gewesen war. Franz selbst war irgendwo an der Somme »verscharrt«

worden, wie Irene es genannt hatte, und Johannes hatte nach dem Tod des Sohns im Jahr 1918 auf dem hiesigen Friedhof ein Grab gekauft und daraus eine Gedenkstätte für Franz entstehen lassen. »Das hat Mutter gerettet«, hatte Luise oft gesagt. »Vater hat damals für sie einen Ort der Trauer geschaffen und ihr so die Möglichkeit gegeben, den Schmerz langsam zu verarbeiten.« Hatte sie das wirklich? Maxim aber und die ganze Familie wusste, den Verlust von Franz, ihrem geliebten Sohn, hatte sie niemals überwinden können.

Die Gedanken an seine Großmutter und an die Jahre, die er hier verbracht hatte, überwältigten ihn. Er fing an zu weinen und schämte sich nicht vor Luise. Alle Anspannung fiel von ihm ab.

Luise griff nach seiner Hand und drückte sie fest. »Ich weiß, dass du oft mit ihr an der Grabstätte gewesen bist. Sie wollte dort begraben werden, das hat sie auch in einem Letzten Willen betont.«

Sie tranken ihren Tee, und Luise erzählte, wie sich die ganze Familie auf ihn freue. »Ach«, sie reckte den Hals, »da kommt deine Cousine Natalja, sie kann es wohl nicht erwarten, dich zu treffen.«

Maxim drehte sich um, und da kam ein junges zartes Mädchen auf ihn zu, in dem er kaum mehr das Kind erkannte, das sie bei seinem Abschied in die Schweiz gewesen war. Nach einer Umarmung setzte sie sich und sah ihn neugierig an. »Du also wirst eine große Pianistin werden«, fing er ein wenig ungeschickt an.

Da lachte sie und zuckte die Schultern. »Ich möchte es, aber ob ich es schaffe, weiß ich nicht.« Natalja gab sich ihm gegenüber offen und voller Neugierde. Doch auch sie war zutiefst traurig, weil ihre Großmutter gestorben war. Irgendwie hatte sie nie daran gedacht, dass Irene einmal sterben würde, zum ersten Mal hatte sie den Tod begreifen müssen. Der Tod, sonst so fern, war in ihre Familie eingedrungen und hatte ihre geliebte Großmutter geholt. So plötzlich war es passiert, der Tod war im Schlaf gekommen, das sei ein Segen gewesen, meinten die Erwachsenen. Doch Natalja war zutiefst traurig. Irene hätte doch noch viele Jahre leben können; gab es nicht Menschen, die neunzig, sogar hundert Jahre alt wurden, wieso nicht ihre Großmutter? Und es war so plötzlich geschehen.

Niemand erkannte, wie sehr Natalja um sie trauerte. Vielleicht sogar mehr als die eigenen Töchter. Als Luise die Traurigkeit ihrer Nichte erkannte, nahm sie Natalja in die Arme, hielt sie ganz fest und sagte, wie sehr Irene sie geliebt habe. »Du trägst sie im Herzen. Aber deine Großmutter hätte es nicht gewollt, dass du so sehr um sie trauerst. Wenn du an sie denkst, bist du ihr nahe, auch wenn sie nicht mehr unter uns ist.«

Natalja weinte, fand aber in den Worten ihrer Tante Trost. Dann hatte sie eine Idee und stellte in ihrem Zimmer ein großes Foto von Irene auf. Bevor sie abends einschlief, sagte sie *Gute Nacht, Großmutter,* und dann schien es, als lächele Irene ihr zu, und so konnte Natalja gut einschlafen und war getröstet.

FÜNFZEHN

Bad Lichtenberg
November 1945

FELIX

Felix lief ziellos durch den Ort, bis er vor der alten Villa stand, in der sich die Kinderklinik von Professor Gebhardt befand. Dort lebte sein Sohn Luitpold seit vier Monaten. Nach dem Zusammenbruch bei seiner Ankunft hatte Frau Dr. Keller bei Professor Gebhardt angerufen, er möchte bitte sofort kommen, ein Notfall.

Der Arzt war sofort da, und ohne Zögern hatte er Luitpold in seiner Klinik aufgenommen. Hier lebte der Kleine, leider ohne wesentliche Fortschritte. Nur seine Schwester Viola durfte ihn vorerst besuchen. Aber heute sollte Luitpold am Abend bei der kleinen Familienfeier anwesend sein. Wenn man das Gefühl habe, er fühle sich hier wohl, könne er allmählich sein Leben in der Familie aufnehmen. Irene war am heutigen Tag vor zwei Monaten gestorben, und der Abend war ihr gewidmet. Beate, Luitpolds Betreuerin in der Klinik, würde ihn begleiten und auch in der Villa übernachten, jederzeit bereit, ihn zurück in die Klinik zu bringen.

Professor Gebhardt hatte zuvor mit Felix gesprochen, ob er als Vater dieses Experiment gutheiße. Doch Felix hatte nur ratlos die Schultern gezuckt, er könne es nicht beurteilen. Felix glaubte seinem Sohn nicht, doch das verschwieg er. Er konnte sich nicht vorstellen, dass Jette, die eine fantastische Schwimmerin war und eine Situation gut einschätzen konnte, von der Reling aus den Sprung ins tiefe Meer gewagt hatte. Einen Todessprung. Und dann hatte Luitpold noch gestammelt, sein Bruder sei erfroren und Mama habe ihn einfach neben den Weg gelegt. Niemals hätte sie ihren erfrorenen Sohn irgendwo liegen gelassen. Felix war der Meinung, das alles entspringe der Fantasie, der Angstvorstellung eines Kinds. Doch er schwieg.

Er war erstaunt, wie sehr die Ärzte das Kind ernst nahmen. Das Beängstigende für Felix aber war, dass sein kleiner Junge die Sprache verloren hatte.

Und heute also fand dieses »Experiment« statt: Luitpold kam über Nacht in die Villa. Er solle ein Gefühl für sein Zuhause bekommen. Professor Gebhardt glaubte fest daran, dass die nächsten Stunden richtungsweisend sein könnten. Es sei so wichtig, Luitpold ganz langsam in seine Familie zu integrieren, eine Familie, die ihm Halt und Liebe geben sollte. Aber es sei riskant, dieses Experiment vielleicht noch zu früh, es käme ganz auf das Verhalten der Familie an. Felix erschrak, als der Professor ihm eindringlich nahelegte, jetzt bitte alles zu tun, damit dieses Experiment gelänge und dem Heilungsprozess nicht schade. Felix aber gestand sich ein, dass er Angst hatte. Als das Rote Kreuz seinen Sohn gebracht hatte, lehnte Luitpold ihn so stark ab, dass Felix ihn nicht in der Klinik besuchen durfte. Luitpold war doch sein Sohn, er gehörte zu seiner schönen Vergangenheit, dem Leben in Ostpreußen. Aber es konnte sein, dass Luitpold sich daran erinnerte, wie sehr Felix und Jette gestritten hatten und er als Kind die Partei seiner Mutter ergriff, auch wenn sie tot war, was Felix einfach nicht glauben wollte. Es konnte sein, dass sie vermisst war, vielleicht ihr Gedächtnis verloren hatte, sich irgendwo in Kopenhagen oder sonst wo aufhielt, aber dennoch lebte.

Er starrte immer noch zur Klinik hinüber, die ganz versteckt hinter Kastanienbäumen in einem kleinen Park lag. Felix wurde nervös, er sah auf seine Armbanduhr. Nur noch eine Stunde, dann musste er zu Hause sein. Dann würde ein Wagen der Klinik seinen Sohn bringen.

Er drehte sich um, lief weiter und immer weiter durch den Ort, die Hauptstraße hoch, bis er vor dem Rathaus stand. Er ließ sich treiben, folgte einigen Kurgästen, die in der Halle vor dem Denkmal für Franz Laverne stehen blieben und die Inschrift lasen. Franz Laverne, der große Sohn dieser Stadt, er starb im Großen Krieg als Held. Franz, sein Cousin. Alle in der Familie waren sie berühmt oder anerkannt, doch er? Er fand nicht in sein Leben zurück, fand nichts, das ihn interessierte, um einen Neuanfang zu wagen. Luise, die erfolgreiche Managerin, die den *Deutschen Kaiser* bereits wieder in die Erfolgsspur gebracht hatte, Victoria, die ein Showtheater aufgebaut hatte. Auch wenn es jetzt zerstört war und sie betonte, sie sei an einer Wiederaufnahme nicht interessiert, sie würde wieder erfolgreich sein, egal, was sie anfing. Auch die vierzehnjährige Natalja, die bereits als Nachwuchstalent Preise gewonnen hatte – auch sie hatte das Erfolgsgen. Ach ja, und da waren ja noch die *beiden Alten,* wie er seinen Vater und seinen Onkel in Gedanken nannte. Sie schmiedeten Pläne, wie das neue Bad Lichtenberg aussehen sollte. Manchmal beneidete Felix sie um ihre Energie, eine Zukunft zu gestalten, und das, obwohl beide auf die achtzig zugingen. Auch bewunderte er seinen Vater Carl, immer noch geliebter Oberbürgermeister, vital, voller Pläne. Das Lager, das jenseits der Bahngleise entstand und aufgebaut wurde, war das Werk der *beiden Alten*. Ein Flüchtlingslager für die Witwen und ihre Kinder aus den Fluchtgebieten, für sie wurde gesorgt.

Und er, Felix? Er stand vor dem Denkmal für seinen Cousin, und im ersten Stockwerk herrschte sein Vater als Oberbürgermeister. Er aber war ein Schwächling, ein Erfolgloser. Abrupt drehte er sich um, blieb kurz vor dem Rathaus stehen, sah sich um, doch niemand beachtete ihn. So lief er weiter, er hatte immer noch eine Stunde. Eine Stunde Freiheit ohne den Erwartungsdruck seiner Familie. Vor einem Haus, in dem Angestellte der Stadt wohnten, blieb er stehen. Im ersten Stock lebte Olga Reimann, die Ornithologin. Die Gemeinde hatte noch nicht entschieden, ob man einen neuen Pavillon der Vögel errichten sollte – waren die Kosten dafür nicht zu immens, würde er sich rechnen?

Felix sah hoch zu ihrem Fenster. Er sollte umkehren, aber er brauchte sie an diesem Tag. Er brauchte Olga, ihren zarten Körper mit den kleinen Brüsten, immer noch diese Kindfrau, die sie mit sechzehn gewesen war, kindlich und doch auch erfahren. Und wenn sie sich liebten, sah sie ihn mit ihren großen grauen Augen an, das versetzte ihn in diesen sexuellen Rausch, den er in ihren Armen erlebte. Das erste Mal, als er mit Olga in ihre Wohnung ging, war an dem Tag nach Irenes Tod, als alle nur davon sprachen, dass Maxim zurückkam, Maxim, geliebt von Irene. Auch hier spielte er, Felix, keine Rolle. Und dann kam Maxim. Erst zur Beerdigung – hätte er nicht früher kommen können? Wo seine Großmutter ihn so geliebt hatte? Ein Egoist, der von der Familie gefeiert wurde, seit dem Tag seiner Ankunft.

Für ihn war der Besuch bei Olga eine Offenbarung gewesen. Sie gab ihm das Gefühl, ein besonderer Mann zu sein, sogar bedeutend. Doch jedes Mal, wenn er von ihr wegging, quälten ihn Schuldgefühle und Selbsthass. Langsam, Schritt für Schritt, näherte er sich jetzt der Haustür. Um diese Zeit war sie meist in ihrer Wohnung. Du kannst kommen, wann immer du willst, hatte sie ihm in einem Moment der Liebe ins Ohr geflüstert.

Doch dann blieb er abrupt stehen. Schlagartig fiel ihm ein, was seine Tante Irene wenige Wochen vor ihrem Tod zu ihm gesagt hatte. »Die ganze Stadt spricht davon, dass du dich zu dieser Olga Reimann schleichst, sieh dich vor«, hatte sie ihn gewarnt. »Hast du vergessen, dass sie unsere Familie zerstören wollte? Glaubst du wirklich, sie hat sich geändert?«

Irene, seine Tante, die er immer bewundert und geliebt hatte. Plötzlich empfand er ihren Verlust so stark, so intensiv, dass er nach Atem rang, sich umdrehte, die Hauptstraße entlanghastete und die Birkenallee hoch in die Villa rannte. Der Abend galt ihr, und die Achtung vor Irene hielt ihn zurück, sich zu Olga »zu schleichen«, wie seine Tante es genannt hatte.

Als er die Villa betrat, wurde er von allen herzlich begrüßt. Sein Onkel Johannes und sein Vater standen im Wohnraum, rauchten und diskutierten. Durch die offene Flügeltür des Wohnraums sah er direkt in das Speisezimmer. Hier saßen bereits Luise und Victoria, auch sie begrüßten ihren Cousin herzlich. Sein Blick fiel auf den festlich gedeckten Tisch, die Blumen, das Silberbesteck, die Kristallgläser, die gestärkte Tischdecke und die Servietten mit den eingestickten Initialen. Es war ganz nach Irenes Geschmack gedeckt worden. Jetzt stellte sich Viola neben ihn. »Luitpold ist schon hier«, erklärte sie. »Beate ist mit ihm in seinem neuen Zimmer.«

Da kamen auch Johannes und Carl zu ihnen, und kurz danach die Krankenschwester Beate, die Luitpold auf den Stuhl neben Viola setzte. Er war durchscheinend blass, schmal, und so klein, als wolle er nicht mehr wachsen. Seinen alten Teddy hielt er fest auf dem Schoß. Auch wenn der neue Teddybär, den Viola ihm gekauft hatte, beide Augen hatte und ein weiches

Fell, hatte er ihn nicht haben wollen. Er brauchte den alten, *seinen* Teddy, der ihn in der schrecklichen Zeit seines Lebens begleitet hatte. Und Viola hatte ihren Bruder verstanden und setzte den neuen Teddy auf das Bord oberhalb ihres eigenen Betts. Während Beate ihm noch schnell ein Sitzkissen unterschob, begrüßte sie die Familie, erklärte, sie werde es sich im Wohnzimmer gemütlich machen, aber bereit, sofort zu Hilfe zu eilen oder den Professor zu rufen, falls es nötig sei. Auch als Johannes sie bat, sich zu ihnen an den Tisch zu setzen und mit ihnen zu essen, lehnte sie mit einem Lächeln ab. »Dieser Abend gehört der Familie, ich bleibe im Wohnzimmer.«

Es wurde ein stilles Abendessen, mit besonderer Sorgfalt von Wilma gekocht. Irgendwann verlor Victoria die Beherrschung, weinte und erklärte, ihre Mutter sei doch immer *da* gewesen, und plötzlich sei sie *weg.*

»Sie ist i…m Hi…mmel, so … so … wie Mama und Leopold.«

Victoria hielt den Atem an, niemand redete, alle sahen erstaunt auf Luitpold. Er hatte zugehört, alles verstanden, und er hatte gesprochen. Die ersten Worte seit dem Ausbruch bei seiner Ankunft.

»Ja.« Luise war die Erste, die ihre Fassung wiedererlangte. »Ja, Luitpold, sie ist jetzt im Himmel, wie auch deine Mama und dein Bruder.«

»Unsinn. Wir wissen es nicht – wir wissen doch gar nicht, ob sie vielleicht noch leben.« Felix sprang auf.

Doch da drückte ihn sein Vater Carl auf den Stuhl zurück. Sein Blick warnte den Sohn, hör auf damit, verwirr das Kind nicht.

Und so schwieg Felix und presste die Lippen zusammen. Schon wieder hatte sein Vater ihn zurechtgewiesen. Luise aber erhob sich, ging um den Tisch herum zu dem kleinen Luitpold, der trotz Kissen kaum über den Tischrand sehen konnte, und strich ihm zart über das Haar. Er ließ es geschehen.

»Si… sind sie dort … zu… sammen?« Noch einmal sprach er, mühsam würgte er jeden Buchstaben heraus.

Und Luise und Victoria und auch Maxim nickten und erklärten, ja, sicher, sie seien oben im Himmel zusammen.

Da erhob sich Natalja. »Ich möchte für Großmutter etwas spielen, das hat sie sich gewünscht.« Unsicher sah sie in die Runde.

»Natürlich, komm, wir gehen ins Musikzimmer.«

Viola rutschte von ihrem Stuhl und half dem kleinen Bruder ebenfalls, die Füße auf den Boden zu stellen, den Teddy behielt er weiterhin fest im Arm.

Victoria zog sich an den Krücken hoch, die sie immer noch brauchte, da das Bein noch bandagiert war. Im Musikzimmer gruppierten sie sich um den Flügel, in Erwartung von Nataljas Darbietung.

»Zuerst spiele ich ein Stück von Mozart, das widme ich Großmutter, und dann eine Komposition von Liszt, die sie sich gewünscht hat.«

Natalja zog sich den Klavierschemel heran, setzte sich, machte ein paar Fingerübungen, klappte den Deckel des Flügels auf, nahm den Schoner von den Tasten und fing zu spielen an.

Das erste Stück war das Klavierkonzert Nummer 21, *Eine kleine Nachtmusik.*

Dann setzte Natalja ab, drehte sich um und erklärte, jetzt käme das zweite.

Leise begann sie zu spielen, virtuos glitten ihre Hände über die Tasten, zart erklang die Melodie.

»Was ist das, kennst du es?«, flüsterte Luise ihrer Schwester zu.

Doch Victoria hörte sie nicht, sie sah unentwegt auf ihre Tochter. Erst als Natalja die Hände von den Tasten nahm, flüsterte sie zurück. »Es ist der *Liebestraum* von Liszt.«

»Und weißt du, warum Mutter sich dieses Stück gewünscht hat?« Luise kam aus dem Staunen nicht heraus.

Da wandte sich Natalja an ihre Zuhörer. »Großmutter hat gesagt, diese Komposition erinnere sie an die schöne Vergangenheit vor dem Großen Krieg. Und sie hat sich daran erinnert, dass im Sommer 1914 ein junger Pianist dieses Stück am Flügel des *Palmengartens* gespielt hat.«

Victoria war zutiefst betroffen. Was hatte ihre Mutter gewusst, ohne jemals zu fragen? Irene hatte vieles intuitiv erfasst, selten aber sprach sie über Gefühle.

Victoria blieb still, und die anderen spürten die Besonderheit dieses Moments. Sie sahen sich stumm an, lächelten sich zu, noch ergriffen von Nataljas Spiel. Maxim sah zu dem kleinen Luitpold hinunter, dessen Hand fest in der seinen lag und der zu ihm hochlächelte. Es war ein schöner, ein würdiger Abend für Irene Laverne.

Und ein Abend der Hoffnung, dass ein Kind wieder ein Kind sein durfte.

Zwei Jahre später

SECHZEHN

Bad Lichtenberg
September 1947

MAXIM UND NATALJA

Maxim beugte sich zum Grab von Irene hinunter und legte Silberdisteln darauf, er hatte sich erinnert, wie gern seine Großmutter sie gemocht hatte. »Seit gestern bin ich Co-Direktor des *Deutschen Kaisers,* Luise und die Investoren haben zugestimmt. Großmutter, du wärest stolz auf mich. Und das Hotel ist wieder ausgebucht, die Renovierungen endlich abgeschlossen.«

Als er Schritte auf dem Kiesweg hörte, drehte er sich rasch um. Natalja stand hinter ihm und lächelte ihn an. Maxim war verlegen, hatte seine Cousine ihn reden hören? Leichte Röte stieg ihm ins Gesicht.

»Du sprichst mit Großmutter.« Nataljas Lächeln vertiefte sich. »Das ist schön, weißt du. Das mache ich auch, und ich vermisse sie immer noch. Siehst du«, sie hielt eine Silberdistel hoch, »wir haben denselben Gedanken, ich habe sie auf einer Wiese gefunden und ausgegraben. Ich komme oft hierher«, erzählte Natalja, nachdem sie die Silberdistel vorsichtig aufs Grab gelegt hatte. Sie richtete sich wieder auf und sah Maxim an. »Weißt du, Maxim, Großmutter hat sich immer um mich gekümmert. Mehr als meine Mutter.«

Maxim warf seiner Cousine einen raschen Blick zu. Hörte er Resignation, vielleicht sogar Aggression gegen Victoria heraus?

»Ich erinnere mich«, erzählte sie weiter, während sie mit dem Fuß ein paar welke Blätter vom Grab stieß. »Vor ihrem Tod hat Großmutter zu mir gesagt, ich hätte das Recht, zu erfahren, wer mein Vater sei. Ich solle nicht nachgeben, bis Mutter es mir sagt.«

Maxim schwieg, auch er stieß mit dem Fuß welkes Laub zur Seite, während er nachdachte. »Und wie wichtig ist es für dich, es zu wissen?«

Er sah Natalja von der Seite an, sie hatte ein interessantes Gesicht mit hohen Wangenknochen. Sie war hübsch geworden, und wenn sie am Klavier saß und spielte, verschwand der oft mürrische Ausdruck aus ihrem Gesicht und verwandelte sich in ein Strahlen, sodass man den Blick kaum von ihr wenden konnte. Diese Verwandlung faszinierte ihn.

Während er sie jetzt nachdenklich beobachtete, hob Natalja die Schultern und ließ sie wieder fallen. »Ich weiß es nicht … vielleicht ja, vielleicht nein. Ich habe ja Großvater. Maxim, auch du bist vaterlos aufgewachsen, aber deine Mutter hat dir von ihm erzählt, du hast Fotos, kennst vieles, was Großmutter dir erzählt hat, aber ich habe nichts. Ich habe nur eine Mutter, die schweigt. Aber es ist egal. Was meinst du?«

»Vielleicht hat deine Mutter gute Gründe, dir den Vater zu verschweigen.«

»Großmutter hat einmal gesagt, man wisse ja nicht, was für ein Leben ihre Tochter in Berlin geführt habe. Vielleicht wisse sie gar nicht, wer der Vater ihres Kindes sei.«

»Was? Hat sie das zu dir gesagt?«

Natalja schüttelte den Kopf. »Aber nein, zu Großvater. Ich habe es nur gehört.«

»Du hast gelauscht«, lachte Maxim und zwickte sie in die Wange.

Sie warf ihm nur einen geheimnisvollen Blick zu. »Sie meinte auch noch, Berlin sei ja damals ein Sündenpfuhl gewesen.«

»Weißt du denn, was ein ausschweifendes Leben ist?« Maxim kam aus dem Staunen nicht heraus.

»Maxim! Ich bin sechzehn, Tante Luise hat mir alles gesagt.«

»Was alles?«

»Nun, sie hat mich aufgeklärt. Ich weiß, wie Kinder entstehen und was eine Frau tun sollte, um keines zu bekommen. Das sei wichtig, dass ein junges Mädchen auch darüber Bescheid wisse.«

»Komm, lass uns gehen, ich glaube, es fängt an zu regnen.« Maxim wurde verlegen, und so wies er rasch mit dem Kopf in den grauen Himmel. Sie wandten sich ab und liefen den Kiesweg zurück zum Ausgang des Friedhofs. »Weißt du«, Natalja überlegte weiter, »wenn erfahrene Frauen das alles wissen, muss meine Mutter ja nicht sehr erfahren gewesen sein. Sie ist ja mit mir schwanger geworden.«

»Es kann doch sein«, antwortete Maxim jetzt, weiterhin sehr verlegen über die Direktheit seiner Cousine, »dass deine Mutter dich haben wollte, denk mal darüber nach.«

Langsam glitt ein Strahlen über Nataljas Gesicht, sie sah hoch zu Maxim. »Das wäre schön, aber warum ist sie dann immer so … so ablehnend zu mir?«

»Vielleicht, weil du es bist, kann das sein?«

Bevor sie den Friedhof verließen, drehte Natalja sich noch einmal um. »Großmutter hatte damals eine so schöne Beerdigung, findest du nicht auch? So viele Leute haben Blumen geschickt und kamen zur Trauerfeier. Das hätte sie gefreut.«

»Ja, ich denke auch«, antwortete Maxim. »Es war sehr tröstlich.«

Den Rest des Wegs schwiegen sie, bis sie auf der Hauptstraße standen.

»Bist du schon aufgeregt wegen morgen?«

»Natürlich. Ich fahre ja nicht jeden Tag nach Paris, um dort am Conservatoire Nationale die Aufnahmeprüfung zu machen.« Jetzt lachte Natalja, es klang aufgeregt, geradezu aufgekratzt, hoch motiviert. »Und ich freue mich, dass Tante Luise mich begleitet«, betonte sie.

Auch für Maxim bedeutete diese Reise viel, denn in der Zeit von Luises Abwesenheit würde er das Hotel selbstständig leiten, auch wenn es nur für ein paar Tage sein sollte. Diese Chance wollte er nutzen, und ganz im Geheimen hoffte er, seine Tante bliebe einige Zeit in Paris, damit er sich beweisen konnte. Letztendlich hatte sie doch viele Jahre in der französischen Hauptstadt gelebt. »Und wirst du auch den *Liebestraum* spielen?«, fragte er noch schnell, während er sich schon fast zum Gehen wandte.

»Ja, das möchte ich, aber mein Professor meinte, die Interpretation dieses Stücks sei sehr schwierig«, erklärte sie nachdenklich. »Und leider gelingt es mir nicht so, wie ich es mir vorstelle.«

»Du bist so jung, Natalja, sei nicht ungeduldig mit dir selbst, du bist dieses Ausnahmetalent. Und zu einer ganz großen Künstlerin gehört Reife, gehören die Erfahrungen, die das Leben mit sich bringt: Freude, Schmerz, Enttäuschung. Ich stelle mir vor, das alles wirst du in der Musik verarbeiten können, und das wird dich dann zu einer großen Künstlerin werden lassen. Heute bist du das große Talent.«

Natalja dachte angestrengt nach. »Mit Erfahrungen meinst du die Liebe?«

Jetzt lächelte Maxim. Es fing an zu nieseln, doch er blieb stehen und sah in das erwartungsvolle Gesicht seiner Cousine. Er nickte. »Ja, ich denke, auch die Liebe.«

Sie konnte ihn wirklich aus der Fassung bringen.

»Liebe bedeutet Schmerz«, war Nataljas prompte Antwort. Als sie das Erstaunen in Maxims Gesicht erkannte, setzte sie hinzu: »Das hat Großmutter gesagt.«

»Zu dir?«

Sie schüttelte den Kopf. »Nein, Luise hat diesen Ausspruch oft zitiert.«

»Ah ja?«, fragte Maxim verblüfft.

»Maxim, bitte lach mich nicht aus, ich war schon einmal verliebt.«

»Warum sollte ich dich auslachen?«

»Weil es zwei Jahre her ist, da war ich vierzehn wie Julia von Shakespeare«, setzte sie hinzu, als Maxim sie mit wachsendem Erstaunen ansah.

»War diese Julia nicht fünfzehn?«

Doch Natalja schüttelte ungeduldig den Kopf. »Nein, vierzehn, so wie ich damals. Ich glaube, er war auch in mich verliebt, und er hat versprochen, zurückzukommen, aber er hat sein Versprechen nicht gehalten.«

Maxim fühlte sich der unerwarteten Liebesbeichte von Natalja gegenüber ratlos. Wie die ganze Familie war er immer der Meinung gewesen, sie lebe nur für die Musik. »Musste er am Ende des Kriegs noch an die Front? Wenn ja, dann kann es ja sein, dass … du weißt schon …«

»Dass er gefallen ist. Nein, das denke ich nicht, er war krank, wurde ständig untersucht, sogar in der Charité in Berlin.«

»Was hatte er denn?«

»Er hat ein Geheimnis daraus gemacht«, sagte Natalja nachdenklich. »Ich weiß nicht, wie schwer krank er ist. Er hat es mir nicht gesagt. Aber er hat versprochen, zurückzukommen.«

»Wie ist denn sein Name?«

»Er heißt Alexander. Er wohnte bei seiner Großtante, Marlies Schwarz, das hat er erzählt.«

»Also dann ist sein Name Alexander Schwarz.«

Sie nickte. »Ja, und sie wohnten in der Bergstraße. Als er nicht mehr kam, ging ich immer wieder dort vorbei. Aber ich habe nur seine Tante gesehen, die im Garten arbeitete. Einmal fragte sie mich, ob ich jemanden suche.«

»Und?«

»Ich habe es verneint und bin schnell weg. Irgendwie kam ich mir so dumm vor.«

»Und hast wirklich nichts von ihm gehört? Keinen Brief, nichts?«

Stumm schüttelte sie den Kopf.

»Weißt du, Natalja, in dem Fall ist dieser junge Mann es nicht wert, dass du nur einen Gedanken an ihn verschwendest. Denk an die Zukunft, und die liegt jetzt in Paris.«

»Ja, du hast recht.« Sie stellte sich auf die Zehenspitzen und küsste ihn leicht auf die Wange. »Danke dir, genau das habe ich jetzt gebraucht.«

Sie seufzte tief auf. »Du musst dich beeilen, nicht wahr?«, fragte sie, als er verstohlen auf seine Armbanduhr sah.

»Ja, das tut mir leid, Natalja, aber wir sehen uns ja noch heute Abend bei deinem Abschiedsessen.«

»Ja, ja, ist gut, bis heute Abend.« Sie nickte ihm zu, und Maxim lief mit großen Schritten los.

Kurz verharrte er vor der Wandelhalle, wie jedes Mal bewunderte er die architektonische Meisterleistung, die hier innerhalb von zwei Jahren entstanden war. Ein moderner Prachtbau mit Glaswänden und einer Glasdecke, die man zurückschieben konnte, wenn die Sonne schien. Zwei der alten Brunnen gab es noch, hier tranken die Gäste wie eh und je ihr Heilwasser aus geschliffenen Gläsern und setzten sich dann um den kleinen Seerosenteich.

Er war an dem Platz entstanden, an dem früher der Pavillon der Vögel mit der Glaskuppel die Attraktion gewesen war. Heute stolzierten mehrere Pfauen um den Teich herum und ließen sich von den Gästen bewundern. Viele der Vögel aus dem ehemaligen Pavillon nisteten in den Birken der Allee oder in den Linden entlang der Hauptstraße. Ganz offensichtlich genossen sie ihre Freiheit im warmen hiesigen Klima. Und immer lag ein Gezwitscher in der Luft, ein aufgeregtes Flattern auch mancher Exoten, die auf den Ästen der Palmen schaukelten. Auch jetzt schwirrten einige Vögel durch die Luft, direkt an Maxim vorbei, hinauf und hinunter, auf der Jagd nach unsichtbaren Fliegen. Diese Präsenz der Vögel würde dem Ort eine ganz besondere Atmosphäre geben, Fröhlichkeit verbreiten, wie eine Bürgerumfrage ergeben hatte. Und so blieben sie, genossen ihre Freiheit, und diejenigen, die noch hier waren, wurden auch nicht in irgendeinen Zoo verschickt. Man ließ ihnen ihre Freiheit, und die Ornithologin Fräulein Olga Reimann und ihre Gehilfen sorgten für die Sauberkeit der Stadt und für eine Futterstation für die Vögel.

Als nächstes Großprojekt stand jetzt der *Palmengarten* an, ebenfalls von Simon Roth und seinem Architektenteam konzipiert. Jetzt war dieses ganze Gelände noch von einem Gerüst umgeben, dahinter aber hatten die Bauarbeiten bereits vor einem Jahr begonnen. Eröffnung sollte noch in diesem Jahr sein. Nur das Theater würde es nicht mehr geben, Victoria hatte immer wieder betont, sie verzichtete darauf.

Jetzt löste sich Maxim schnell aus seinen Betrachtungen und lief weiter auf den *Deutschen Kaiser* zu. Heute sollte auch Simon Roth persönlich hier sein, um die Bauarbeiten in den nächsten Wochen zu überwachen. Doch dann drehte er sich noch einmal nach Natalja um. Sie stand vor der Wandelhalle, ein kleiner Kolibri hatte sich auf ihre Schulter gesetzt, und Maxim sah den entzückten Ausdruck im Gesicht seiner Cousine, die nicht wagte, sich zu bewegen. Ein Mädchen, das ihn immer wieder in Erstaunen versetzen konnte. Ein junges Mädchen mit einem außergewöhnlichen Talent, verhaftet in der Kindlichkeit zur Schwelle des Erwachsenwerdens. Er hob die Hand und winkte ihr, und da sah sie hoch, lächelte nur und bewegte sich immer noch nicht, um den Winzling auf ihrer Schulter nicht zu erschrecken. Er hatte ihr nicht erzählt, was Luise ihm damals nach der Feier für Irene gesagt hatte, welchen Verdacht die Großmutter von Natalja gehabt hatte. Und dass der *Liebestraum* ein Hinweis für Victoria sein sollte, endlich ihr Schweigen zu brechen.

SIEBZEHN

Bad Lichtenberg

LUISE

Liebe Luise,
ich bedanke mich dafür, dass Du mich am 12. Dezember 1944 aufgenommen hast. Ich bedanke mich auch bei dem Empfangschef Mayer und seiner Nichte.
Ich weiß, was Ihr für mich getan habt, und ich stehe für immer in Eurer Schuld.
Ich wurde erbarmungslos gejagt, weil ich Jude bin, mich in Paris dem Widerstand gegen das Naziregime anschloss. Hier fand ich Freunde, Verbündete. Ich wurde gejagt, als eine Gruppe deutscher Wehrmachtssoldaten uns aufspürten, einige unserer Gruppe töteten, die sich wiederum zur Wehr setzten und auch töteten. Es war ein feindlicher Überfall gewesen, und ja, auch ich habe mit dem Messer einen der Deutschen angegriffen und verletzt, aber getötet habe ich ihn nicht. Trotzdem wurde ich als jüdischer Mörder gejagt. Aber ich konnte flüchten.
Und dann kam ich zu Dir, der Frau, die ich liebte. Du hast mir geholfen, ja. Aber Du hast mich kein einziges Mal in diesem Zimmer ohne Nummer besucht. Du kannst Dir die Qual nicht vorstellen, was es bedeutet, monatelang in einem Zimmer eingesperrt zu leben, nicht weit entfernt von der Frau, die man liebt. Nachts bin ich durch die Gänge

geschlichen, immer in der unsinnigen Hoffnung, Dich zu treffen, dass auch Du den Wunsch gehabt hättest, mich zu sehen.
Doch Du bist nicht gekommen.
Ich bin in dieser Nacht, als die Sirene losging, über die Dienstbotentreppe geflohen, ich habe den Moment der Verwirrung und Angst ausgenutzt.
Ich hatte Glück, mir gelang die Flucht nach Amsterdam, der Stadt, die mich vor Jahren aufgenommen hatte und in der ich eine Wohnung besitze.
Und ich fing wieder an zu arbeiten und konnte an die Erfolge der Vorkriegszeit anknüpfen.
So bleibt mir jetzt nur, mich zu bedanken. Für die Menschlichkeit, die Hilfe, die Ihr, Du und Mayer mit seiner Nichte, mir unter Einsatz Eures eigenen Lebens habt zukommen lassen. Aber eines habe endlich begriffen, es ging nur um Mitleid, nicht um Liebe.
Wir werden uns sicher treffen, denn die Global Investment Group gab unserem Büro den großen Auftrag, in Bad Lichtenberg die bedeutendsten Gebäude neu zu planen und aufbauen zu lassen. Aber das weißt Du ja. Ich werde selbst nicht kommen, sondern es meinem Team überlassen, die Planungen zu realisieren.
Lieben Gruß
Simon

Luise ließ den Brief sinken. Wie oft hatte sie ihn schon gelesen? Fast kannte sie ihn auswendig. Im Juli 1945, zwei Monate nach Kriegsende, hatte sie ihn erhalten, doch nicht darauf geantwortet. Was hätte sie auch schreiben sollen?

Es ging nur um Mitleid, nicht um Liebe. Was hatte Simon sich dabei gedacht, als er diesen Satz schrieb? Wie konnte er nicht begreifen, dass sie alles riskiert hatte, um ihm zu helfen? Aus Mitleid ja, aber vor allem aus Liebe.

Die Erinnerung hatte sich eingebrannt, der Moment, als sie im Mai damals am Schreibtisch gestanden hatte, sich der Vorhang bewegte, die Terrassentür leicht aufging und ein Mann hereintaumelte. Schon hatte sie zum Hörer gegriffen, entsetzt, erschrocken, doch dann erkannte sie in diesem Mann Simon Roth. Da hatte sie sich vor ihn hingekniet und seinen Kopf in ihren Schoß gelegt. Ein gehetzter verzweifelter Blick, »Hilf mir, bitte … Luise …«. Seine Stimme brach.

Da erhob sie sich langsam, zog ihn vorsichtig mit sich hoch, legte seinen Arm um ihre Schulter und führte ihn mit ganzer Kraft in das kleine Gästezimmer ihrer Suite. Fieberhaft hatte sie überlegt, dann lief sie hinunter zum Empfang, und sie war erleichtert gewesen, als Mayer noch dort stand. Luise wusste, dass er und seine Nichte Waltraud einer Gruppe angehörten, die Juden versteckten und ihnen, wenn es ging, zur Flucht verhalfen. So hatte sie ihn laut gebeten, noch einmal mit ihr die Termine für die neu angekommenen Gäste durchzugehen, das sei noch nicht geschehen und doch so wichtig, dabei schob sie ihm zusammen mit ein paar Listen einen kleinen Zettel über die Theke. *Simon Roth ist in meiner Suite.*

Mayer sah hoch, nickte, erklärte laut, ja, man solle das am besten gleich erledigen. Wäre es ihr in einer Viertelstunde recht, er käme hoch in ihre Suite, wenn sie wolle.

Beide wussten in diesem Augenblick, dass sie beobachtet wurden: von einem Mann im Ledermantel, der in der Nähe auf einem der Sofas saß und angeblich Zeitung las. Aber Mayer war gekommen.

Noch in dieser Nacht brachte er zusammen mit seiner Nichte Simon Roth über die Dienstbotentreppe in den ersten Stock hinunter und in das nummernlose Zimmer. Es gab die 12, die

14, doch keine 13. Die Gäste seien abergläubisch, hieß es, und dieses kleine Zimmer, verbunden auf der anderen Seite mit der Dienstbodentreppe, blieb immer frei, vor allem, da es in seiner Einfachheit nicht dem üblichen Standard des *Deutschen Kaisers* entsprach. Sie hatten alles riskiert, um Simons Leben zu retten, sie, Mayer und seine Nichte. Fünf Monate lang versteckten sie ihn in diesem Zimmer, in Anspannung und Angst, durch Angehörige der Gestapo entdeckt zu werden. Angst um Simon, Angst um sich, Angst um Luise.

Luise legte den Brief in die Schublade ihres Sekretärs zurück und schloss ab. Jetzt also war der Moment gekommen, in dem sie sich nach über zwei Jahren wieder begegnen würden.

Ihr Blick ging zur Uhr auf dem Kaminsims. Die Architekten und Maxim warteten sicher schon auf sie. Und so straffte sie die Schultern, warf einen raschen Blick in den Spiegel, zupfte ihr Kleid zurecht, strich sich über die Haare und verließ ihre Suite.

Zwei Stunden hatte die Besprechung gedauert. Simon und sie hatten sich freundlich begrüßt und sachlich argumentiert, während sie die Pläne durchsahen. Manchmal berührte Simon wie zufällig ihre Hand, die sie sofort zurückzog. Manchmal trafen sich auch ihre Blicke, doch Luises blieb kühl und ließ sich nicht von seinen dunklen Augen einfangen. Simon war schmal geworden, er trug jetzt eine Brille, zwischen Nase und Mund zogen sich Falten, und in den dunklen Haaren zeigten sich silberne Fäden. Bemerkte er auch bei ihr die ersten grauen Haare, die Lachfalten um die Augen? Nach der Besprechung schlug Maxim vor, dass sich das Team im französischen Restaurant im Westflügel zu einem späten Mittagessen treffen sollte. Der Vorschlag wurde gern angenommen, doch Luise entschuldigte sich, sie habe noch etwas zu erledigen. Und so ging sie hoch in ihre Suite. Es war vorbei, die gefürchtete Besprechung war durchgestanden. Wie lange würde Simon wohl noch bleiben?

Sie packte ihren Koffer, da sie am nächsten Tag mit Natalja nach Paris fahren würde. Sie überlegte, stand vor dem Kleiderschrank, wählte aus, verwarf wieder. Würde sie nur ein paar Tage bleiben, oder doch länger? Sich Paris wieder erobern, abwarten, bis Natalja sich in dieser großen Stadt zurechtfand?

Es würde für das Mädchen ein großes Abenteuer bedeuten, Natalja, die nur Bad Lichtenberg, Baden-Baden und die Umgebung kannte. Als das Telefon läutete, ahnte sie, wer der Anrufer war. Sie ging in den Wohnraum und hob ab. Simon bat sie, zu einem kurzen Gespräch in die *New York Bar* zu kommen. »Lass uns reden.«

Luise zögerte einen Moment, doch dann entschied sie sich, ihn zu treffen. Sie konnte einem Gespräch nicht länger aus dem Weg gehen. Letztendlich wollte sie ihm sagen, was sie ihm damals nicht geschrieben hatte.

Simon erhob sich sofort, als sie die Bar betrat, die um diese Nachmittagsstunde noch fast leer war.

Sie begrüßten sich, Luise setzte sich auf einen der hohen Hocker und bestellte ein Glas *Meursault*. Ihren Lieblingswein. Simon schien nervös, und Luise beobachtete, wie seine Hand leicht zitterte, als er sein Whiskyglas auf der Theke abstellte. Erst als der Barkeeper den Weißwein gebracht und sich dann am Ende der langen Bartheke zu schaffen machte, fing Luise an. »Du willst reden? Hast du nicht damals in dem Brief deine Empfindungen klar ausgedrückt, alles gesagt? Wie du die Situation beurteilt hast?«

»Ich hatte erwartet, dass du mir antwortest«, wandte er ein.

»Warum, Simon, warum? Was hätte ich dir schreiben sollen? Ich war verletzt, was sollte ich da noch antworten?«

Simon schwieg, trank einen Schluck Whisky.

»Als du damals über die Terrasse bei mir eingestiegen bist, kam ich aus einem Verhör durch die Gestapo zurück, sie haben dich gesucht. Und trotzdem haben wir dir geholfen, Mayer, seine Nichte Waltraud und ich, und zwar ohne Zögern. Dich nachts zu besuchen, war zu riskant, für jeden von uns. Es bestand höchste Gefahr, und zwar die ganzen fünf Monate lang. Wir wussten, dass man dich immer noch suchte und dich hier in der Gegend vermutete. Wir ahnten, was du durchgemacht hast, als du von Paris aus über Straßburg, und über die Grenze hierher geflüchtet bist. Wir sahen es dir an, und wir haben alles getan, was möglich war. Waltraud zum Beispiel ist Tag für Tag ein hohes Risiko eingegangen, als sie dich über die Dienstbotentreppe mit Essen, Zeitungen und allem, was du gebraucht hast, versorgt hat. Sie musste aufpassen, dass niemand vom Personal misstrauisch wurde, wenn sie Essen abzweigte. Sie stand jeden Tag unter ganz besonderer Anspannung. Von dem alten Mayer mal abgesehen. Oder von mir«, fügte sie noch hinzu, da Simon schwieg. »Ich spürte, dass ich beobachtet wurde, fünf Monate lang. Jeden Tag hatte ich Angst, Angst um dich und um uns. Fünf Monate waren nicht nur für dich unerträglich, denn wir waren es, die dir geholfen haben. Du hattest Glück, Simon, du konntest während des Luftangriffs aus unserer Stadt fliehen. Was hast du dir dabei gedacht, dich nicht zu melden, zu schweigen? Ich war außer mir vor Angst, ich wusste nicht, bist du tot oder doch verhaftet worden? Und dann kam nach langer Zeit endlich dein eigenartiger Dankesbrief.« Luise zitterte, endlich hatte sie ausgesprochen, was sie nicht hatte schreiben wollen, es wäre sinnlos gewesen.

Simon schwieg, schwieg lange, und Luise trank ihren Wein und wartete. Endlich fragte er: »Warum hast du mir das nicht alles in einem Brief geschrieben?«

»Warum, Simon, warum? Willst du es nicht begreifen? Was ist mit dir los?« Luise war vom Hocker gesprungen und schrie ihn an, ihn, der so ruhig neben ihr saß. »Ich habe es nicht getan, weil du offensichtlich nichts begriffen hast. Es war Liebe, Simon, aus der ich dir half. Und du hast nur von Mitleid gesprochen. Für Mayer und seine Nichte war es ihre humanitäre Verpflichtung, aber ich, ich habe es aus Liebe getan.« Sie vergaß den Barkeeper, der mehrmals hüstelte, um der Direktorin ein Zeichen zu geben, nicht so laut zu streiten.

»Luise, ich weiß nicht, was ich jetzt sagen soll … zwei Jahre lang bin ich davon ausgegangen, dass du nur Mitleid mit mir empfunden hast, und jetzt behauptest du, es sei Liebe gewesen. Warum hast du mir das nicht geschrieben?«, setzte er eigensinnig hinzu. Auch er hatte sich erhoben, stand direkt vor ihr, auch er war laut geworden.

»Mein Gott, hör endlich auf, mich das zu fragen. Ich habe dich geliebt, Simon Roth, und natürlich empfand ich tiefes Mitleid mit dem Mann, den ich liebte. Aber nach deinem Brief wurde mir klar, dass du es nicht begriffen, nur Selbstmitleid empfunden, mir sogar noch Vorwürfe gemacht hast. Ich war verletzt, Simon. Was sollte ich da noch schreiben?«

Sie sah ihn an, doch Simon hatte das Gesicht abgewandt. Da er jetzt schwieg, wollte sie gehen, sie fühlte sich müde, unendlich müde.

Da aber griff Simon nach ihrem Arm. »Bitte bleib oder lass uns morgen reden, bitte. Ich werde für zwei Monate hier sein, wir hätten Zeit füreinander, es ist noch nicht zu spät, was meinst du?«

»Morgen«, sagte Luise, ruhig geworden, »morgen fahre ich mit meiner Nichte nach Paris.«

»Wie lange wirst du bleiben?« Simon ließ seine Hand sinken.

»Ich weiß es noch nicht, vielleicht«, hier zögerte sie, »bleibe ich einfach einige Zeit in der Stadt, in der ich einmal gelebt habe.«

»Und in der du deine große Liebe erlebt hast, nicht wahr?«

Fast musste sie über seine Eifersucht auf ihre Vergangenheit lachen. »Ja, Simon, in Paris habe ich meine erste Liebe erlebt.«

»Und wirst du ihn treffen?«

Luise hatte jeden Gedanken an François de Leclerc verdrängt. Nein, sie würde ihn natürlich nicht treffen. Letztendlich waren seit damals über dreißig Jahre vergangen, und zwei Weltkriege hatten die Welt verändert.

»Ich bin hier, Luise, egal, wann du zurückkommst. Ich bin hier.«

Luise nickte nur schweigend und verließ die Bar, ohne sich noch einmal umzusehen. Hatte Simon sie wirklich nicht verstanden?

ACHTZEHN

Bad Lichtenberg
Am nächsten Morgen

VICTORIA

Um sieben Uhr morgens hatte Victoria ihre Tochter und Luise mit dem Auto an den Bahnhof Bad Lichtenberg/Süd gebracht. Ein hastiger Abschied, da der Zug schon eingefahren war, ein schnelles: *Sagt Bescheid, wenn ihr angekommen seid,* und schon hatte sich der Zug in Bewegung gesetzt.

Langsam war sie zurück in die Stadt gefahren und stand jetzt auf dem Rathausplatz, parkte vor dem Haus ihres Vaters, in dem sich seine Kanzlei befand und wo er seit Jahren eine eigene Wohnung besaß. Seit Irenes Tod jedoch kam er oft hoch in die Villa und schlief oben im Turmzimmer. Das war schon immer sein Zufluchtsort gewesen, an dem man ihn nicht stören durfte.

Sie überquerte den Platz, blieb vor dem Haus stehen, in dem Frank wohnte, und sah hoch zu seinem Fenster. Die Versuchung, ihm ein Steinchen an die Scheibe zu werfen, war groß, sie bückte sich bereits, dann aber zögerte sie. War sie für solche Streiche nicht doch zu alt? So unterdrückte sie den Impuls und klingelte bei Frank. Vielleicht schlief er ja noch, aber sein Fenster öffnete sich sofort, und er sah zu ihr hinunter. »Komm doch rauf.«

Aber sie schüttelte den Kopf und machte ihm ein Zeichen, dass sie im *Café de Fleur* warte. Früher, hatte sie Frank einmal erklärt, hieß es *Café de Fleur*. Das war vor dem Ersten Krieg, und als dann die Franzosen zu Feinden des deutschen Kaiserreichs wurden, änderte sich der Name, wurde verdeutscht, wie viele andere Begriffe ebenfalls. Alles Französische verschwand. Aus dem *Café de Fleur* wurde damals dann das *Café Blum*. Doch seit der französischen Besatzung bekam das Café seinen ursprünglichen Namen wieder. Und die Croissants hießen jetzt auch wieder Croissants und nicht Butterhörnchen. Sie wartete, da Frank zögerte, doch dann rief er ihr aus dem Fenster zu: »In Ordnung, ich komme gleich.«

Das Café war voll besetzt, doch sie ergatterte noch einen kleinen Ecktisch. In den frühen Morgenstunden kamen Angestellte der umliegenden Kanzleien und dem Rathaus hierher, um ihren ersten schnellen Kaffee zu trinken. Victoria winkte der Kellnerin, die ihr zunickte und ihr dann einen extra schwarzen Kaffee brachte und ein Baguette mit Butter und Marmelade.

Zwischen den vielen Leuten fühlte sich Victoria einsam. Alles veränderte sich, es ging so schnell. Als Kind hatte sie hier schon mit ihren Eltern gesessen, später auch mit Luise und dann manchmal mit Natalja. Die Zeit mit ihrer Tochter waren kostbare, seltene Momente gewesen. Und jetzt war Natalja erwachsen. Und es war so schnell gegangen.

Victoria war enttäuscht gewesen, dass ihre Tochter nicht sie gefragt hatte, mit ihr zur Aufnahmeprüfung nach Paris zu fahren, es war doch ein so bedeutendes Ereignis im Leben Nataljas. Doch dann hatte ihre Tochter erklärt, ihre Mutter habe ja sowieso keine Zeit. Wie immer. Das hatte Victoria so sehr getroffen, dass sie geschwiegen hatte. Aber entsprach es nicht der Wahrheit? Sie brauchte Arbeit, Erfolg, und sie liebte es, bis an ihre Grenzen oder auch darüber hinaus zu gehen. Sie hatte sich gefreut, als Frank ihr vorschlug, für das Opernhaus Kostüme zu entwerfen. Aber für die erste Premiere unter dem neuen Intendanten Frank Welser war die Aufführung ein Misserfolg und auch die Kostüme von der Kritik als schlecht und uninspiriert beurteilt worden. Aber es stand kein Etat zur Verfügung, um *La Traviata* so opulent auszustatten, wie Frank es sich vorgestellt hatte. Und jetzt hatten der Beirat und das Kulturreferat entschieden, man müsse alte Inszenierungen in den Spielplan aufnehmen, es sei einfach kein Geld für das Opernhaus da. Es traf Victoria nicht sonderlich, sie versuchte, im Fundus alte Kostüme ändern zu lassen, ein wenig umzuarbeiten. Aber sie fühlte sich so kraftlos und müde, denn zwei Jahre nach dem Luftangriff wachte sie oft nachts noch auf, schweißgebadet im immer wiederkehrenden Albtraum, diesem Moment, da sie dem Tod ins Auge sah. Niemand wusste es, keiner ahnte etwas davon, da sie nie darüber sprach.

Zu diesem Gefühl der beruflichen Erfolglosigkeit, der Einsamkeit, den durchwachten Nächten, kam jetzt das Gefühl des Verlusts. Wenn Natalja am Conservatoire nationale de Musique angenommen wurde, und wer zweifelte daran, würde sie drei Jahre in Paris leben. Aber sie war doch noch so jung, fast noch ein Kind. Durfte sie, Victoria, das überhaupt erlauben? Aber sie war nun einmal dieses große Talent. Nataljas Leben würde jetzt beginnen, aber wo war ihr Leben geblieben? Sie war nicht mehr jung, wie sah ihre Zukunft aus? Sie lebte bei ihrer Familie, ihr Kind ging weg, Frank hatte versucht, ihr über die schwierige Zeit nach dem Angriff zu helfen. Doch letztendlich gab es nur eine Gemeinsamkeit zwischen ihnen, und das war, wenn sie miteinander schliefen. Aber das war Victoria zu wenig, und sie wusste, Frank empfand genauso. Also stand auch diese Beziehung vor dem Aus. Da musste sie sich keine Illusionen machen.

Frank hatte ihr vor ein paar Tagen von dem Angebot erzählt, in München am Prinzregententheater den *Ring des Nibelungen* von Richard Wagner inszenieren zu können. Das Nationaltheater war 1944 bei einem Luftangriff vollkommen zerstört worden, und so wurde dieses Theater im Stadtteil Bogenhausen bespielt. Sie haben wunderbare Sänger, besonders geeignet für Wagner. Frank war euphorisch gewesen, endlich wieder große Oper, das war immer sein Traum gewesen, und jetzt konnte er ihn wahr machen. München hatte ihm bereits einen festen Vertrag angeboten, und Victoria wusste, er würde gehen.

Und sie verstand es auch, er konnte nicht auf seinen großen Traum verzichten.

»Man wird dir sicher den Posten als Intendant beziehungsweise als Intendantin des Kurfürstentheaters anbieten.« Er hatte es als Trost gemeint, gedacht, sie freue sich. Doch die Realität war eine andere.

»Sie bieten diesen Posten mir an, weil sich niemand findet, der ein verstaubtes kleines Provinztheater mit schwindenden Besucherzahlen und ohne finanzielle Mittel übernehmen will. Kein einziger guter Sänger kann an dieses Haus gebunden werden. Selbst du, ein so namhafter Regisseur aus Berlin, hast hier nichts bewirken können.«

»Das ist die Zeit«, hatte er leidenschaftlich dementiert, »lass ein paar Jahre vergehen, dann wird es einen Aufschwung in ganz Deutschland geben. Dann kann man sich Kultur wieder leisten.«

Während sie noch an ihrem Baguette herumkaute, erschien jetzt Frank, suchte sie, entdeckte sie am hintersten Ecktisch und steuerte auf sie zu. Er nahm Platz, bestellte sich einen Tee und einen Weißbrottoast und beobachtete sie, wie sie sich die erste Zigarette des Tages anzündete. »Du rauchst zu viel«, erklärte er.

»Ich weiß.« Ihre Antwort kam gereizt, denn Luise hatte sie auf dem Bahnsteig noch ermahnt, sie sähe schlecht aus, sie solle nicht so viel rauchen. Als Franks Tee und der Toast gebracht worden waren, griff er spontan nach ihrer Hand.

»Komm doch mit nach München«, schlug er vor. »Als Kostümbildnerin. In München tut sich kulturell sehr viel Neues, es ist eine aufregende Stadt geworden.«

München? Das konnte sie sich nicht vorstellen. Indifferent hob sie die Schultern. München? »Die Arbeit am dortigen Opernhaus oder am Schauspielhaus würde dir sicher guttun, ein neuer Anfang, gemeinsam mit mir. Ich würde mich für dich einsetzen, damit du Angebote bekommst.«

Victoria schwieg. München mit Frank? Sie zuckte nur mit den Schultern. »Lass mir Zeit, ich bin heute in keiner guten Verfassung.«

»Es ist verständlich. Deine Tochter ist abgefahren, sie ist erwachsen geworden.«

»Ich habe so vieles falsch gemacht«, murmelte sie. Sie hatte darum gekämpft, dass Natalja auf die Welt kommen konnte, fast neun Monate hatte sie die Schwangerschaft liegend durchgestanden, um das Kind nicht zu verlieren. Sie war so glücklich gewesen, als Natalja gesund auf die Welt kam, aber Victoria musste Geld verdienen, arbeiten. Sie hatte Ludmilla, die russische Kinderfrau, engagiert, die von Natalja sehr geliebt worden war. Es war auch Ludmilla, der auffiel, wie gern sich das kleine Kind an den Flügel setzte und darauf herumklimperte. Und Victoria gab dem Drängen der Kinderfrau nach und bezahlte teuersten Klavierunterricht, als Natalja erst vier Jahre alt gewesen war. Alles, was Natalja wollte, machte Victoria für sie möglich. Sie liebte ihre Tochter, aber was erwartete sie von ihr? Dankbarkeit, aber war es nicht selbstverständlich, dass man als Mutter alles für sein Kind tat?

Natalja war ihr gegenüber spröde, zurückhaltend, als sei sie nicht die Mutter, die sie sich wünschte. Bei diesem Gedanken erschrak Victoria. Vielleicht gab es etwas, das zwischen ihnen stand, der Name von Nataljas Vater? Und Victoria wusste auch, je länger sie wartete, desto schwieriger wurde es. Es würde sich schon regeln, irgendwann … das hatte sie immer gedacht und eine Aussprache von sich geschoben. Vielleicht, weil sie Natalja für sich behalten wollte – oder sie wollte die Tochter vor einer Enttäuschung bewahren. Doch je älter Natalja wurde, desto zerrissener wurde Victoria. Was war richtig, was falsch?

Sie seufzte, während sie ihren Kaffee austrank.

»Sei jetzt nicht traurig, du machst gerade das durch, was keiner Mutter erspart bleibt. Das Kind löst sich, und das ist richtig so. Du musst eben für dich einen Neuanfang finden, und überleg es dir. Du hast zwei Möglichkeiten.«

Frank winkte der Kellnerin, um zu bezahlen. »Ich muss gehen. Eine Gesangsprobe für die Wiederaufnahme von *Don Giovanni* ist angesetzt. Die erste Kostümprobe ist erst in zwei Wochen, aber vergiss den Termin nicht.«

»Und wieder nur alte Klamotten aus dem Fundus. Und ich bekomme dann die schlechten Kritiken.«

Frank lachte ihren Unmut weg, er beugte sich zu ihr und hauchte ihr einen Kuss auf die Wange. »Sehen wir uns heute Abend?«

Sie zuckte indifferent mit den Schultern. »Vielleicht komme ich später ins Theater, wühle mich durch den Fundus, vielleicht kann ich halbwegs gute Kostüme zusammenschustern.«

Sie war schlecht gelaunt, das blieb auch Frank nicht verborgen. Er schlug ihr in einer kameradschaftlichen Geste auf die Schulter. »Wird schon werden.«

»Wann wäre München?«, rief sie ihm nach, als er sich bereits durch die vollen Tische drängte.

»Ab nächster Spielzeit. Ich müsste ab Februar in München sein.«

»Das ist ja noch lange hin«, antwortete Victoria zerstreut, denn sie hatte auf dem Nebentisch die ausgelesene *Süddeutsche*

Zeitung gesehen, aufgeschlagen auf der Seite der Kulturnachrichten. Während Frank das Café verließ, hatte sie bereits nach der Zeitung gegriffen, denn da gab es eine Überschrift, auf die sie gebannt starrte.

> **Juri Petkov, der international renommierte russische Pianist, kommt nach Europa.**
> Er wird im nächsten Sommer eine große Tournee beginnen, Paris, London, Berlin, Zürich, Brüssel und Amsterdam. Auf diese Tournee will sich der Künstler an einem unbekannten Ort ab Januar vorbereiten. In einem Interview erklärte er, er brauche Ruhe, Ruhe. Niemand soll wissen, wo er sich aufhalten werde. Der Vorverkauf für dieses große Ereignis hat begonnen, und in London und Zürich sind die Karten bereits ausverkauft.

Juri Petkov kam nach Europa, auch nach Berlin.

Juri, den sie vor dem Ersten Krieg im Jahr 1914 geliebt hatte. Sie waren so jung gewesen, so verletzlich, so leidenschaftlich, und die Gefühle noch so unverbraucht. Juri, den sie nach Jahren in Berlin wiedertraf und sechsunddreißig Stunden mit ihm verbracht hatte. War er noch verheiratet? Wie ging es seinem krebskranken Sohn? Plötzlich wollte sie alles über ihn, von ihm wissen. Hatte sie nicht immer diese Sehnsucht nach ihm verspürt, hatte sie nicht in jedem Mann Juri gesucht?

Während der vergangenen Jahre hatte sie in dem Musikaliengeschäft am Bahnhof gehört, Juri Petkov gebe Konzerte in Amerika und Kanada, und er sei ein Künstler, der seine Privatsphäre sehr schütze, kein Journalist dürfe ihm private Fragen stellen. Neue Fotos wurden nicht veröffentlicht. Auch hier in der Zeitung gab es das alte Bild von ihm, das auch die meisten Cover seiner Schallplatten zierte. Juri im Profil, das Kinn gedankenverloren auf die Fingerspitzen gelegt, die schönen Hände ganz im Fokus des Fotografen. Natalja besaß eine Schallplatte von ihm. Ein Konzert von Tschaikowsky. Sie fand ihn nicht so bewundernswert wie Artur Rubinstein, den Natalja hemmungslos bewunderte, Rubinstein, der ebenfalls in Amerika, in Kalifornien lebte. Es hatte Victoria eigenartig berührt, dass ihre Tochter den eigenen Vater, den gefeierten Pianisten, nicht so brillant fand wie Artur Rubinstein.

Aber Juri kam nach Europa, sie konnte sich Karten für jedes Konzert, egal, in welcher Stadt bestellen, hinfahren und ihn treffen. Sie brauchte nur noch die genauen Daten. Und vielleicht fand sie sogar heraus, wo er sich auf die Tournee vorbereitete. Voller Energie sprang sie auf. Ein Treffen mit Juri war keine nebulöse Vorstellung mehr, sie war real geworden.

NEUNZEHN

Paris

LUISE UND NATALJA

Luise stand mit dem Rücken am Fenster gelehnt und beobachtete Natalja, die mit ihrer Mutter telefonierte. Sie wirkte nicht glücklich, angestrengt lauschte sie in den Hörer, dann nickte sie mehrmals.

»Sie will dich sprechen.« Natalja nahm den Hörer vom Ohr und hielt ihn ihrer Tante entgegen. Es gab ein Problem, das sie gerade mit ihrer Mutter besprochen hatte, denn Natalja war am Konservatorium nur zur Probe aufgenommen worden, das Komitee hatte es entschieden. »Sie ist noch so jung, wir müssen sehen, wie sie sich in den Unterricht einfügt, wie sie den Anforderungen des Konservatoriums gewachsen ist. Positiv ist letztendlich, dass sich Eva Maximanovna bereit erklärt hat, sie in Einzelstunden zu unterrichten. Da ist es natürlich von Vorteil, dass Ihre Nichte Russisch spricht, sonst hätte es auch da Bedenken gegeben.« Das erklärte Luise jetzt ihrer Schwester. »Wie ist deine Meinung dazu, Vic, du als Mutter musst hier die Entscheidung treffen.«

»Sie soll bleiben, das ist doch selbstverständlich. Das ist eine große Chance, und sie wird schon zurechtkommen. Ich habe Natalja immer zur Selbstständigkeit erzogen.«

Das also war Victorias Entscheidung. »Deine Mutter überlässt es am Ende dir.« Luise hatte eingehängt.

Natalja sah ängstlich aus. Wie sollte das funktionieren, wo sollte sie wohnen, wie jeden Tag zum Konservatorium kommen? Sie, die kaum Französisch sprach, von einer Weltstadt überfordert war. »Ich könnte mit dem Direktor hier vereinbaren, dass du ein Zimmer bewohnen kannst. Das *Le Bristol* ist ein Partnerhotel von uns, vielleicht sogar auch einen Fahrdienst organisieren.«

Während Luise noch sprach, erkannte sie, dass dieser Plan nicht funktionieren konnte. Das Hotel würde jede Verantwortung für ein sechzehnjähriges Mädchen ablehnen. Um sechs Uhr würde sie vom Konservatorium zurückkommen. Und was sollte sie dann mit dem restlichen Tag anfangen? Durch Paris laufen, essen gehen? Allein mit sechzehn Jahren? Ein junges Mädchen, das die französische Sprache kaum beherrschte? »Kannst du nicht während der Probezeit bei mir bleiben?«

Luise antwortete nicht sofort, sie drehte sich um und sah auf die Straße hinunter. Vier Wochen das Hotel Maxim überlassen, konnte sie das?

Aber für Natalja war es eine große Chance, die sie ihr nicht verderben konnte. Sie erinnerte sich, wie ihre Nichte als Fünfjährige in Bad Lichtenberg angekommen war, ein kleines zierliches Mädchen, das nur Russisch sprach, das sich oben in der Villa umsah und als es den Flügel entdeckt hatte, sich daransetzte und spielte. Wie glücklich dieses kleine Mädchen damals gewesen war! Und dieses Glück musste sie ihr erhalten.

Spontan drehte sie sich um. »Ja, Natalja, ich bleibe hier, bis die endgültige Entscheidung gefallen ist.«

Da lief Natalja auf sie zu, umarmte sie und ließ ihre Tante nicht mehr los. »Danke«, flüsterte sie, »danke. Und jetzt habe ich furchtbaren Hunger.«

»Jetzt gehen wir feiern«, lachte Luise und umarmte sie noch fester. Natalja, ihre geliebte Nichte, wie hatte sie nur einen Moment zögern können, hierzubleiben, um Natalja diese große Chance zu ermöglichen?

Natalja wollte sich die Haare waschen, bevor sie nach unten in das berühmte Restaurant des *Le Bristol* gingen.

Luise überlegte, doch dann verschob sie ihren Anruf bei Maxim auf den nächsten Tag. Der heutige Abend galt Natalja. Sie ging wieder zum Fenster und sah hinunter auf die Faubourg Saint-Honoré.

Natalja ist jetzt sechzehn Jahre alt, überlegte sie, sie selbst war achtzehn gewesen, als sie nach Paris kam. Wie erwachsen hatte sie sich gefühlt. Bereit, sich dem pulsierenden Leben einer Weltstadt zu stellen. Natalja war schüchtern, unsicher, das hatte sie in den letzten drei Tagen erlebt, und das nicht nur wegen der Aufnahmeprüfung. Luise war bereit für das Leben, für die Liebe gewesen, hatte sich unbesiegbar gefühlt. Voller Ungeduld hatte sie die Liebe erwartet, und sie war es, an der sie zerbrach. Die Liebe zu François de Leclerc, das exzessive Leben mit ihm in der Pariser Gesellschaft, inmitten von *tout Paris,* in dem sie und François das Glamourpaar gewesen waren, die Sensation. François de Leclerc, einer der reichsten Männer Frankreichs mit tadellosem Ruf, verheiratet, ließ sich plötzlich in der Oper mit einer blutjungen bildschönen Deutschen sehen. Das war der Stoff, aus dem Sensationen gemacht wurden.

Die Liebe zu ihm dauerte sieben Jahre lang und hatte einen Bruch mit ihrem Vater bedeutet. Paris, die Stadt der Erinnerung an diese große Liebe. Eine Liebe, die sie beendet hatte, als sie im Jahr 1914 ging, um in Bad Lichtenberg das *Grand Hotel* zu übernehmen. Luise war damals fünfundzwanzig Jahre alt gewesen, und genau an ihrem Geburtstag hatte sie Anteile am *Grand Hotel,* später dann *Deutscher Kaiser,* von ihrer skandalösen Tante Anna geerbt. Sie war nach Hause gefahren, um dieses Erbe anzutreten.

Wie lange war das her? Luise rechnete nach – konnte es wirklich sein, dass seit damals, seit Paris, seit François, dreiunddreißig Jahre vergangen waren?

Was war geblieben? Die Erinnerung an diese Stunden zwischen Nacht und Tag, als der Morgen langsam heraufzog und die Laternen auf der Place Vendôme ausgingen? Als sie die Place überquerten, müde, glücklich, nach den Festen, die sie feierten. In einer dieser frühen Morgenstunden hatte François ihr gesagt, er werde sie immer lieben und immer für sie da sein, solange er lebe. Aber trotzdem war sie gegangen.

Wie alt war François jetzt? Achtundsechzig, rechnete sie nach. War er noch verheiratet, ging er noch am Sonntagabend in das berühmte Restaurant hier im *Le Bristol?* Hier, wo sie mit Natalja wohnte? Hatte sie sich ganz unbewusst für dieses Hotel entschieden? Nein, wehrte sie in Gedanken ab, mit dem Hotel *Le Bristol* verband sie eine gute Geschäftsbeziehung, und Maxim hatte ihr nahegelegt, unbedingt in diesem berühmten Restaurant zu essen, um ein wenig zu spionieren. Das würde der Speisekarte im französischen Restaurant des *Deutschen Kaisers* einen weiteren Hauch Paris verleihen.

Und nun war es so weit. Luise hatte einen Tisch bestellt, und sie würden heute im Restaurant feiern. Sie wollte nicht daran denken, ob Maxim sie einen Monat lang in dieser schwierigen Zeit gut vertreten konnte. Dieser Abend gehörte Natalja.

»Wie hübsch du aussiehst«, lächelte sie, als Natalja endlich aus dem Bad kam. Ihre Haare trug sie offen, sie hatte ein wenig Lippenstift aufgelegt und die Wimpern getuscht, Luise hatte ihr erlaubt, sich aus ihren Kosmetika das herauszusuchen, was ihr gefiel. Luise war erstaunt, Natalja sah erwachsen aus, sie trug Hosen und eine leichte Seidenbluse, Schuhe mit einem kleinen Absatz. Luise war am ersten Tag in Paris mit ihr in den *Galeries Lafayette* einkaufen gewesen.

»Komm, gehen wir, lass uns feiern.« Sie legte den Arm um die Schulter ihrer Nichte, und gemeinsam verließen sie die Suite in Richtung Aufzug. Natalja strahlte, als der Empfangschef sie zu ihrem Tisch brachte, dann aß sie sich durch die Speisekarte, und zum Abschluss wählte sie noch Crêpes Suzette, die am Tisch flambiert wurden. Es war ein entspannter Abend, Natalja war gut gelaunt und stellte Fragen an ihre Tante. Sie wollte vieles wissen, wie lange Luise in Paris gelebt und was sie gemacht habe. »Ich war Mannequin bei Paul Poiret«, erzählte Luise. »Damals ein sehr berühmter Modeschöpfer neben Coco Chanel. Und ich bin viel ausgegangen, in die Oper, auf große Feste und kleine Einladungen.«

»Du warst aber auch erst achtzehn«, betonte Natalja, die sich oft hatte anhören müssen, für das Leben einer Erwachsenen noch zu jung zu sein.

»Ich kam damals zur Hochzeit meiner Freundin Julie nach Paris, die nach dem Internat sofort heiratete.« Damals war unter den Gästen auf dem Fest, das in einem Schloss außerhalb von Paris stattfand, François de Leclerc gewesen.

»Du hast gern hier gelebt, oder?«

Luise nickte. »Ja, sehr, es war eine aufregende Zeit.«

»Und jetzt, wie findest du jetzt die Stadt?«

»Natalja, ich weiß es nicht, ich kann das noch nicht beurteilen, aber ich denke, Paris ist immer schön, vor allem jetzt im September, da gibt es dieses ganz besondere Licht …« Luise verstummte. Der letzte September mit François, bevor sie sich trennte und nach Deauville ging. »Dann habe ich noch einige

Monate in dem Badeort Deauville gelebt, bis einen Tag vor Kriegsbeginn. Dem Großen Krieg, wie er, glaube ich, immer noch genannt wird«, fügte sie hinzu. »Was hast du dann in Deauville gemacht?«

»Ich habe für einen französischen Verlag deutsche Romane übersetzt, aber dann brach der Krieg aus, und ich fuhr nach Hause. Da war ich fünfundzwanzig.«

Deauville, wie schmerzhaft waren hier die Erinnerungen.

»Da drüben«, wisperte Natalja, »dreh dich jetzt nicht um. Aber da steht gerade ein Mann auf, der die ganze Zeit schon zu dir herübergeguckt hat.« Natalja kicherte, und natürlich wandte Luise neugierig ganz leicht den Kopf in diese Richtung.

Sie sah einen großen schlanken Mann mit fast weißen Haaren, dessen dunkle Augen sie ansahen. Intensiv und forschend.

»Er sieht noch ziemlich gut aus, obwohl er alt ist«, kicherte Natalja, ein Kichern, das Luise noch nie von ihr gehört hatte. Doch sie sah nur den Mann – war es wirklich François? Er stand im Kreis von mehreren Leuten, die sich gegenseitig verabschiedeten, und sah zu ihr herüber. Als François als Letzter ging, nickte er Luise zu, verbeugte sich leicht und verließ mit den andern das Restaurant. François, er war es wirklich gewesen. Sie hatte sich selbst vorgemacht, die Wahl des Hotels habe nichts mit François zu tun, sei zufällig. Doch wollte sie das Schicksal herausfordern? Hatte sie ihn treffen wollen?

»Komm, wir gehen«, erklärte Luise jetzt kurz angebunden und winkte dem Kellner, um die Rechnung zu unterschreiben. Luise war blass geworden, rasch erhob sie sich, und schweigend fuhren sie nach oben in ihre Suite.

»Hast du diesen Mann gekannt?« Natalja war neugierig geworden.

Da sah Luise sie an. »Ja, ich kenne ihn, er war die Liebe meines Lebens.« Sie sprach es aus, ohne nachzudenken. Das war

François für sie gewesen, die Liebe ihres Lebens. Und Natalja schwieg, sie war jung, doch sie erkannte die Bedeutung dieses Moments.

Ein wenig später klopfte es, und Natalja hüpfte sofort an die Tür und öffnete. Ein Bote brachte einen Strauß gelber Rosen für Madame Louise Laverne.

Und zwischen den Blütenzweigen steckte ein kleiner Brief. »Da«, Natalja zog ihn heraus und hielt ihn ihrer Tante hin.

Zögernd griff Luise danach und öffnete ihn.

Louise, bitte komm morgen Mittag in den Bois de Bologne ins Pré Catelan. Wie damals, erinnerst Du Dich? Ich erwarte Dich.
François

ZWANZIG

Bad Lichtenberg
Vier Wochen später, Ende September 1947

MAXIM

Als Maxim zum Frühstück herunterkam, war gerade eine Diskussion im Gange. Carl erklärte, er wolle seinen Sohn Felix als Bürgermeisterkandidat vorschlagen, aber leider halte es sein Herr Sohn nicht für nötig, zu den Versammlungen des Gemeinderats und des Kulturamts zu kommen. So habe er natürlich keine Chance.

Felix reagierte scharf: »Ich habe dir schon oft gesagt, dass ich das nicht will. Abgesehen davon hinterlässt du einen riesigen Haufen ungelöster Probleme. Die Leute sind unzufrieden mit dir als Oberbürgermeister geworden.«

»Woher willst ausgerechnet du das wissen, du, der nie unter Menschen geht. Aber ich kann dich beruhigen, egal, ob du dich zur Wahl stellst oder nicht, ich werde das Rathaus bereits im Frühjahr verlassen.«

Felix erschrak, er warf seinem Vater einen prüfenden Blick zu und erkannte, wie blass er war. Sein Gesicht hatte die gesunde Farbe verloren, schien fast grau. So klangen seine Worte versöhnlich, als er sagte: »Ich bin einfach nicht der Richtige, es tut mir leid. Und bitte versteh mich.«

»Das verstehen wir, aber dein Vater macht sich Sorgen um dich, Felix«, mischte sich Maxim ins Gespräch. »Es geht um deine Zukunft, auch die deiner Kinder. Auch sie haben viel durchgemacht.«

»Mama ist jetzt im Himmel«, sagte plötzlich Luitpold ohne Stottern, »das ist doch so, oder?« Er lächelte scheu zu Maxim hoch, den er außer Johannes auch verehrte und liebte.

Und Maxim lächelte zurück, er stand auf, trat hinter ihn und legte die Arme um die beiden Kinder, die sich auf dem Stuhl zusammendrängten. »Ja, eure Mama ist im Himmel und passt auf euch auf.«

Er übersah den eifersüchtigen, auch resignierten Blick von Felix. Bedeutete Maxim ihnen so viel mehr als er, ihr Vater? War er zu sehr mit sich selbst beschäftigt, nur mit dem eigenen Leid, ohne wirklich zu begreifen, was die Erlebnisse bei seinen Kindern ausgelöst haben mussten? Bei dem jungen Maxim und dem alten Johannes fanden sie Halt. Er als Vater war in den Hintergrund getreten. Und er war selbst schuld daran. Er hatte seine Kinder verloren, verloren an die Menschen, die sie aufgenommen hatten und sie einfach nur liebten. Er hatte auch das nicht geschafft, für seine Kinder da zu sein. Er war eben ein Versager.

Pünktlich um neun Uhr betrat Maxim sein Arbeitszimmer. Er hatte Luitpold in die Schule gebracht und ihm versprochen, am Nachmittag zu seinem Fußballspiel zu kommen.

Jetzt setzte er sich an seinen Schreibtisch und wartete auf Luises Anruf. Sein Großvater hatte ihm großes Lob ausgesprochen. Er sei ein souveräner Chef des Hotels. Aber Luise konnte ihm offenbar nicht vertrauen, da sie jeden Tag anrief, um ihn zu kontrollieren, so jedenfalls deutete Maxim ihre Anrufe. Oder konnte sie nicht loslassen, war zu sehr mit dem Hotel verbunden, das sie zum ersten Mal in andere Hände gab? Aber glaubte sie wirklich, es liefe nicht ohne sie? Er war achtundzwanzig Jahre alt, hatte in Zürich Jura studiert und einige Jahre bei der amerikanisch/schweizerischen Firma, der *Investment Global,* gearbeitet. Jetzt saß er an seinem Schreibtisch, das Telefon im Blick, doch es klingelte nicht. Er rief in der Zentrale an. Gab es technische Probleme, konnten keine Anrufe entgegengenommen werden? Doch Fräulein Tekla von der Vermittlung erklärte, nein, die Frau Direktorin habe nicht angerufen.

Maxim wartete, er wurde nervös. Luise hatte sich die vergangenen vier Wochen täglich gemeldet. Jetzt war die Probezeit für Natalja vorbei – würde Luise zurückkommen? Maxim gestand sich den Wunsch ein, seine Tante möge noch in Paris bleiben. Es war fast zehn Uhr, als er im *Le Bristol* anrief und sich mit der Suite von Madame Laverne verbinden ließ. Natalja nahm ab.

»Natalja, hast du keinen Unterricht?«

»Doch, natürlich, er beginnt heute erst um elf Uhr. Du hast mich gerade noch erreicht, ich gehe jetzt nämlich hinunter und warte in der Halle auf meinen Fahrer, der mich täglich ins Konservatorium fährt und wieder abholt. Obwohl«, erzählte sie weiter, »ich mich schon ganz gut in der Stadt auskenne. Ich bin froh, dass Tante Luise das für mich arrangiert hat, weißt du, aber wie das jetzt wird, wenn ich allein bin, ob ich das schaffe … aber das werde ich, ich bin kein Kind mehr.«

»Natürlich bist du das nicht mehr. Und wie geht es dir dann im Unterricht? Wenn du so schlecht Französisch sprichst?«

»Ach, Maxim, hat dir Luise das nicht erzählt? Ich habe eine russische Lehrerin, das ist mein Glück.«

»Und …«, hier zögerte Maxim, die Frage der Fragen zu stellen, die ihn beschäftigten, »wie geht es weiter? Du hast doch die Probezeit bestanden. Bleibt Luise noch bei dir und werdet ihr weiterhin im *Le Bristol* wohnen?«

»Aber nein«, rief Natalja aus, »Luise will zurückfahren. Und ich habe einen Platz in einer Pension für Studentinnen des Konservatoriums ergattert. Da gab es ein Problem, weil ich doch erst sechzehn bin, aber dann hat die Wirtin der Pension vorgeschlagen, ganz besonders auf mich aufzupassen. Abends wird um neun Uhr übrigens die Haustür abgesperrt, stell dir das vor. Aber Luise findet das gut. Außer mir wohnen noch drei Studentinnen dort, sie sind aber viel älter als ich, und eine heißt Esther, und sie hat gesagt, sie will nicht an einem Tisch mit einer Deutschen sitzen …« Dann plötzlich brach sie ab. »Maxim, du willst Luise sprechen, oder? Sie hat dich nicht angerufen, stimmt's?«

»Ja, kannst du sie bitte holen?«

Und da kicherte Natalja wieder, wie ein ganz normales Mädchen. Bevor er sich noch von seinem Staunen erholte, erklärte seine Cousine, leider, leider könne sie Luise nicht ans Telefon holen, denn, jetzt wisperte sie, »heute Nacht ist sie nicht hier gewesen, und sie kommt auch heute erst am Abend zurück. Das hat sie mir gestern gesagt. Sie hat mich gefragt, ob es mir etwas ausmacht, eine Nacht hier in der Suite allein zu bleiben, aber Maxim, bitte! Ich bin erwachsen und werde bald in Paris leben!«

Maxim war so verblüfft, dass er nur sagte: »Ja, natürlich bist du erwachsen, das habe ich gerade schon gesagt. Dann grüße sie von mir, wenn sie zurück ist.«

»Willst du denn nicht wissen, wo sie ist?«

»Ich denke, das ist Luises Angelegenheit.«

Wieder kicherte Natalja, wieder wisperte sie: »Ich kenne ihn, sie hat ihn mir sogar vorgestellt, er war ihre große Liebe, als sie hier viele Jahre lebte.«

»Du meinst …«

»Ja«, jubelte Natalja ins Telefon, »ja, sein Name ist François, er ist schon ziemlich alt, aber er sieht immer noch gut aus. Luise ist ja auch nicht mehr jung und immer noch so schön. Und sie haben sich jeden Tag gesehen. Aber wenn ich aus dem Konservatorium zurückkam, war sie immer hier.«

»Ja, wie gesagt, grüß sie von mir, ich warte dann auf ihren Anruf. Salut«, setzte er pariserisch hinzu.

»Salut«, jubelte es am anderen Ende der Leitung, bevor er einhängte.

Maxim konnte es fast nicht glauben. Luise vergaß offensichtlich ihre Verpflichtungen, vielleicht sogar die Aufsichtspflicht ihrer Nichte gegenüber, und das wegen eines Mannes?

Dann dachte er an Victoria. Sie war immer dafür gewesen, dass ihre Tochter selbstständig wurde, also würde sie es ihrer Schwester nicht übel nehmen, dass Natalja eine Nacht allein im *Le Bristol* verbracht hatte. Und Luise, die Disziplin in Person, die sich alles abverlangte und gern betonte, der Beruf habe für sie immer Priorität, sie traf sich mit einem Mann, ihrer ehemals großen Liebe? Vielleicht hatte sie jetzt ihr großes Glück gefunden. Maxim lächelte, er freute sich für seine Tante. »Ich wünsche dir alles Glück der Welt mit diesem Mann«, murmelte er, während er seine Unterlagen heraussuchte. Er würde heute sehr gut allein zurechtkommen, auch ohne die kurze telefonische Besprechung am Morgen.

Da klopfte es, und Simon Roth betrat den Raum. »Wir wollten heute noch die restlichen Pläne durchgehen, haben Sie mit Frau Laverne gesprochen?«

»Nein, es tut mir leid, meine Tante hat heute nicht angerufen.«

Simon Roth zog die Augenbraue hoch, ein Zeichen der Verwunderung, auch der kleinen Verärgerung. »Wie lange, glauben Sie, bleibt Frau Laverne noch in Paris, und wie geht es ihr?«

Maxim zog die Schultern hoch. Er habe keine Ahnung, wirklich. »Ich habe sie leider heute Morgen im Hotel nicht erreicht. Sie war nicht da.«

»Nun ja, dann warten wir. Wann, glauben Sie, kommt sie zurück?«

»Auch das weiß ich nicht. Sie hat einen früheren Bekannten getroffen, ich glaube, es ist was Ernstes. Also, ich habe keine Ahnung.« Als er es ausgesprochen hatte, erschrak er. Wie konnte er nur so unbedacht sein. Er wusste doch, dass Simon Roth in seine Tante verliebt war. Hatte Luise mit Simon nicht sogar vor dem Krieg eine Beziehung gehabt? Fieberhaft überlegte er, wie er seine Worte revidieren konnte, doch da beugte sich Simon bereits über die ausgebreiteten Pläne auf dem großen Tisch.

»Lassen Sie uns anfangen«, schlug er vor, und Maxim war erleichtert. Doch nach der Besprechung erklärte Simon Roth, am nächsten Tag werde er zurück nach Amsterdam fahren, Amsterdam brauche ihn. »Das Museum soll jetzt endlich gebaut werden, nachdem die Planung vor dem Krieg ausgesetzt wurde.«

»Und wann kommen Sie zurück?«, fragte Maxim.

»Mein bester Architekt wird dann in den nächsten Tagen hier eintreffen und mich vertreten. Ich komme eventuell dann zur ›heißen Bauphase‹ des *Palmengartens* zurück, also Anfang Dezember.« Er verabschiedete sich und erklärte, er nähme den Nachtzug von Baden-Baden aus.

EINUNDZWANZIG

Paris

LUISE

Louise? Bist du wach?«, flüsterte François, während er zärtlich ihre Haare aus der Stirn strich.

Luise lächelte, hielt aber die Augen geschlossen. Er hatte es nicht vergessen, dass sie es mochte, wenn er ihren Namen französisch aussprach.

»Louise, ich mache Frühstück, und dann komme ich zu dir ins Bett zurück.« Luise spürte die zarte Berührung seiner Hand auf ihrer Wange. »Es war schön, dass du die heutige Nacht bei mir verbracht hast, das erste Mal überhaupt.«

Luise hielt die Augen geschlossen. Er sollte nicht so viel über die Vergangenheit sprechen. Sie fühlte sich dann alt und spürte die Zeit, die so schmerzlich schnell vergangen war. »Louise, ich liebe dich … ich liebe dich … bleib bei mir …«

Doch sie reagierte nicht, gab vor, wieder eingeschlafen zu sein. Da glitt François aus dem Bett, und Luise hörte, wie er leise die Tür des Schlafzimmers zuzog. Erst dann öffnete sie die Augen. Gestern hatte sie nachgegeben, eine Nacht in seiner Wohnung, das hatte er sich gewünscht. Seinem Personal, auch seinem Butler hatte er freigegeben, und so war sie mitgekommen, in die Wohnung in der Avenue Foch. Während des Kriegs habe er außerhalb von Paris gewohnt, denn in der Avenue Foch war das Hauptquartier der deutschen Gestapo gewesen. Sie hatten sich so viel erzählt, doch nicht darüber gesprochen, wie sie damals vor dreiunddreißig Jahren gegangen war, und sie hatten nicht über die Zukunft geredet, sie hatten die Gegenwart genossen, jeden Tag.

Als vor vier Wochen der Rosenstrauß mit seiner Nachricht in die Suite gebracht wurde, traf sie die spontane Entscheidung, ihn am nächsten Tag zu treffen. Sie würde sich der Vergangenheit stellen. War es nicht genau das, was sie insgeheim gewollt hatte, als sie eine Suite im *Le Bristol* gebucht hatte? Es war eine Herausforderung, die sie annahm.

Er hatte das *Pré Catelan* vorgeschlagen, dort, wo sie sich so oft getroffen hatten.

Als sie am nächsten Tag mit einem Taxi in den Bois fuhr, war sie ruhig und gelassen, denn an diesem Tag würde es sich entscheiden, ob diese Liebe Vergangenheit war oder ob sie immer noch Gefühle für ihn hatte.

Als das Taxi hielt, blieb sie einen Moment sitzen, durch das Fenster sah sie François, wie er nervös auf und ab ging, den Kragen seines Trenchcoats hochgeschlagen. »Du siehst aus wie ein französischer Kriminalkommissar«, hatte sie ihn schon vor vielen Jahren lachend aufgezogen. Sie blieb noch sitzen, genoss diesen Moment der Verborgenheit, es gefiel ihr, ihn zu beobachten. Doch dann sah er das Taxi, kam darauf zu und öffnete ihr die Tür. Sie stieg aus, und dann standen sie sich gegenüber. »Wie schön, dass du gekommen bist.«

Zwei Weltkriege lagen zwischen ihrem Abschied und dem heutigen Kommen, über dreißig Jahre gelebtes Leben, und doch gab es keine Fremdheit, keine Ablehnung zwischen ihnen. Nur ein Lächeln, ein Erkennen ihrer Liebe.

Sie hatten vier Wochen diese Liebe gelebt, die gleichen Orte, an denen sie sich damals schon getroffen hatten, alles sollte so sein wie damals. Es schien wie früher und war doch so anders, neu und aufregend gewesen. Jeden Tag war sie mit dem Taxi in den Bois gefahren, jeden Tag hatte er dort auf sie gewartet. Wenn das Wetter schön gewesen war, saßen sie draußen im Garten des Restaurants, war es herbstlich kühl, saßen sie innen im *Pré Catelan*. Nach einer Woche bereits waren sie »Stammgäste«, bekamen »ihren Tisch«, und als sie noch die Speisekarte studierten, brachte der Sommelier bereits den Mersault, Luises Lieblingswein. Es waren Tage, die nie zu Ende gehen sollten. Nachmittags waren sie in eine kleine Wohnung im Bois gefahren, die François gemietet hatte. Nur für sie beide, für diese Nachmittage. Nach diesen Stunden nahm sich Luise ein Taxi, und sie fuhren getrennt zurück nach Paris. Es hatte etwas Aufregendes, Prickelndes. Pünktlich aber war sie um halb sechs zurück im Hotel gewesen, wenn Natalja aus dem Konservatorium zurückkam, der späte Nachmittag und der Abend gehörten ganz Natalja.

Und gestern also war sie zu ihm in seine Wohnung gekommen. »Nachdem meine Frau endgültig ausgezogen war, habe ich sie komplett renovieren und neu einrichten lassen. Ich lebe allein hier«, hatte er betont.

Allein – jetzt lächelte Luise, als sie an diese Bemerkung dachte. Allein mit fünf Angestellten und einem Butler. Sie hatten in diesen Wochen nicht über seine Ehe, nicht über Luises Privatleben gesprochen, sie wollten keine Verunsicherung, kein Thema aufkommen lassen, das einen Streit provozieren könnte.

Sie blieb liegen, hörte, wie er zurückkam, atmete mit geschlossenen Augen den Duft nach Kaffee ein, nach Brioche, Croissants, auch frischen Toast, den sie so gern aß. Er kam zurück ins Bett, zärtlich ließ er seine Hand über ihren Körper gleiten. Sie seufzte, öffnete die Augen, als er sich über sie beugte, als sie sich liebten. Als sie frühstückten, schwiegen sie, bis

Luise ihn bat, mit ihr einen Ausflug nach Deauville zu machen. Es sei von Bedeutung, für ihn, für sie beide. Er war überrascht, warf einen Blick aus dem Fenster. »Louise, wirklich? Schau hinaus, es ist ein trüber Herbsttag. Lass uns doch einfach im Bett bleiben.«

»Es ist wichtig«, erklärte sie, »auch für dich.«

Er sah sie lange an, dann nickte er. »Bien, lass uns fahren.«

Es blieb regnerisch und kühl, als sie zwei Stunden später in Deauville aus seinem Wagen stiegen. »Komm«, sie nahm ihn bei der Hand, »zuerst gehen wir zu einer Freundin, einer alten Freundin von damals.«

»Damals?«

»Ja, als ich Paris verließ, habe ich hier gelebt. Bis August 1914, als der Krieg ausbrach.«

»Deine Freundin Julie Delmont hat mir nur erzählt, du seist zurück nach Deutschland gegangen. Ich habe nicht gewusst, dass du dann noch hier gelebt hast.«

»Ich habe Julie am Tag vor meiner Abreise hier getroffen, das war im August 1914, einige Tage vor Kriegsbeginn.« Sie spürte seine Überraschung, seine Verärgerung. Sie hatte Julie erst kurz vor ihrer Abreise gebeten, nach Deauville zu kommen, auch ihre Freundin hatte nicht gewusst, dass sie hier gelebt hatte. Luise hatte nicht gewollt, dass François es erfährt. Sie hatte nicht gewollt, dass er kam. Sie bogen in eine kleine Straße ein, und vor einem Haus blieb Luise stehen. »Hier habe ich gewohnt.« Sie läutete, und eine alte Frau öffnete, umarmte Luise, die ihr François vorstellte und ihm dann erklärte, sie sei Babette, ihre damalige Freundin und Wirtin. »Wollt ihr reinkommen?«

Doch Luise schüttelte den Kopf. »Nein, Babette, es ist schon spät.«

Da verschwand Babette und kam mit einem Strauß zarter rosa Rosen zurück. »Es war schwierig, sie zu bekommen, aber dann hat es doch geklappt.«

Luise bedankte sich, nahm die zarten Röschen.

»Salut, vielleicht besuchst du mich noch einmal, du weißt, wie alt ich bin. Neunzig«, betonte sie.

Luise nickte, ja, sie werde wiederkommen und nicht so lange warten wie dieses Mal. Sie umarmten sich noch, dann schloss sich die Haustür, und Luise wandte sich zum Gehen. »Ich war vorgestern schon einmal hier«, erklärte sie dem überraschten François, »ich bin mit dem ersten Zug gekommen und vor Mittag wieder zurückgefahren.« Dann liefen sie schweigend nebeneinanderher.

François spürte, dass sie sich in Gedanken von ihm entfernte, sich vor ihm zurückzog, dass es Dinge, Menschen gab, die er nicht kannte, über die sie in den vergangenen vier Wochen nicht gesprochen hatte. Schweigend gingen sie ans Meer, ein kühler Wind hatte sich erhoben, es nieselte. Nur ein paar Spaziergänger liefen noch am Strand entlang, ein Hund jagte bellend den Möwen nach, die sich mit ihren Schreien vom Strand abhoben und schaukelnd im Wind in die Wolken hoben. Da plötzlich nahm er sie am Arm und zwang sie, stehen zu bleiben. »Louise, warum?«

Sie wusste, was diese Frage bedeutete. Sie hatte die ganzen Wochen darauf gewartet, doch beide hatten diese Zeit nur der Gegenwart gewidmet, keine Fragen gestellt, nicht verletzen und nicht verletzt werden wollen, denn beide wussten, dass diese Zeit dann zu Ende wäre.

»Ich bin gegangen, weil du verheiratet warst.«

»Das hast du immer gewusst.« Die Stimme von François klang gereizt, fast ungeduldig. »Darum habe ich es nicht verstanden. Und verstehe es immer noch nicht. Was soll auch diese Geheimniskrämerei, nach Deauville zu verschwinden und mir nichts zu sagen? Ich habe sehr gelitten.«

Sie wandte ihr Gesicht ab, schloss die Augen und hielt es dem Wind entgegen.

»Ja, ich habe es gewusst, und du hast mir gesagt, dass du mich liebst und dass du immer für mich da sein willst, solange du lebst.«

»Ja, das habe ich auch so gemeint.« Sein Griff um ihren Arm wurde fester. »Louise, es sind dreiunddreißig Jahre vergangen. Sag mir, warum bist du gegangen?«

»Ich werde dir die Frage beantworten«, erklärte sie ruhig, »aber nicht jetzt, nicht heute.«

»Aber wir waren doch so glücklich, Louise, bitte rede mit mir.«

»Ja, es war damals eine wunderbare Zeit, die vielen Feste, die Opernpremieren, die durchtanzten Nächte und die frühen Morgenstunden mit all unseren Freunden in den kleinen Lokalen bei *Les Halles,* in denen wir eine Zwiebelsuppe gegessen haben. Die frühen Morgenstunden, als wir über die Place Vendôme schlenderten und dort die Laternen ausgegangen sind, da hast du mir gesagt, dass du mich liebst … Diese Zeit ist mit dem Ersten Weltkrieg untergegangen.«

»Aber unsere Liebe doch nicht, Louise, bitte.« Er hielt ihren Arm immer noch fest umschlungen.

»Lass mich los, du tust mir weh.«

Schweigend ließ er seine Hand sinken. Und schweigend gingen sie weiter.

Sie hatten den Strand verlassen, waren über einen kleinen Weg gegangen, und dann standen sie vor einem alten Friedhof. François warf ihr einen Blick voller Erstaunen, Abwehr, aber auch Neugierde zu.

Doch sie reagierte nicht auf diesen Blick, erklärte nichts, sondern stieß das schmiedeeiserne Tor auf und ging ihm einen alten, mit Gras überwucherten Kiesweg voraus. François folgte ihr. Dann blieb sie vor einem kleinen Grab stehen. Es war gepflegt, Heidekraut stand in einem großen steinernen Topf darauf. Luise beugte sich hinunter und legte die rosa Röschen aufs Grab, dann richtete sie sich wieder auf. François las die Schrift auf dem kleinen Marmorstein: *Heloise 1. April 1914–4. April 1914*

Seine Stimme klang unsicher, als er sie fragte, wer Heloise gewesen sei.

»Heloise, meine kleine Heloise«, flüsterte Luise. Fast war es, als habe sie ihn vergessen, doch dann wandte sie sich ihm zu. »Es ist unsere Tochter, ein Kind, das nicht leben durfte. Sie wurde mit einem Loch im Herzen geboren, drei Tage hat sie gekämpft, aber das Herz gab auf.«

François schwieg, er wurde blass, drehte sich um und ließ sich auf eine alte Bank fallen, die in der Nähe stand, das Gesicht verbarg er in den Händen. »Jetzt weißt du es, François, darum bin ich aus Paris weggegangen … weil ich schwanger war.« Luise setzte sich neben ihn.

»Louise, warum hast du mir nichts erzählt, ich weiß, damals kam das Gerücht auf, du seist aus Paris verschwunden, weil du schwanger wärst, aber ich hatte doch nie daran gedacht, dass es die Wahrheit sei. Das hättest du mir doch gesagt, Louise … was ist nur los mit dir, warum hast du mir das verschwiegen, unser Kind … Ich hätte die besten Ärzte …«

»Hör auf, bitte«, unterbrach ihn Luise und griff nach seiner Hand. »Man konnte damals nichts machen, heute vielleicht, aber damals …«

François stieß ihre Hand heftig weg. »Du warst nie mehr hier?«

Luise schüttelte den Kopf. »Nein, aber ich blieb mit Babette all die Jahre in Verbindung, schickte ihr auch Geld, um das Grab von Heloise zu pflegen, um sie nicht vergessen zu lassen. Ich wollte auch nicht mehr hierherkommen, ans Grab. Ich hätte es nicht ertragen, ich hätte die Erinnerung an dich, an uns, an meine Schwangerschaft nicht ertragen. Ich weiß, man sagt, Wunden heilen, aber es gibt eben doch einige, die sich nie mehr schließen.«

Endlich nahm François die Hände vom Gesicht, Luise erschrak, er sah alt aus, erschreckend blass. »Du bist gegangen und wusstest, dass du ein Kind von mir erwartest.«

»Ja, das habe ich, und ich bereue es nicht.«

Jetzt sprang François von der Bank auf. Wütend, fassungslos. Er drehte sich um und lief, rannte fast den Kiesweg zum Ausgang des Friedhofs zurück. Dort wartete er auf Luise, das Gesicht abgewandt.

Als sie vor ihm stand, sah sie ihn lange an. Dann erst sprach sie: »Einmal, François, hast du gesagt, du gehörst zu deiner Frau und deinen Söhnen und dann … bitte lass mich ausreden«, sagte sie, als François sie unterbrechen wollte, »und da habe ich diese Verbindung gespürt, dieses Band …«

»Welches Band?« François sah sie verständnislos an.

»Das Band, das zwei Eheleute nach vielen gemeinsamen Jahren verbindet, selbst dann, wenn die Liebe gegangen ist. Deshalb hast du dich auch nicht scheiden lassen. Nach sieben Jahren habe ich es endlich begriffen, und darum bin ich gegangen.«

»Schwanger mit meinem Kind.«

»Ja, ja«, fast schrie sie es ihm entgegen. »Ja, und weißt du was? Ich habe es dir nicht gesagt, weil ich Angst hatte, Angst, du verlangst von mir eine Abtreibung. Du hast es genossen, in der damaligen Pariser Gesellschaft mit einer sehr jungen, schönen Geliebten aufzutreten, einer Gesellschaft, die der Schönheit huldigte und Affären liebte, aber du hättest dich nicht scheiden lassen, auch deinen Söhnen zuliebe nicht. Ich weiß, du hast mich geliebt, aber deine Ehe war dir heilig.« Luise zitterte, sie hatte ausgesprochen, was sie niemals hatte sagen wollen.

François erwiderte nichts, er stellte den Kragen seines Trenchcoats hoch und schlug vor, zu gehen. Schweigend und im Abstand zueinander schlossen sie das Tor hinter sich und liefen zum Strand zurück. Der Wind war stärker geworden, François wollte Luise versöhnlich am Arm nehmen, doch sie wich ihm aus. Ihr Gesicht blieb verschlossen, seinen Vorschlag, in Deauville essen zu gehen, er kenne einige Lokale, in denen es wunderbare Austern gäbe, nahm sie nicht an. »Fahr mich bitte zu meinem Hotel, ich denke, meine Nichte ist schon wieder zurück.«

»Und morgen Abend also verlässt du Paris?«

Luise nickte stumm. Im Auto hielt sie das Gesicht abgewandt, sie sah den Regentropfen zu, die an das Fenster klatschten und in einem zittrigen Rinnsal die Scheibe entlang nach unten liefen.

Als sie sich François zudrehte, erkannte sie die Müdigkeit in seinem Gesicht, die Resignation, ein Gesicht, das am Morgen nach der Liebe ihr so entspannt und zärtlich zugewandt war. »Es tut mir leid«, versuchte sie, die feindselige, auch so verzweifelte Stimmung zwischen ihnen aufzulösen.

»Was tut dir leid?«, fragte François knapp, während sein Blick starr auf die regennasse Straße gerichtet war. »Dass du mir die Schwangerschaft verschwiegen hast oder …«

»Alles«, unterbrach Luise ihn. »Ja, vielleicht habe ich mich falsch verhalten, aber wir beide konnten mit unserer Liebe nicht umgehen, du wolltest dein Leben nicht ändern.«

»Immer deine Vorwürfe. Luise, ich konnte es *damals* nicht ändern.« Jetzt wandte er ihr kurz das Gesicht zu. Er war zutiefst erregt. »Ja, vielleicht war ich egoistisch, ja, aus heutiger Sicht erkenne ich es, aber … ich habe dich geliebt. Und es ist noch nicht zu spät«, fügte er nach einer kleinen Pause hinzu.

Als sie in Paris über die Champs-Élysées einfuhren, legte sie plötzlich die Hand auf seinen Arm. »Lass mich hier aussteigen, bitte.«

Schweigend machte François unter dem Hupen verärgerter Autofahrer eine starke Bremsung und hielt am Gehsteig, er beugte sich über sie und öffnete so die Beifahrertür.

Als sie ausstieg und sich zu ihm beugte, sah er geradeaus. »Au revoir, mon ami.«

Es kam keine Antwort von François, er presste die Lippen aufeinander, und so warf Luise die Tür zu und wartete noch, bis er sich in den starken Abendverkehr auf den Champs-Élysées einfädelte.

Es regnete stark, doch Luise spürte den Regen nicht. Sie lief weiter die Champs-Élysées hinunter, überquerte sie, lief weiter, bis sie in der Rue du Faubourg Saint-Honoré vor dem *Le Bristol* stand.

Vollkommen durchnässt und verzweifelt kam sie in die Suite. Natalja schlief bereits fest, und Luise setzte sich auf das Bett und strich ihr zart über die wirren Haare, während ihr die Tränen über die Wangen liefen.

Sie hätte ein Kind gehabt, das heute eine Frau von dreiunddreißig gewesen wäre, Heloise. Wie wäre ihr Leben verlaufen, wenn sie gesund auf die Welt gekommen wäre? Wo würde sie leben, wäre Heloise in Frankreich geblieben, hätte François sie geliebt, so wie Luise sie geliebt hatte?

Am nächsten Tag packte Natalja ihre Sachen, dann gingen sie mittags zusammen in eine Brasserie am Place de Ternes, in der sie oft in den vergangenen Wochen abends gewesen waren und die Natalja liebte. Sie sei so französisch, wie man es sich in Deutschland vorstelle, erklärte sie. »Wenn du mich besuchen kommst, gehen wir wieder hierher, versprochen?«

»Versprochen«, antwortete Luise. Sie spürte die prüfenden Blicke ihrer Nichte – erwartete sie, dass sie über François redete? So sagte sie nur kurz: »Ich habe mich endgültig von ihm getrennt.«

»Bist du traurig?«

Luise nickte. »Ja, das bin ich, aber es ist die richtige Entscheidung.«

»Liebe ist Schmerz«, erklärte Natalja, während sie ein Stück ihrer Quiche in den Mund schob.

Da musste Luise lachen, auch sie erinnerte sich an den Spruch ihrer Mutter, doch dass ihre Enkelin Natalja ihn zitierte, erstaunte sie. »Hoffentlich musst du das nie erfahren«, wünschte sich Luise in Gedanken, als sie ihre geliebte Nichte ansah, die für sie wie eine Tochter geworden war, seit dem Moment, als sie als Fünfjährige in Bad Lichtenberg angekommen war.

Am Nachmittag fuhren sie in die Pension, in der zwei österreichische und eine englische Studentin des Konservatoriums wohnten. Luise lernte die Wirtin Mechthilde Dupont kennen, eine frühere Wagnersängerin und Witwe eines französischen Offiziers. Sie erklärte, das junge Mädchen sei bei ihr gut aufgehoben, sie werde ihr eine ganz besondere Aufmerksamkeit zukommen lassen.

Natalja verdrehte die Augen, doch Luise war erleichtert, ihre Nichte in eine strenge Aufsicht zu geben. Die Haustür werde abends um neun Uhr abgeschlossen, betonte sie noch einmal, und Männerbesuche bei den Studentinnen strengstens verboten. Das Zimmer, das Natalja bewohnen würde, hatte die typisch französischen Blumentapeten, und auf dem Bett lag die Tagesdecke in dem gleichen Muster. Das Badezimmer, das sie sich mit den anderen Studentinnen teilen sollte, lag direkt gegenüber. Es gefiel Luise, und auch Natalja nickte dazu, ja, sie werde sich hier wohlfühlen.

Im Konservatorium lernte Luise noch Madame Maximanovna kennen, dann musste sie sich von Natalja verabschieden.

Zurück im Hotel, packte sie ihren Koffer, dachte daran, dass sie doch nie Zeit gefunden hatte, ins Couture-Haus von Christian Dior zu gehen. Und dann war es Zeit: Der Wagen des Hotels fuhr sie an die Gare de Lyon, und der Chauffeur brachte sie noch an den Nachtzug nach Baden-Baden. Paris, diese Zeit der Erinnerung, das versuchte Wiederholen einer Vergangenheit, die keine Zukunft hatte – endgültig vorbei. Das Gepäck war schon im Schlafwagen deponiert, der Schaffner bot Luise die Hand, um ihr in den Zug zu helfen, als plötzlich François neben ihr stand. »Louise, bitte, warte.«

»François. Es ist doch alles gesagt, mach es uns doch nicht schwerer, als es sowieso schon ist.«

Er beachtete ihren Einwand nicht, sprach hastig weiter: »Heute Morgen habe ich meine Frau angerufen, sie ist mit einer Scheidung einverstanden. Auch sie meint, die Ehe bestehe doch längst nur noch auf dem Papier. Sie lebt bereits seit fünfzehn Jahren mit ihrem Pierre zusammen. Und meine Söhne …«

»Mit denen hast du auch telefoniert?«

»Ich habe sie nicht erreicht, aber sie sind erwachsen, sie haben selbst Kinder und führen ihr eigenes Leben, was sollten sie schon dagegen haben? Sie mögen Pierre«, betonte François. »Der Weg ist frei für uns, Louise.«

»Ach François.« Mehr brachte Luise nicht heraus, sie erkannte in seinen dunklen Augen Zärtlichkeit und die inständige Bitte, zu bleiben. »Und du bist also Großvater, das hast du mir gar nicht erzählt.«

»Ja, ich habe sogar fünf Enkel, zwischen drei und fünfzehn Jahren. Ich sehe sie selten, da meine beiden Söhne in England und Amerika leben. Aber an Weihnachten sind wir alle zusammen in unserem Chalet in der Schweiz, und den Sommer verbringen wir auf meinem Anwesen auf Sizilien.«

Luise spürte, er suchte irgendein Thema, er wollte einfach nur, dass sie blieb, dass sie diesen Zug nicht bestieg.

»Und bei diesem Zusammensein, ist da der Lebensgefährte deiner Frau auch dabei?«

»Nein, nur die Familie.«

Da erkannte François den großen Fehler, er erkannte die Wahrheit, die Wahrheit, die Luise davon abhielt, mit ihm zu leben.

»Siehst du«, ihre Stimme klang ruhig, »es ist wie damals, du liebst mich, aber deine Familie ist dir heilig. Und wieder nur deine Geliebte sein, die man nicht zu Familienfesten mitbringt, das kann ich nicht mehr, dazu bin ich zu alt. Salut François.« Sie sagte nicht *au revoir,* auf Wiedersehen. Sondern nur ein Salut. »Salut, François.« Es klang endgültig. Und François erkannte an ihrem Gruß, Luise ging. Sie wollte nicht bleiben.

Sie stieg in den Zug, drehte sich kurz um, und sie sahen sich noch einmal in die Augen. Doch dann lief der Schaffner an François vorbei und warf vor ihm die Tür zu.

Am nächsten Morgen holte Victoria sie am Bahnhof Bad Lichtenberg/Süd ab. In Baden-Baden war Luise in den Regionalzug umgestiegen. Auf dem Weg zum Hotel erzählte Luise kurz, dass Mme Dupont einen sehr guten Eindruck mache und sie einmal

Natalja in die Hochschule begleitet habe. Sie habe mit der Lehrerin von Natalja, einer Eva Maximanovna, gesprochen, als Dolmetscherin habe Natalja fungiert. »Dann war es ja gut, dass ich damals eine russische Kinderfrau engagiert hatte«, erklärte Victoria. »Da sieht man wieder, alles im Leben hat seinen Sinn.«

Luise sah sie von der Seite an. »Natalja möchte, dass du sie besuchst.«

»Ach ja? Hat sie das gesagt?« Victoria brauste viel zu schnell die Hauptstraße hoch, das hinderte sie nicht daran, den Kopf zu drehen und ihr Gesicht der Schwester zuzuwenden.

»Nicht direkt«, zögerte Luise, »aber …«

»Sie hat es nicht gesagt, also will sie es auch nicht, ich denke, sie ist alt genug, um auszusprechen, was sie will.«

»Ich glaube, Schwesterherz, wenn du sie besuchen willst, dann mache es, und sie wird sich freuen.«

»Na ja«, war der skeptische Kommentar von Luise. »Ich habe ihr versprochen, sie jeden zweiten Abend in ihrer Pension anzurufen.«

»O nein«, rief Victoria unwillig aus. »Meine Tochter ist sechzehn Jahre alt, lebt in einer Pension für Studentinnen, und die Tage verbringt sie im Konservatorium. Kannst du sie nicht in Ruhe lassen?«

»Vic, bitte. Ich will es machen, bis sie sich eingewöhnt hat, du weißt doch, sie spricht kaum Französisch, und die deutsche Sprache will niemand sprechen.«

»Kein Wunder, nach diesem Krieg, den Hitler geführt hat, jeder hasst uns.«

»Ja, Victoria, aber jetzt geht es um deine Tochter, sie soll sich nicht einsam fühlen.«

»Natalja«, erklärte Victoria, »wird nie einsam sein, denn sie hat die Musik. Also, bis heute Abend«, verabschiedete sie sich und ließ ihre Schwester ihren Ärger spüren. Letztendlich war sie Nataljas Mutter, doch Luise führte sich auf, als sei sie für Natalja allein verantwortlich.

Als Luise ausgestiegen war und ein Page das Gepäck aus dem Kofferraum gehoben hatte, machte Victoria mit quietschenden Reifen kehrt und brauste davon. Luise sah ihr kurz nach, immer wieder gerieten sie wegen Natalja aneinander. Als sie das Hotel betrat, wartete Maxim bereits am Empfang auf sie und umarmte sie. »Willkommen daheim«, sagte er herzlich.

»Du hast mich sehr gut vertreten, willst du überhaupt, dass ich zurückkomme?« Da lachte Maxim, kniff seine Tante in die Wange, als sei sie ein ganz junges Mädchen und er ihr Onkel, und erklärte, er habe sie vermisst. Aber die Verantwortung für das Hotel zu haben, war eine Aufgabe von großer Bedeutung für ihn. »Die du gemeistert hast, Vater hat mir das immer wieder am Telefon bestätigt.«

Er begleitete sie noch zum Aufzug. »Ich werde mich heute ausruhen, und dann gehen wir am Abend zusammen hoch in die Villa.«

»Ich …« Er zögerte. »Ja, ich sage es dir gleich, Simon Roth ist abgereist, er schickt einen Mitarbeiter.« Unsicher sah er seine Tante an, letztendlich war er schuld an Simons hastiger Abreise, doch Luise nickte nur, erklärte, das sei doch in Ordnung, und fuhr dann hoch in ihre Suite.

Simon Roth hatte also nicht gewartet, wie sie es vereinbart hatten. Es war gut so, es war gut, wie es war. Sie hatte die Nacht über im Schlafwagen wach gelegen, hatte gehört, wie die Passkontrolleure durch die Gänge liefen und sich laut unterhielten, während sie die eingesammelten Pässe der Reisenden durchsahen, das letzte Mal die französische Sprache, dann waren sie zurück in Deutschland.

In dieser Nacht kamen die Zweifel – warum nicht einfach in Paris bei François bleiben? War es denn so wichtig, mit seiner

Familie Weihnachten zu feiern? Die Feiertage hätte sie doch hier bei ihrer Familie verbringen können. Wieso war sie plötzlich so kleinlich, aber vielleicht auch so verletzbar? Denn es bedeutete doch, dass sie nie wirklich zu François gehören würde. Wo gehörte sie hin?

Als sie jetzt zum Fenster ging und es weit öffnete, atmete sie tief die milde Luft ein, für die der Kurort so berühmt war. Die Luft duftete nach Heimat, nach Zuhause. Hier gehörte sie her, zumindest jetzt.

ZWEIUNDZWANZIG

Bad Lichtenberg
Ende November 1947

DIE FAMILIE

Es war Sonntagabend nach dem Essen. Die Familie saß in der Halle vor dem brennenden Kamin. Luitpold war schon ins Bett gebracht worden, und Viola schlief fast schon ein, den Kopf auf ein Kissen des Sofas gelegt. Carl und Johannes unterhielten sich lebhaft, bezogen Luise mit ein, die wenig redete, nur kurz erzählte, der *Palmengarten* sei bereits sehr beeindruckend, sie freue sich auf die Eröffnung am 10. Dezember. Doch dann kam das Gespräch auf Luitpold, und Maxim erzählte, für den Kleinen habe sich das Blatt in der Schule gewendet, er wurde bis jetzt wegen seines Stotterns und seiner kleinen Körpergröße gehänselt, doch dann hatte der Turnlehrer die Idee gehabt, ihn beim Fußballspielen mitmachen zu lassen, da Luitpold so sehnsüchtig zugesehen habe. Und da plötzlich stellte sich heraus, aus dem Kleinsten der Klasse wurde ein Flügelflitzer. Luitpold schoss Tore. Maxim erzählte es voller Stolz, während Felix nur vor sich hinstarrte. Ab diesem Erlebnis ging Maxim mit ihm stets als Zuschauer zum Fußballspiel und feuerte Luitpold an. Alle wandten sich Felix zu, der nur die Schultern zuckte, ja, hieß es wohl, ich bin offenbar nicht erwünscht.

»Dann gehe doch einfach mal mit«, forderte Victoria ihn auf, doch Felix schüttelte den Kopf. Nein, sein Sohn wolle lieber Maxim als Begleiter haben. Bevor eine rege Debatte entstand, läutete es. Überrascht warteten sie, bis Frau Wöhler, die Haushälterin, öffnete und die neue Postbotin in die Halle trat.

»Entschuldigen Sie«, fing sie aufgeregt an, »aber seit gestern arbeite ich mich durch Berge von Briefen aus den vergangenen zwei Jahren. Es sind so viele liegen geblieben, denn das Postamt war ja auch teilweise durch den Luftangriff zerstört worden. Aber im letzten Raum, der erst vor Kurzem freigelegt wurde, lagen noch Briefe, die konnten damals nach dem Luftangriff nicht mehr zugestellt werden.«

»Ja, wir erinnern uns, aber bereits vor dem Luftangriff herrschte schon das absolute Chaos, und zwar, seit Frau von Bitten, die Chefin der Post, gestorben war«, erklärte Luise.

»Es ist sehr freundlich von Ihnen«, wandte sich Johannes an die Postbotin, »dass Sie noch zu so später Stunde zu uns heraufkommen. Und das auch noch am Sonntag. Das wäre wirklich nicht nötig gewesen.«

»Das glaube ich schon«, fiel die Postbotin Johannes lebhaft ins Wort, »denn dieser Brief ist vom 6. Juli 1945. Man kann den Absender und auch den Poststempel kaum erkennen, und erst nach langem Rätselraten bin ich darauf gekommen, dass der Empfänger dieses Briefs Herr Felix Laverne ist.«

Wie die ganze Familie hatte auch Felix mit wachsendem Interesse zugehört. Bei den letzten Worten sprang er auf, griff mit zitternder Hand nach dem Brief. »Er kann von Jette sein, sie hat überlebt, sie …«

»Vielen Dank, dass Sie extra gekommen sind«, betonte Johannes noch einmal und verließ mit der Postbotin zusammen den Wohnraum. Er verabschiedete sie mit einem fürstlichen Trinkgeld an der Haustür, dann kam er voller Unruhe zurück.

»Mach ihn doch auf«, forderte er seinen Neffen auf, der starr im Raum stand und jetzt von der Familie umringt wurde.

Felix' Hand zitterte so sehr, dass er ihn nur mit Mühe aufreißen konnte.

»Wer ist denn der Absender?«, wollte Victoria wissen, doch den konnte man nicht mehr erkennen. Dann entfaltete Felix den Brief, seine Lippen bewegten sich, als er ihn las.

Viola war aufgesprungen und stand neben ihm. »Ist er von Mama?«

Doch dann ließ Felix den Brief sinken, er glitt ihm aus der Hand und fiel zu Boden. Viola hob ihn auf, doch Felix wandte sich stumm ab und rannte aus dem Zimmer. Johannes nahm ihn Viola ab, ging ihn flüchtig durch, ließ ihn sinken und sah die Familie an, dann Viola. »Nein, mein Schatz, er ist nicht von deiner Mama. Wie dein Bruder es erzählt hat, sie ist tot.«

Violas Lippen zitterten verdächtig, so legte Luise den Arm um das Mädchen und zog es an sich.

»Lies ihn doch vor«, verlangte Victoria ungeduldig.

Und dann hörten sie alle, wer diesen Brief geschrieben hatte und welche furchtbare Wahrheit er enthielt.

Sehr geehrter Herr Laverne,
ich war der Gutsverwalter Ihres Schwiegervaters, Herrn von Stetten. Ich habe Ihre Frau aufwachsen sehen, war bei Ihrer Hochzeit dabei, und sie war ja auch immer wieder mit den beiden Söhnen auf dem Gut. Sie und ich, Herr Laverne, haben uns nicht so gut gekannt, Sie lebten ja die meiste Zeit in Ihrem Dorf.
Heute muss ich Ihnen eine traurige Nachricht übermitteln, denn Sie sollten die ganze Tragödie kennen.
Am Tag, als Herr von Stetten starb und wir ihn beerdigt hatten, wollte ich mein Versprechen erfüllen, das ich

meinem geliebten Herrn gegeben habe, mich um seine Tochter zu kümmern, zu sehen, dass sie wohlbehalten aus Insterburg wegkam. Ich wollte sie holen, und als ich aufs Gut kam, bot sich mir ein Bild des Grauens, denn Ihr kleiner Sohn Luitpold hatte einen der Soldaten der Roten Armee erschossen. Doch wir mussten uns beeilen, ich bin nicht gut im Schreiben, so will ich Ihnen nur sagen, ich hatte Frau Mangold, eine frühere Pächterin, gebeten, sollte Frau von Stetten den Zug nicht erreichen, sollte sich Frau Mangold um sie kümmern. Ich gab ihr eine große Summe Reichsmark. Dann fuhr ich selbst ab, und mir gelang die Flucht nach Berlin.

Vorigen Monat, ich lebe jetzt in Naumburg, traf ich Frau Mangold zufällig wieder. Was sie mir erzählt hat, ließ mich erschauern. Vielleicht aber kennen Sie ja die Wahrheit bereits. Ich habe lange überlegt, ob ich diesen Brief überhaupt schreiben soll, aber dann bedrängte mich meine Frau jeden Tag, bis ich Ihnen also jetzt schreibe. Die Wahrheit, sagt sie, sei ich dem Schwiegersohn unseres geliebten Herrn von Stetten schuldig.

Frau Mangold erzählte, dass Ihr kleiner Sohn Leopold auf der Flucht starb, Ihre Frau ist fast an diesem Kummer zerbrochen, doch nur Luitpold war für sie noch die Motivation, weiterzugehen.

Wie soll ich es beschreiben, ich war nicht Zeuge, nur Frau Mangold. Sie und auch Ihre Frau erreichten das Schiff, Frau Mangold wurde zurückgedrängt, doch da sah sie Ihre Frau oben auf dem Schiff, sie kletterte auf die Reling, rief ihren Sohn, der neben Frau Mangold stand, und stürzte in die Fluten. Ich weiß nicht, konnte sie sich nicht halten und fiel, oder war es ihre Absicht, ins Meer zu springen, um ans Ufer zu ihrem Sohn zu schwimmen?

Der kleine Luitpold aber war verschwunden. Es fällt mir wirklich schwer, der Bote dieser Hiobsnachrichten zu sein, aber meine Frau, wie ich schon sagte, drängt mich dazu. Die Wahrheit, sagt sie, sei immer besser als die Ungewissheit.

Die letzten zwei Sätze waren verwischt und unleserlich geworden.

Niemand hatte darauf geachtet, dass Luitpold auf der Treppe stand und zugehört hatte, niemand hatte bemerkt, dass Viola zu ihm ging, sie beide sich auf die letzte Stufe der Treppe setzten, Viola den Bruder umarmte, während ihr die Tränen über die Wangen liefen.

»Mama ist tot … ich habs doch … ge…sagt, sie ist im Hi…mmel.«

»Ja«, flüsterte Viola, »ja, da ist sie, aber jetzt wissen wir es ganz genau.«

DREIUNDZWANZIG

Paris
Dezember 1947

NATALJA

Natalja lächelte. Und Mona Lisa lächelte zurück.

Jeden Sonntag ging Natalja in den Louvre. Sie liebte es, durch die Räume zu schlendern, zwischen den vielen Touristen zu stehen, das Sprachengewirr um sich herum aufzunehmen und am Schluss immer wieder hierherzukommen, zu Leonardo da Vincis Mona Lisa. Als Abschluss ihres Ausflugs in das Museum, bevor sie nach Hause ging.

Sie hatte sich Paris erobert, und darauf war sie stolz. Zu Fuß, manchmal mit dem Taxi, oft sprang sie noch auf einen Bus auf und fühlte sich dabei sehr pariserisch. Sie hatte sich daran gewöhnt, dass Männer auf der Straße ihr Komplimente zuriefen und ihr das Gefühl gaben, hübsch zu sein. So war sie auch in die weihnachtlich geschmückten *Galeries Lafayette* gegangen, hatte sich einen Lippenstift gekauft und trug die Haare jetzt offen. Keinen Pferdeschwanz mehr, sie sah jetzt erwachsen aus, denn sie war kein Kind mehr, auch wenn sie in der Pension von den Mitbewohnerinnen noch so behandelt wurde. Bei den gemeinsamen Abendessen, an denen Mechthilde Dupont teilnahm, wurde über Allgemeines gesprochen, über die musikalischen Fortschritte, die sie machten, und sie erzählten, dass sie in den Semesterferien arbeiteten, als Kellnerin, Babysitter oder

Verkäuferin. Sie ärgerten sich über zu hohe Preise, gaben sich gegenseitig Ratschläge, wo man was am besten einkaufen konnte. Natalja hörte mit Erstaunen zu, wie darüber diskutiert wurde, wo man am billigsten die Laufmaschen in den Strümpfen auffangen lassen konnte. »Am Boule Mich ist ein winziger Stand«, erzählte Estelle, der Koloratursopran aus Salzburg, »und die Frau dort macht es am besten. Du«, wandte sie sich dann an Natalja, »musst dir natürlich darüber nicht den Kopf zerbrechen. Wenn du Laufmaschen hast, dann kauft sich das gnädige Fräulein ein neues Paar.«

Estelle war oft aggressiv zu Natalja, und Natalja schwieg. Hatte Estelle nicht auch recht? Sie hatte noch nie davon gehört, dass man Seidenstrümpfe mit Laufmaschen reparieren lassen konnte.

»Aber das gnädige Fräulein hier teilt unsere Sorgen natürlich nicht, denn wenn man während der Probezeit im *Le Bristol* gewohnt hat, das sagt ja dann alles aus. Da muss man natürlich nicht arbeiten, und kaputte Strümpfe wirft man einfach weg.«

»Lass Natalja in Ruhe.« June, der Sopran aus England, verteidigte Natalja sofort. Sie war bei ihrer Großmutter in der Schweiz aufgewachsen, darum sprach sie gut Deutsch, und es war auch sie, mit der sich Natalja gern unterhielt. Bei den anderen spürte Natalja, dass sie eine strenge Linie zwischen Natalja und sich zogen. Es machte sie unsicher, auch nachdenklich, bis sie erkannte, dass es nicht ihre Jugend war, sondern ihre Herkunft. Zum ersten Mal wurden ihr gesellschaftliche und soziale Unterschiede bewusst. Und sie erkannte auch, wie behütet sie aufgewachsen war: Jeder ging auf ihre Wünsche ein, respektierte sie, versuchte, alles zu tun, damit es ihr, Natalja, gut ging. Es war beschämend, dass sie es erst hier in Paris und durch das Zusammensein mit anderen jungen Frauen erkannte. Und in der Pension blieb sie ausgegrenzt. Sie war nur erleichtert gewesen, als sie hörte, dass Esther, die nicht mit einer Deutschen am Tisch sitzen wollte, ausgezogen war.

An jedem Samstagnachmittag stand in ihrem Stundenplan *Üben in Raum 102. Von 16–18 Uhr*. Eine Zeit, in der es still im Konservatorium war. Aber irgendwann hörte sie, wie im zweiten Stock Sänger mit einem Korrepetitor übten. Dann horchte Natalja angestrengt nach oben. Es wurde gelacht, Stimmübungen gemacht, und in der letzten halben Stunde wurden Arien geübt. Seit Kurzem nahm auch June an dieser Übungsstunde teil. Als ein Student die Arie *Celeste Aida* sang, hielt Natalja den Atem an. Wie konnte ein junger Mann so fantastisch singen? Als es oben still wurde und sie die Studenten die Treppe herunterkommen hörte, sprang sie auf, lief zur Tür und öffnete sie einen Spalt. Es war June, die sie entdeckte und rief. Die vier anderen blieben stehen, und dann kam Natalja hinter der Tür hervor, und June stellte sie den anderen vor, nicht als Wunderkind, sondern als junge Studentin, die schon Preise gewonnen hatte. Sie wurde umarmt, herzlich begrüßt und aufgefordert, mit »auf einen Kaffee« zu gehen. Diese Gruppe der Studenten bestand aus vier Frauen und einem jungen Mann. Das war Mario Kröger, der Tenor. Er war es, der so außergewöhnlich singen konnte. »Der Tenor ist immer der Held einer Oper«, erklärte er Natalja großspurig auf dem Weg in die *Le petit brasserie*. »Und der große Liebhaber.« Die Brasserie war ein kleines Restaurant, ganztägig geöffnet und immer voll besetzt, wie June Natalja erzählte. »Aber uns kennen sie schon, wir bekommen immer einen Tisch.«

Während sie ihren Kaffee tranken und sich lebhaft über Opernhäuser, Agenten und Lehrer unterhielten, beobachtete Natalja Mario. Er sah sehr gut aus, ein südländischer Typ, der damit prahlte, während der Semesterferien ein Vorsingen an der Wiener Oper zu haben. Als er jetzt spürte, wie Natalja ihn beobachtete, lächelte er sie an, sein Blick wurde interessiert, sodass Natalja Herzklopfen bekam. Bei diesem ersten Zusammensein schlug er vor, das Nesthäkchen, wie er sie launig nannte, solle doch jeden Mittag mit ihnen in der Pause hierhergehen. Und das kam dann auch so. Jeden Mittag gingen sie zusammen in die Brasserie, meist saß Mario neben ihr und legte lässig den Arm auf die Lehne ihres Stuhls. Sie spürte seine Nähe, ließ es zu, dass er manchmal wie zufällig die Hand auf ihr Knie legte, sich dann aber entschuldigte, es sei in der Hitze des Gesprächs gewesen, doch auch diese kleine Berührung ließ ihr Herz schneller schlagen. Oder die Umarmung beim kurzen Abschied nach dem Mittagessen, die ein wenig länger dauerte, um nur kameradschaftlich zu sein. »Pass auf dich auf, er ist ein Casanova der schlimmsten Sorte, er mag vor allem ganz junge Mädchen. Er möchte der Erste sein, wenn du verstehst, was ich meine.«

Natürlich verstand Natalja, sie war ja von Luise aufgeklärt worden.

June sprach nicht weiter, sie sah Natalja an. »Er spürt, wie unerfahren du bist, das reizt ihn, glaub mir.«

Das brachte sie zum Nachdenken. Wenn sie ehrlich zu sich war, dachte sie sehr viel an Mario, er nahm den Hauptteil ihrer Gedanken ein. Sie würde schon auf sich aufpassen. Jetzt aber freute sie sich wie alle Studenten auf die Feier mit dem Konzert der Abschlussklasse, bevor die Weihnachtsferien begannen.

Doch Junes Warnung ging ihr nicht aus dem Kopf. Oder war June einfach nur eifersüchtig? Aber was hatte Mario denn schon getan? Er war immer höflich zu ihr, gut, er umarmte sie manchmal ein wenig zu lang, zu fest. Aber es war schön, sie mochte es. Und bei jeder Umarmung spürte sie ihr Herz klopfen, sogar rasen. Und jeden Tag erwartete sie ungeduldig die Pause, wenn sie in der Brasserie so nahe beieinandersaßen.

Am 12. Dezember fand das Konzert in der Aula des Konservatoriums statt. Mario Kröger war der Star, er würde zwei Arien singen, und man munkelte, es seien mehrere Agenten im Publikum, die nur seinetwegen zum Konzert kommen würden. Das Konzert und das kleine anschließende Abschlussfest sollten um fünf Uhr nachmittags beginnen und um neun Uhr zu Ende sein. Und sie, Natalja, würde dann noch am selben Abend mit dem Nachtzug über Weihnachten nach Hause fahren.

Die letzten Tage vor dem Konzert sah Natalja Mario nicht mehr. June erzählte, er arbeite hart mit seinem Lehrer, um sein Bestes zu geben.

Und Mario wurde frenetisch gefeiert. Sein *Celeste Aida* und sein *Nessun Dorma* aus der Oper Turandot riss die Zuschauer von den Sitzen. Während des anschließenden Fests mit einem bescheidenen Büfett stand Natalja allein davor, sie griff sich ein belegtes Brötchen, während sie die Leute beobachtete, oder suchte sie einfach nur Mario? Und plötzlich stand er neben ihr. »Hat es dir gefallen?« Er lächelte sie an.

Sie nickte, verschluckte sich, spürte ihr Herzklopfen. »War deine Familie auch da?«

Mario schüttelte den Kopf. »Nein, sie alle leben in Mailand, es ist ja nur ein kleines internes Konzert«, betonte er ein wenig gelangweilt. »Vielleicht wirst du nächstes Jahr auch daran teilnehmen können, meine Süße, jeder ist von dir begeistert, nicht nur die Männer«, fügte er hinzu. Doch dann lachte er sie an, hob die Hand und fuhr ihr leicht über die Wange. »Musst du nicht um neun in deiner Pension sein?«

Sie nickte schweigend.

»Dann gehen wir schon mal vor, die anderen kommen dann nach. Hast du Lust?« Ohne ihr *Ja* abzuwarten, nahm er sie leicht am Arm, und dann liefen sie die Straße hinunter bis zur Brasserie. Mario legte auf dem Weg dorthin den Arm um ihre Schultern, und es gefiel Natalja. Im Restaurant ergatterten sie einen Tisch, und Mario bestellte Champagner. Da erst bemerkte sie, dass er bereits angetrunken war. Wie immer war es voll, laut und rauchig in der Brasserie, und so beugte sich Mario ganz nahe zu ihr, damit sie ihn verstehen konnte, als er sagte, sie mache ihn verrückt, sicher wisse sie das. Während sein Gesicht ganz nahe war, spürte sie seine Hand, die an ihrem Schenkel hochglitt. Sie sprang auf, stotterte eine Entschuldigung und lief zur Toilette. Sie lag im hintersten Winkel, nahe der Küche und durch die Dunkelheit kaum sichtbar.

Im Waschraum starrte sie sich im Spiegel an. Was hatte sie nur an sich, dass Mario sich ihr gegenüber plötzlich so verhielt? War es der Lippenstift, der Hauch von Parfum, dem *L'Air du Temps* von Nina Ricci, oder dass sie den auffallenden rosa Pullover von Elsa Schiaparelli trug? Aber sie hatte ihm gefallen wollen. Sie sollte weg, ganz schnell weg, sie spürte die Gefahr, die von ihm, dem Betrunkenen, ausging. Sie wollte schnell in die Pension und dort warten, bis um zehn Uhr ihr Taxi kam, um sie an die Gare de Lyon zu bringen. Nachdem sie die Entscheidung getroffen hatte, atmete sie durch. Sie wollte weg, und das würde sie jetzt auch Mario sagen.

Als sie herauskam, stand er direkt vor ihr. Sie erschrak, und bevor sie reagieren konnte, öffnete er eine Tür hinter ihr und schob sie hinein. Es war ein kleiner, enger Vorratsraum, und dort hob er sie hoch und setzte sie auf einen kleinen Tisch, auf dem Dosen mit Gemüse und Obst standen, die er einfach zur Seite fegte. Krachend fielen sie zu Boden. Dann küsste er sie leidenschaftlich. Der Kuss wurde heftiger, fordernder, sie spürte seine Hände, die ihren Pullover hochschoben und ihre Brüste umfassten. Sie waren überall, sie spürte, wie er ihre Schenkel auseinanderbog, obwohl sie doch versuchte, sie zusammenzupressen, und sie fühlte seine Hand an ihrer intimsten Stelle. »Nein«, schrie sie, »nein, Mario, nein.«

Sie wehrte sich, doch da lachte Mario. »Spiel jetzt nicht die Prüde, du willst es doch auch.«

»Nein, Mario, hör auf, hör bitte auf …« Als er ihre Hand nahm und sie an seine geöffnete Hose führte, spuckte sie ihm ins Gesicht.

»Komm, nimm ihn dir, er gehört dir …« Noch näher schob er sie zu sich heran, doch da spuckte sie ihm wieder ins Gesicht und traf ihn direkt in die Augen. Diesen einen Moment, in dem er zurückwich, nutzte sie, denn plötzlich erwachte sie aus ihrem Entsetzen, aus ihrer Beschämung und dem Gefühl des Ekels. Sie konnte ihr Knie heben, sie stieß es ihm direkt zwischen die Beine, und für den Moment, als er sie aus Schmerz losließ, stieß sie ihn noch einmal, bis er sich krümmte. Dann sprang sie vom Tisch, drängte sich blitzschnell an ihm vorbei und weiter ins helle Lokal, riss ihren Mantel vom Stuhl, ihre Tasche, und rannte hinaus, stolperte und rannte weiter.

Um halb neun stand sie vor ihrer Pension. Die Tür war noch nicht verschlossen, und so öffnete sie, rannte die Treppe hoch und ließ sich schwer atmend auf ihr Bett fallen. War sie schuld? *Du willst es doch auch* … und dann …

Es war demütigend und abstoßend. Doch dann sprang sie auf, sie hatte nicht viel Zeit, sicher kam das Taxi bald. Sie lief ins Bad hinüber, stellte sich unter die Dusche, wusch sich und trocknete sich ab, bis sie die Spuren von Mario und seinen Händen abgewaschen hatte. Doch die demütigende Erinnerung würde bleiben.

Dann zog sie sich in ihrem Zimmer um, nahm ihre Handtasche, den gepackten Koffer und schleppte ihn die Treppe hinunter. Sie verabschiedete sich von den jungen Frauen, von Mechthilde und June. Doch June begleitete sie hinaus und wartete mit ihr, bis das Taxi kam. »Was ist passiert?«, fragte sie ruhig.

»Warum wart ihr nicht da, warum seid ihr nicht in die Brasserie gekommen?«, fuhr Natalja June an.

»Wieso denn, das war nicht geplant«, sagte June erstaunt. »Das Fest im Konservatorium geht inoffiziell bis Mitternacht. Ich wollte nicht hin, darum bin ich hier. Aber Natalja, was ist los?«

»Ich weiß nicht, ich habe doch *Nein* gesagt …« Ein Schluchzen stieg in Nataljas Kehle hoch, sie spürte noch seine Hände auf ihren Brüsten und Schenkeln. »Und dann … seine Hände unter meinem Pullover …«

June sah sie an, während Natalja das Gesicht abwandte. »Es gibt Männer, die sind der Ansicht, wenn eine Frau Nein sagt, meint sie Ja, es sei weiblich, schamhaft zu sein, Nein zu sagen, obwohl sie will.«

»Ich wollte nicht«, fuhr Natalja sie an. »Ich wollte nicht, nein, ich wollte nicht …«, wiederholte sie mehrmals. »Aber ich habe ihn ermutigt, mit den offenen Haaren, meinem engen Pullover, ich bin schuld …«

»So ein Unsinn!« Junes Stimme klang hart. »Red dir das bloß nicht ein. Frauen können die Haare offen und auch enge Pullover tragen, ohne ein Zeichen zu senden: Hallo, ich bin billig zu haben. Du bist eine junge Frau geworden, Natalja, und kein Mann hat das Recht, einer Frau an die Brüste zu greifen. Verstehst du? Du trägst keine Schuld. Hat er dich …«

»Nein«, schrie Natalja auf, »nein, ich bin weggerannt, aber …« Wieder dachte sie an seine Hände, die sie überall berührten, sie mit Brutalität festhielten. War das nicht bereits eine Vergewaltigung?

»Wir sprechen, wenn du zurück bist, einverstanden? Aber bitte rede dir keine Schuldgefühle ein.« Beschwörend griff June nach ihrem Arm.

Natalja nickte mehrmals und verabschiedete sich von June. War sie ihr nicht eine Freundin geworden, die erste, die Natalja jemals gehabt hatte? Sie, die Außenseiterin, das »Wunderkind«, nie ein ganz normales Mädchen?

Da kam das Taxi, Natalja übergab dem Fahrer ihren Koffer, umarmte June und stieg ein. Sie kurbelte das Fenster hinunter und winkte June ein letztes Mal zu.

In dieser Nacht, in der der Zug durch Frankreich donnerte, manchmal Signal gab und die dunkle Landschaft vorbeizog, wurde Natalja einiges klar.

Bis jetzt hatte sie ein privilegiertes Leben geführt, jeder kam ihr freundlich entgegen, nicht wegen ihrer Begabung, nicht weil sie ein besonders netter Mensch war, sondern weil sie eine Laverne war. Sie hatte nie darüber nachgedacht, was es bedeutete, sein Studium selbst verdienen zu müssen, zu kellnern, als Verkäuferin stundenlang in einem Geschäft zu stehen, putzen zu gehen, zu überlegen, wo man seine Laufmaschen in den Strümpfen billig auffangen ließ, wie man die Pension bezahlte. War es nicht verständlich, dass die anderen sie nicht mochten, sie, dieses verwöhnte Mädchen aus reichem Haus, die das Leben nicht kannte? Die alles haben konnte?

Sie war betroffen gewesen, wenn ein schlecht gelaunter Taxifahrer sie unfreundlich anfuhr, weil er sie eben nicht kannte, so wie der Chauffeur, der sie während der Probezeit vom *Le Bristol* ins Konservatorium gefahren hatte. Weil sie ein Gast in dem Luxushotel war und die Nichte von Luise Laverne.

In Paris war sie einfach nur eine junge Frau gewesen. Und das musste sie lernen.

Und sie hatte auch erfahren müssen, dass Liebe nicht nur Verliebtheit, Herzklopfen und Zärtlichkeit bedeutete, sondern auch ein brutales Spiel von Manipulation und das Zulassen von Macht und Ohnmacht sein konnte.

Als ein nebeliger Morgen anbrach und sie in Baden-Baden in den Regionalzug umstieg, wusste sie, dass eine wichtige Zeit hinter ihr lag, ein Kapitel ihres Lebens, in dem sie erwachsen geworden war. Und während sie am frühen Morgen fröstelnd am Bahnhof auf ihre Mutter wartete, traf sie eine Entscheidung.

Als Victoria verspätet kam, sich entschuldigte, dass sie verschlafen hatte, es sei unverzeihlich, sie dann umarmte und fragte, wie es ihr ging, sagte sie, es gehe ihr gut, wirklich. Aber sie werde nicht mehr nach Paris zurückkehren. Zumindest jetzt nicht.

VIERUNDZWANZIG

Rom
Dezember 1947, zur gleichen Zeit

JULIAN

Elisabetta, wie geht es dir?«

Liebevoll küsste Julian seine Mutter auf die Wange. Sie mochte es, wenn er sie mit der italienischen Form ihres Namens anredete. »Schau dich um, dann weißt du es«, lachte sie. »Wir arbeiten auf Hochtouren, um diese Präsentation so spektakulär wie möglich zu gestalten.«

»Die italienische Presse berichtet seit Tagen darüber«, erzählte Julian. »Du bist ein bewunderter Star der römischen Gesellschaft geworden.« Wieder lachte Elisabeth, dieses Mal geschmeichelt. »Ja, da kannst du recht haben, meine *›galleria tedesca‹* wurde von den Medien zur besten von ganz Rom gekürt. Aber dieses Mal ist es keine normale Vernissage, sondern etwas ganz anderes.«

»Ja, ich weiß, Elisabetta, und die Presse ist voll des Lobs für dich, dass du das organisiert hast.«

In einer Woche wurden Kunstwerke aus Privatbesitz gezeigt und zum Verkauf angeboten, der Erlös sollte Elisabeths Stiftung für römische Kriegswaisen zugutekommen. »Warum fängt die Präsentation schon um sechs Uhr an und nicht erst gegen acht oder neun abends?« Julian hatte ein Programmheft hochgenommen und einen Blick darauf geworfen.

»Ich habe zu einem Cocktail gebeten, ein kleines Champagnerbüfett, meiner Erfahrung nach ist das eine gute Zeit. Die Gäste sind in Kauflaune, trinken Champagner und können sich anschließend noch zu einem Abendessen treffen. Felix wollte auch kommen, aber leider schafft er es nicht«, erzählte Elisabeth. »Er schreibt mir, er müsse sich um die Kinder kümmern, und bedauere es sehr, dass es ihm nicht möglich ist.«

»Ja, das ist wohl so«, stimmte ihr Julian zu.

Doch er kannte die Wahrheit, Luise hatte geschrieben, Felix habe jede Lebensenergie verloren. Viola, sein Lieblingskind, habe sich von ihm abgewendet, da er sich ihr gegenüber gleichgültig zeige. *Und um den kleinen Luitpold kümmert sich Maxim. Aber ich denke, wir müssen Verständnis haben, was Felix erleben und erfahren musste, das muss erst einmal verarbeitet werden. Er hat so lange daran geglaubt, dass Jette noch lebt, und als der Brief kam, über den ich Dir geschrieben habe, brach er vollkommen zusammen. Es ist sehr schade, dass er sich für eine Reise zu Dir und Eurer Mutter nicht aufraffen konnte, zumindest jetzt noch nicht. Lass ihm Zeit, das ist das Einzige, was ich Dir raten kann.*

Julian teilte Luises Meinung, und da er seine Mutter nicht beunruhigen wollte, ließ er sie in dem Glauben, Felix sei ein guter fürsorgender Vater, nach allem, was geschehen war.

»Ariana!« Elisabeth drehte sich um und winkte ihre Assistentin zu sich.

Sie stand sofort neben ihrer Chefin. Mit einem strahlenden Lächeln begrüßte sie Julian.

»Wir müssen bis morgen Abend alles ausgepackt haben, alles muss verteilt werden oder an den Wänden hängen.«

»Bereits ab heute Abend werden Sicherheitskräfte die Galerie bewachen«, fügte Elisabeth hinzu.

»Kommt Ernesto auch zur Präsentation?« Ernesto war seit elf Jahren der Lebensgefährte seiner Mutter. Er war Besitzer eines großen Landguts in der Toskana, und während des Kriegs hatte Elisabeth dort gelebt.

Jetzt schüttelte sie den Kopf. »Nein, er wird immer wunderlicher, er will gar nicht mehr vom Gut weg.« Sie wandte sich Ariana zu und gab ihr einige Anweisungen. Sie wusste, dass ihre junge Assistentin hoffnungslos in Julian verliebt war, und sie war nicht die Einzige, die den schönen Priester anschwärmte.

»Ein Verlust für die gesamte Weiblichkeit«, war Arianas Meinung. Sie schenkte ihm ein strahlendes Lächeln, bevor sie wieder in den hinteren Teil der Galerie verschwand, doch Julians Gedanken waren noch bei seinem Bruder.

»Elisabetta, warum fährst du nach der Präsentation nicht einfach nach Bad Lichtenberg zur Familie, ich denke, Felix braucht dich«, fügte er vorsichtig hinzu. Als Elisabeth ihn überrascht ansah, sprach er schnell weiter. »Auch sollten Luitpold und Viola ihre Großmutter kennenlernen.«

»Machst du mir Vorwürfe?«

»Aber nein, das steht mir nicht zu.«

»Es ist so …«, fing Elisabeth zögernd an. »Ich habe es mir überlegt, aber Luitpolds Therapeut Dr. Gebhardt ist der Meinung, ich sollte nicht kommen. Noch nicht. Luitpold hat große Verlustängste, und wenn ich auftauche und wieder verschwinde, kann Luitpold das sicher nicht verkraften. Er sollte sich erst mental stabilisieren.«

Julian schwieg. »Ich denke«, sagte er dann vorsichtig, »du solltest auf dein Gefühl hören. Aber andererseits kann es doch sein, dass Felix und auch deine Enkel dich brauchen.«

Schweigend sahen sich Mutter und Sohn an. »Ich bin in deinen Augen egoistisch, nicht wahr?« Julian schüttelte den Kopf, er ahnte, was sie empfand. Sie wollte nicht mehr zurück. Sie konnte immer noch nicht Johannes gegenübertreten, dem Mann, der ihre große Liebe gewesen war. Und vielleicht immer noch ist, fügte er in Gedanken hinzu. Und der in seiner Liebe zu ihr so halsstarrig gewesen war und sie gehen ließ. Er wollte sie nicht an ihn, den alten Kerl, wie er sich selbst bezeichnete, binden, sie würde es eines Tages bereuen, und das hätte er nicht ertragen.

»Du machst schon das Richtige«, sagte Julian dann spontan und griff nach ihrer Hand. Er liebte seine Mutter und wollte nichts, was sie tat, infrage stellen müssen. »Ich gehe dann.«

»Ach bitte, bleib noch, ich warte auf einen Geschichtsprofessor aus Padua, der eine Originalzeichnung von Leonardo da Vinci oder einem seiner Schüler zur Verfügung stellt. Sie wird viel Geld einbringen. Ah, da warten sie bereits am Eingang, komm mit.«

Julian folgte seiner Mutter zum Eingang, um das Ehepaar zu begrüßen. Und Elisabeth stellte ihren Sohn vor.

»Wir kennen uns«, erklärte die Ehefrau des Professors und sah Julian direkt in die Augen. Es war Dottore Alberta Cassini, die Frau, mit der er eine Nacht im Kloster Giuliano del Monte verbracht hatte, die Frau, die er nicht vergessen konnte.

Elisabeth sah, wie blass Julian geworden war. »Monsignore, es freut mich, Sie wiederzusehen.«

Alberta trug die braunen Haare streng nach hinten gekämmt, gekleidet war sie in ein schlichtes dunkelblaues Kostüm. Unauffällig und dezent.

»Ihr kennt euch?« Der Professor wandte sich erstaunt seiner Frau und dann Julian zu. Er war etwas kleiner als Alberta, seine Haare mit Grau durchzogen. Ebenfalls streng nach hinten geglättet, betonten sie sein schmales Gesicht. Der Mund schien selten zu lächeln.

»Natürlich habe ich dir von ihm erzählt, er ist der Priester, der vom Vatikan geschickt worden war.« Sie lachte ein wenig, es klang hastig und um Gelassenheit bemüht.

»Kommen Sie, Professore«, forderte Elisabeth Albertas Ehemann rasch auf, »zeigen Sie mir die Skizze. Wir sind schon so gespannt.« Sie nahm ihn am Arm und drängte ihn sanft in den hinteren Teil der Galerie, wo Ariana neugierig herüberstarrte. Spürte seine Mutter die Spannung zwischen Alberta und Julian, war sie so offensichtlich? Auch für den Ehemann?

»Wie geht es dir?«, fragte Julian jetzt und versuchte, leicht und unverbindlich zu klingen.

»Gut«, antwortete sie. »Gut.« Doch während sie lächelte, zu ihrem Mann hinübersah und ihm zunickte, fragte sie: »Warum bist du damals nicht nach Sorrent gekommen?«

»Ich konnte nicht.«

Er wollte nicht erzählen, dass durch diesen Hilfspfarrer im Kloster die Nacht mit Alberta zu einem Skandal geworden war, der auch dem Papst zu Ohren kam.

Alberta sah auf ihre Hände hinunter und drehte an dem kleinen Rubin, den sie am Ringfinger trug. »Ja«, sagte sie dann und hob den Kopf. »Ja, ich weiß.« Sie standen sich stumm gegenüber, bis sie leise sagte: »Mein Mann muss morgen früh nach Padua zurück, ich aber bleibe bis zur Präsentation hier. Lass uns reden, bitte«, fügte sie hastig hinzu, während sie ihren Mann beobachtete, der die Skizze auspackte und sie Elisabeth und Ariana zeigte.

Julian zögerte – wie oft hatte er an sie gedacht. Und jetzt plötzlich stand sie vor ihm, die Frau, die er nicht vergessen konnte. Die einzige Frau, mit der er jemals geschlafen, die er geliebt hatte. Sie sah ihn an, wartete auf seine Antwort. Endlich nickte er. »Vor dem Pantheon, auf der Piazza della Rotonda. Morgen Nachmittag, vier Uhr?«

Da lächelte sie, dann ging sie auf ihren Mann zu, der noch bei Elisabeth und ihrer Assistentin stand. Sie wirkte glücklich, und auch Julian empfand tiefe Vorfreude auf den morgigen

Tag. Er wollte nicht daran denken müssen, was daraus werden könnte, er wollte sie nur treffen, ihr zuhören, sie ansehen, wenn sie sprach. Mehr nicht. Mehr durfte nicht sein.

Es war ein kühler Nachmittag, als Julian zwischen den vielen Touristen vor dem Pantheon auf sie wartete. Er trug eine schwarze Hose und ein weißes Hemd, eine Jacke hatte er über die Schulter gehängt. Ihm war nicht kalt. Viele Blicke blieben an dem attraktiven schlanken Mann hängen. Nichts wies darauf hin, dass er Priester war. Julian war es gewohnt, dass man ihn ansah, er spürte die Blicke nicht mehr. Er wusste, er war ein schöner Mann, doch es bedeutete ihm nichts.

Plötzlich hatte er Angst, Alberta würde nicht kommen, vielleicht hatte sie ihrem Mann gebeichtet, was damals passiert war. Doch dann sah er sie. Sie trug einen leichten hellen Trenchcoat, helle Pumps und eine rote Clutch unter dem Arm. Die Haare fielen ihr bis zur Schulter, sie war leicht geschminkt und hatte die Ausstrahlung einer eleganten Italienerin, die in Rom lebte und mit einem reichen Mann verheiratet war. Suchend sah sie sich um, doch er winkte ihr noch nicht, plötzlich zögerte er. Er hatte den heutigen Nachmittag kaum erwarten können, aber jetzt fragte er sich, ob es richtig war. Was wollte er, nur die Erinnerung aufleben lassen? Sich wieder trennen, den Schmerz des Verlusts noch mehr spüren? War es sinnvoll, sich zu unterhalten, denn mehr durfte nicht geschehen. Er konnte nicht noch einmal gegen das Zölibat, dem er sich verpflichtet fühlte, verstoßen. Er hatte damals bei dem Heiligen Vater die Beichte abgelegt, und der hatte ihm die Absolution erteilt. Nicht noch einmal diesen Schmerz durchmachen, den Schmerz einer Liebe, die nicht erfüllt werden konnte.

In diesem Augenblick hatte sie ihn gesehen – sie lief, fast rannte sie auf ihn zu. Er sah die Liebe in ihren Augen, die Sehnsucht, die ihn betroffen machte, denn hatte nicht auch er sie empfunden, sie nur verdrängt? Sie umarmte ihn stumm, und so verharrten sie, bis auch er die Arme um sie legte und sie an sich zog. Sie mussten nicht sprechen, sie wussten, sie liebten sich und konnten nicht anders, als diese Liebe zuzulassen, alles zu riskieren, egal, was dann passieren würde.

»Wir brauchen Sorrent nicht, wir brauchen nur uns«, flüsterte Alberta, während sie ihn küsste und er den Kuss erwiderte und sie die Menschen um sich herum vergaßen.

Fünf Tage und sechs Nächte. Sie verbrachten sie in der Wohnung von Albertas Freundin. Man musste durch eine Toreinfahrt gehen und kam dann in einen Garten mit hohen Töpfen, in denen immer noch Blumen blühten. Dann stand man vor dem Eingang der Gartenwohnung. Es gab dort kein Telefon, und wenn sie etwas essen wollten, lief Alberta schnell auf die andere Straßenseite in ein Delikatessengeschäft und kaufte dort ein. Niemand konnte sie stören. Sie wurden sich nie genug, sie liebten sich, redeten, lachten und taten so, als gäbe es kein Morgen. Doch beide beobachteten die Uhr, die auf dem Kaminsims stand und ihnen zum Feind wurde.

An den kühlen Abenden zündete Julian den Kamin an, und sie holten alle Kissen, die sie in der Wohnung finden konnten, und setzten sich vor das Feuer. Sie tranken Wein, aßen ein wenig Käse, ein paar Feigen und redeten. Am letzten Abend erzählte Alberta über ihre Kindheit, der Vater, selbst Arzt, unterstützte seine Tochter in ihrem Wunsch, Medizin zu studieren. Doch das war ein schwerer Weg gewesen, bis sie als eine der wenigen Frauen die Erlaubnis bekam, ein Studium an der Universität Padua zu beginnen. Die männlichen Studenten machten ihr das Leben schwer, behandelten sie mit Ironie und von oben herab, wie Alberta erzählte, oder versuchten, sie an den Brüsten zu berühren. Sie wollten sich vergewissern, ob sie wirklich eine Frau sei, erklärten sie lachend. Selbst die Professoren verhielten sich überheblich und väterlich, und einer sagte zu ihr, sie sei doch wirklich hübsch, sie würde doch in jedem Fall einen Ehemann finden, wieso wolle sie studieren?

»Aber dann«, fuhr sie fort, »lernte ich Augusto, meinen Mann, kennen, er war der jüngste Geschichtsprofessor seiner Fakultät. Wir sind uns auf der Treppe der Universität begegnet, ich bin ausgerutscht, gestolpert, und er hat mich aufgefangen und mich an sich gezogen.« Jetzt lachte Alberta. »Und das unter dem Gejohle sämtlicher männlicher Studenten.« Da Julian schwieg, erzählte sie weiter. »Augusto war damals vierzig Jahre alt und ich zwanzig. Er war lange Zeit sehr zurückhaltend, er konnte einfach nicht glauben, dass ich mich für ihn interessieren könnte.«

»Aber das hast du.«

»Ja, Julian, das habe ich, und unsere Beziehung war, nein, sie ist auch jetzt noch sehr gut. Wir verstehen uns auf geistiger Ebene, wir können diskutieren, auch streiten, wir fordern uns gegenseitig, das erhält die Ehe frisch.«

»Und du wolltest nie Kinder haben?«

Sie schüttelte den Kopf. »Nein, mein Mann fühlte sich zu alt, und irgendwie haben wir gespürt, dass ein Kind unsere Beziehung nicht enger machen würde, sondern uns entfremden.« Sie trank einen Schluck Rotwein aus ihrem Glas und stellte es auf dem Boden ab. »Jetzt, da ich zweiundvierzig bin, denke ich manchmal, ich habe etwas versäumt. Es gibt Zeiten, in denen ich es sehr bedauere, kein Kind zu haben. Aber es ist, wie es ist«, fügte sie nach einer kleinen Pause hinzu. »Außerdem hätte ich niemals meinen Beruf für ein Kind aufgeben wollen. Ich bin

Oberärztin geworden, und das habe ich mir hart erkämpft, ich liebe meinen Beruf. Und mit einem Kind …« Der Satz blieb in der Luft hängen, dann aber wandte sie ihr Gesicht Julian zu. »Und du? Gibt es nicht Momente, in denen du bedauerst, auf eine Ehe und ein Kind verzichtet zu haben, bist du nicht oft einsam?«

»Nein, ich bin einen anderen Weg gegangen, und ich bereue es nicht.«

»Hast du diesen Weg, wie du sagst, eingeschlagen, weil du an Gott glaubst, oder geht es um Macht, Karriere, Ehrgeiz?«

»Das eine schließt das andere nicht aus«, sagte Julian ruhig.

Plötzlich schien alles gesagt, sie verstummten und sahen den Funken im Feuer zu, sahen, wie die Flammen niedriger wurden und nur noch zu Glut und Asche zerfielen.

»Ach«, es war, als suche sie noch ein Thema, sie wollte reden, nicht loslassen, nicht in verzweifeltem Schweigen verharren. »Gibt es deinen Bauernhof noch?«

Jetzt lächelte Julian. »Ja, ich war neulich bei Pietro. Es ist ein so schönes Anwesen, Pietro ist hoffnungslos überfordert, und auch die Witwe seines Sohns kann nicht alles übernehmen, vor allem nicht das Geschäftliche.«

»Willst du den Hof nicht einfach doch verkaufen?«

Julian schüttelte den Kopf. »Nein, ich bin es meinem toten Freund schuldig, mich um seinen Vater und den Hof zu kümmern. Aber ich habe da so eine Idee, die muss noch reifen.«

Wieder schwiegen sie.

Als die Kaminuhr elf schlug, sahen sie sich an. Eine Nacht noch, einen halben Tag.

Da zog Julian sie an sich, und sie liebten sich und wussten, es würde das letzte Mal sein.

Erst am frühen Nachmittag des nächsten Tages zogen sie sich schweigend an. Sie berührten sich nicht mehr, sie verabschiedeten sich mit einem kurzen *Wir sehen uns später.* Bevor Julian ging, blieb er vor der Konsole an der Garderobe stehen, hier hatte Alberta bereits ihr Cocktailkleid aus gelber Seide hingehängt, und auf der Konsole lag ein Anhänger, ein einzelner großer Smaragd. »Dieser Anhänger gehört dir?« Erstaunt drehte er sich zu Alberta um. »Der muss ja ein Vermögen wert sein.«

Da schüttelte sie lächelnd den Kopf, nahm ihn und legte ihn sich um den Hals. »Er steht mir, findest du nicht?«

Der Anflug von Koketterie überraschte ihn. »Ja, schon, aber …«

Jetzt nahm sie ihn wieder ab und legte ihn zurück. »Er ist nicht echt«, erklärte sie. »Augusto hat ihn mir geschenkt, weil er mir so gut gefiel. Selbst wenn er nicht echt ist, war er teuer. Denn gearbeitet wurde er von einem sehr berühmten Juwelier, der oft genaue Imitate von Colliers herstellt. Weißt du, manchmal lassen die reichen Frauen die Originale im Safe und tragen dann die Imitate, aber man soll das natürlich nicht erkennen. Darum sieht man auch diesem Smaragd nicht an, dass er nicht echt ist.« Alberta zuckte mit den Achseln und lächelte wieder.

»Ich weiß nicht, das passt so gar nicht zu dir, dass du unechten Schmuck trägst. Warum nicht eine einfache Perlenkette, sie würde besser zu dir passen.«

»Ich habe einfach Lust, ihn heute Abend zu tragen. Es ist perfekt. Außerdem kommt zu diesem Event deiner Mutter die gesamte High Society Roms. Und ich bin mir sicher, alle Damen wollen heute ihren kostbaren Schmuck zeigen, und zwar die Originale. Die Presse berichtet schon seit Tagen über die Gästeliste der Schönen und Reichen. Da zeigt man, was man von Harry Winston und den anderen großen Juwelieren besitzt.« Wieder lachte sie.

Julian sah sie prüfend an, sie hatte ihm gerade eine ganz neue, kokette Seite von sich offenbart. Das brachte ihn dazu, sie anzulächeln, es zeigte eine weibliche Schwäche, die ihm gefiel. »Nun, wenn es dir Spaß macht.« Er nickte ihr zu, und schon schloss sich die Tür hinter ihm. Er wollte den Moment des Abschieds nicht hinauszögern. Er lief durch den Garten bis zur Toreinfahrt, ein letzter Blick zurück. Alberta stand an einem der Fenster, sah ihm nach und hob die Hand, um ihm zu winken. Es war der letzte Eindruck, der letzte Blick von Alberta.

Julian nahm sich ein Taxi und fuhr in seine Wohnung, die sein Vater ihm während seiner Studienzeit gekauft hatte. Er ging durch die stickigen Räume, öffnete die Fenster weit. Auf der Terrasse lehnte er sich gegen das Geländer und sah hinüber zum Petersdom und zum Vatikan. Dann ging sein Blick hinunter auf die Straße. Er erinnerte sich an den Moment, als er mit seinem Freund Klaus hier gestanden hatte und unten eine schwarze Limousine anfuhr. Die Leute waren neugierig stehen geblieben, denn es war ein Wagen des Vatikans, mit dem Kennzeichen CV. Der Chauffeur überbrachte ihm eine Einladung zu einer persönlichen Audienz des Papstes. Das war der Beginn seiner Karriere gewesen, um die er gekämpft hatte. Und wieder hatte er gesündigt, gegen das Zölibat verstoßen.

Er verließ die Terrasse und ging zum Telefon. Er rief seinen Sekretär im Vatikan an, er habe die vergangenen Tage für innere Einkehr gebraucht. »Ich werde jetzt zur Präsentation meiner Mutter in ihre Galerie fahren und komme am späten Abend in den Vatikan zurück.«

»Exzellenz, ich schicke Ihnen Ihren Wagen, in zwanzig Minuten wird er bei Ihnen sein. Sie sollten nicht mit einem Taxi fahren, Rom ist gefährlich geworden.«

Als Julian einhängte, lächelte er über die Fürsorglichkeit seines langjährigen Sekretärs.

So schloss er die Fenster, und während er wartete, ließ er sich auf sein Sofa fallen. Er verbarg das Gesicht in den Händen.

Wenn Alberta in den Nächten geschlafen hatte, war er in den Garten hinausgegangen, hatte sich auf einen Stein gesetzt und versucht, zu beten. Es war ihm nicht gelungen. Alberta kannte die Qualen nicht, die er durchlitt. Die Qual, sie zu lieben, die Qual, sich schuldig zu fühlen, da er sie liebte. Sollte er überhaupt in die *Galleria* fahren, sie noch einmal sehen müssen? Fast war er versucht, zurück in den Vatikan zu fahren, doch dann dachte er an seine Mutter, die sich freute, wenn er kam.

Als es endlich klingelte, erhob er sich. Er würde zu spät kommen, es war bereits halb sieben. So verließ er hastig die Wohnung und das Haus.

Der Chauffeur öffnete ihm die hintere Tür, entschuldigte sich, er sei in einen Stau geraten. Das mache nichts, die Präsentation ginge ja bis circa acht oder neun Uhr, wichtig sei nur, dass er dabei sei. Während der Fahrt war Julian tief in Gedanken versunken, bis er hochschreckte, als der Wagen scharf bremste. »Ich kann nicht weiterfahren, Exzellenz, eine Polizeisperre.« Der Chauffeur drehte sich nach ihm um. »Da vorne muss etwas passiert sein.«

Julian erschrak zutiefst, überall Krankenwagen, Polizei und Leichenwagen.

»Ich versuch's«, erklärte sein Chauffeur knapp und fuhr weiter, und als die Polizisten, die eine enge Sperre gezogen hatten, das Kennzeichen CV erkannten, winkten sie ihn durch. Kurz vor dem Eingang der *Galleria* bremste der Chauffeur scharf und blieb abrupt stehen. »Jetzt geht es wirklich nicht mehr weiter.«

Julian sprang aus der Limousine. »Was ist passiert?« Er packte einen Polizisten am Ärmel seiner Uniform.

»Eure Exzellenz, es hat einen brutalen Überfall auf die *Galleria tedesca* gegeben, ein Massaker. Noch ist unklar, wie viele Tote und Verletzte es sind. Aber mindestens zwanzig Tote …«

Julian spürte, wie sein Herz sich verkrampfte, wie Schwindel ihn packte. *Mutter,* schoss es ihm durch den Kopf … *Mutter …*

Vor dem Eingang nahmen Polizisten gerade ihre Mützen ab, neigten die Köpfe und schlugen das Kreuz, als mehrere Tote auf Bahren an ihnen vorbeigetragen und zu den wartenden Leichenwagen gebracht wurden. Julian drängte sich an ihnen vorbei, und da verrutschte auf einer der Bahren die Plane, schnell über die Tote geworfen, und Julian sah ein blasses Gesicht mit aufgerissenen Augen – sah sie ihn nicht direkt an? Um den Hals hing ihr eine Kette mit einem Smaragd, halb abgerissen, mit Blut verschmiert.

Es dauerte nur Sekunden, bis die Bahre an ihm vorbeigetragen wurde, Sekunden des Entsetzens, Ewigkeit des Grauens. Alberta. Julian taumelte, doch dann boxte er sich durch die Sicherheitskräfte bis zum Eingang der *Galleria* durch. *Mutter, mein Gott, Mutter …*

Auch hier verwehrte ihm die Polizei den Zutritt.

»Ich muss zu meiner Mutter, machen Sie mir sofort den Weg frei. Meiner Mutter gehört die *Galleria,* lassen Sie mich hinein … wissen Sie, wo … ist sie …« Die Sicherheitsbeamten ließen ihn nicht durch, doch da packte Julian einen von ihnen an der Schulter und stieß ihn mit aller Kraft zur Seite. Als ein anderer sich ihm in den Weg stellte, schlug er zu. Und da ließen sie ihn durch.

»Mutter«, schrie Julian. Er stand im Raum zwischen Verwundeten, Notärzten, Krankenschwestern, die Wunden verbanden, Blutungen stillten, und überall lagen Tote in ihrem Blut. *Mutter …*

Da endlich sah er Ariana am Boden knien und einer Frau helfen, den Kopf zu heben. Sie drehte sich nach ihm um, ohne ihn wirklich zu erkennen.

»Es war so grauenhaft«, schluchzte sie. »Fünf vermummte Männer sind hereingestürmt, sie wollten den Schmuck, nur den Schmuck … doch als die Gäste sich gewehrt haben, schossen sie, sie schossen, überall war Blut … ich …«

Ein Sanitäter nahm sie leicht am Arm. »Kommen Sie, Signorina, Sie bekommen eine Spritze.«

»Alles voller Blut … sie haben den Damen die Colliers vom Hals gerissen, die Ringe von den Fingern, den Männern die Uhren vom Arm … alles voller Blut …«

Da aber packte Julian sie heftig am Arm, ohne den Sanitäter zu beachten.

»Meine Mutter, was ist mit ihr?« Während der Sanitäter Ariana zu einem Krankenwagen führte, drehte sie sich nach Julian um. Endlich nahm sie ihn wahr.

»Ihre Mutter ist in die Klinik von Professore Lombardi gebracht worden, sie wird operiert. Es sieht nicht gut aus«, schluchzte sie.

FÜNFUNDZWANZIG

Bad Lichtenberg

DIE FAMILIE

Victoria sah zu, wie Frank seine letzten Sachen, Mäntel, Taschen, mehrere Küchenutensilien im Kofferraum seines Autos verstaute.

»Warum«, fragte sie kopfschüttelnd, »warum willst du nicht morgen früh fahren, warum nachts?«

»Ich weiß nicht.« Er lachte sie an. »Vielleicht ist es ein Hauch Abenteuer, der einsame Old Shatterhand, der nachts durch die Prärie reitet. Oder einfach nur«, fügte er hinzu, »weil nachts die Autobahn frei ist.«

Frank schloss den Kofferraum. Nun war der Moment gekommen, in dem sie sich verabschieden mussten. Was sollte sie jetzt sagen? Frank hatte seinen Vertrag am Kurfürstentheater bereits aufgelöst, um sich in München voll und ganz auf die Inszenierung des *Ring der Nibelungen* vorzubereiten. Er brenne für Richard Wagner, hatte er erklärt. »Ich möchte dieses Werk des großen Komponisten genial inszenieren. So genial, wie seine Musik ist.«

»Du weißt ja, dass Wagner einen schlechten Ruf hat, man bringt seine Musik mit Adolf Hitler in Verbindung. Ich erinnere mich, dass der Sender BBC bei der Nachricht von Hitlers Tod zwei Stunden Wagnermusik gespielt hat.«

»Wagner kann nichts dafür, dass der Führer ihn so bewundert hat.« Franks Stimme hatte ungeduldig geklungen, und Victoria begriff, dass sich Frank in letzter Zeit viele Argumente dieser Art hatte anhören müssen.

»Melde dich, wenn du gut angekommen bist«, sagte sie noch und gab ihm einen schnellen Kuss auf die Wange. »Wir machen es kurz, ich hasse Abschiedsszenen, auf der Bühne wie im richtigen Leben.«

»Du kommst doch zur Premiere, oder?«, fragte er noch schnell, und Victoria versicherte ihm, natürlich käme sie. Doch beide ahnten, dass mit diesem Abschied hier und jetzt die Beziehung zu Ende war.

Victoria spürte Erleichterung – in den vergangenen Monaten hatten sie sich zu oft gestritten, sei es beruflich oder privat. Vor allem, da sie es kategorisch abgelehnt hatte, mit ihm nach München zu gehen. Aber sie hatte sich entschlossen, die Leitung des Kurfürstentheaters zu übernehmen.

»Wir setzen große Hoffnungen auf Sie, Frau Laverne, dass Sie unserem kleinen Barocktheater wieder zu neuem Glanz verhelfen.«

»Ja, aber dazu brauche ich einen Etat, sonst wird das nichts.«

Dazu schwieg sich der Kulturreferent aus. Sie hatte unterschrieben, obwohl sie sich nicht sicher war, dass dies die richtige Entscheidung für sie war.

»Pass auf dich auf«, warnte Frank sie noch, während er bereits einstieg. »Und mute dir nicht immer so viel zu, du wirst auch nicht jünger.«

»Charmant, charmant«, lachte Victoria ironisch die eigene Unsicherheit weg. Frank hatte erkannt, dass sie müde war, dass sie beruflich seit Jahren bereits an ihre Grenzen gegangen war. Und jetzt einen Neuanfang wagen, da sie sich müde und ausgelaugt fühlte? Sie winkte Frank nach, der seine Hand aus dem Fenster hing und auch ihr kurz winkte.

Wieder ein Abschied, wieder ging ein Kapitel ihres Lebens zu Ende. Wann war sie endlich angekommen?

Immer wieder ein Anfang, dann ein Ende. Ein Anfang, ein Ende. Immer so weiter? Keine düsteren Gedanken, nach vorne sehen. Alles wird gut. War das nicht immer ihr Lebensmotto gewesen?

So drehte sie sich um und setzte sich ans Steuer ihres Autos. Sie war spät dran, sicher warteten sie in der Villa schon mit dem Abendessen auf sie. Vor ein paar Tagen hatte Victoria einen leichten Schwächeanfall erlitten, und es wurde sofort der Hausarzt gerufen, der ihr nahelegte, beruflich kürzerzutreten. Die Familie aber beobachtete sie ständig, fragte, wie es ging, was sie am Tag gemacht habe. Es nervte, auch wenn es liebevoll gemeint war. Die Familie also hatte jetzt ein weiteres Mitglied, um das man sich kümmern musste. Die Reihe wird länger, hatte Victoria mit einem kleinen Lachen erklärt, als Luise sagte, man wolle sich auch um sie kümmern, sie müsse aber Selbstfürsorge betreiben, schließlich sei sie erwachsen. Die anderen Sorgenkinder seien eben Kinder, inklusive Natalja, die sich verändert hatte und meist in Schweigen hüllte.

Meist kam auch Johannes zum Essen, so wie Onkel Carl, der entspannt von kleinen Begebenheiten im Rathaus erzählte, und wie sehr er sich über den wohlverdienten Ruhestand mit fast achtzig Jahren freue. Er werde ein Buch über Bad Lichtenberg und seine Geschichte schreiben. Achtzehn Jahre Bürgermeister, das sei eine Erfolgsgeschichte. Und er wolle sich in den Anbau zurückziehen, in dem er in den ersten Jahren seiner Ehe mit Elisabeth gewohnt habe. Auch Luise kam meist zum Essen, auch sie suchte immer mehr das familiäre Zusammensein. »Wir werden älter«, hatte sie erklärt, »und je älter man wird, desto mehr braucht man die Familie.« Maxim wohnte aber vor allem in der Villa, um bei Luitpold zu sein, der jeden Abend strahlend seinen Stuhl ganz eng an den von Maxim stellte. Auch der Sprachlehrer Dr. Scheller ließ sich gern einladen, fast schon gehörte er zur Familie, denn jeder war glücklich, dass Luitpold so große Fortschritte machte und sein Stottern sich ständig verbesserte.

Seine Schwester Viola war am lebhaftesten, sie fühlte sich wohl, war eine sehr gute Schülerin und hatte viele Freundinnen. War sie die Einzige, die die Vergangenheit gut verkraftet hatte? Felix kam meist zu spät, aß wenig und hüllte sich in Schweigen.

Jetzt hielt Victoria vor der Villa, bremste scharf, sprang aus dem Zweisitzer und lief den Kiesweg entlang zum Eingang. Schon als sie öffnete, kam ihr der Duft aus der Küche im Souterrain entgegen. Es sollte heute etwas Besonderes geben, einen Braten mit Rosenkohl und Kartoffeln.

Doch dann erschrak sie, das Radio im Wohnraum war auf höchste Lautstärke gestellt, und als Victoria verwundert aus ihrem Mantel schlüpfte und ihn achtlos auf den Stuhl neben der Tür warf, kam das Hausmädchen Helga auf sie zugestürzt. »Es ist etwas Schreckliches passiert«, flüsterte sie aufgeregt, »es wurde sogar in den Nachrichten gebracht.«

Beunruhigt betrat Victoria das Wohnzimmer.

Luise legte den Finger auf die Lippen, als sie die Schwester hereinkommen sah. *Wir unterbrechen noch einmal unsere Sendung »Melodien der Heimat«, da uns neue Informationen über die schreckliche Bluttat erreicht haben, die sich heute am frühen Abend in Rom ereignete. Sie fand in der* Galleria tedesca, *der Galerie der deutschen Besitzerin Elisabeth Laverne, statt. Kurz nach Beginn des großen gesellschaftlichen Ereignisses, bei dem geladene Gäste aus der High Society Roms anwesend waren, stürmten fünf vermummte Männer in die Galerie, forderten von den Gästen den Schmuck oder raubten sie brutal aus. Dabei fielen Schüsse. Zwanzig Menschen wurden getötet, viele schwer ver-*

wundet. Die Besitzerin Elisabeth Laverne wurde sofort in eine Klinik gebracht. Wie es heißt, konnten die Täter fliehen. Nähere Informationen über das Massaker in Rom in den kommenden Nachrichten um zweiundzwanzig Uhr.

Fassungslos und vollkommen erstarrt sahen sie sich an. »Warum ruft Julian uns nicht an?«

Luise zuckte stumm die Schultern. »Wahrscheinlich ist er mit seiner Mutter in die Klinik gefahren.«

»Aber er muss uns doch informieren, er kann nicht wissen, dass sogar ein deutscher Sender darüber berichtet.« Victorias Ängste entluden sich in Ärger über ihren Cousin.

Carl war blass, er stand zusammen mit Johannes am Tisch, sie stützten sich gegenseitig.

»Wirst du nach Rom fahren?«, fragte Luise ihren Onkel. Letztendlich war Elisabeth ja immer noch seine Ehefrau.

Carl antwortete nicht, er sah seinen Bruder an, dann schüttelte er den Kopf. »Nein, Elisabeth ist schon seit Jahren nicht mehr meine Frau, ich denke, Johannes sollte fahren.« Es war das erste Mal, dass beide es direkt ansprachen. Die Brüder sahen sich an, dann umarmte Johannes Carl, und so verharrten sie einen Moment.

»Ich werde von Baden-Baden aus mit einem Privatflieger nach Rom fliegen, so schnell, wie es eine Flugerlaubnis gibt. Und du, Felix, kommst mit«, wandte er sich an seinen Neffen, der am Tisch kauerte.

Hatte er überhaupt begriffen, was passiert war? Jetzt hob er den Kopf.

»Warum denn?«, fragte er. »Mutter hat doch ihren Lieblingssohn bei sich, da braucht sie mich nicht. Und dann kommt auch noch Johannes, der Mann, der ihr Geliebter war – wieso also dann ich?« Es war eine Provokation gegen die gesamte Familie.

Niemand antwortete, stumm sahen sie sich an. Johannes schüttelte nur den Kopf und lief in sein Arbeitszimmer. Durch die offene Tür hörte man, wie er am Telefon verhandelte.

»Er hat die Situation im Griff«, murmelte Maxim, »er macht alles richtig.«

»Und wir werden die ganze Nacht versuchen, Julian zu erreichen«, schlug Luise vor.

Viola war ganz still, sie erinnerte sich kaum an ihre Großmutter, die nur ein einziges Mal auf dem Gut in Ostpreußen gewesen war. Damals war Viola drei Jahre alt gewesen. Dennoch war sie zutiefst erschrocken, Tränen stiegen ihr in die Augen, bis Natalja den Arm um sie legte und erklärte, ihre Großmutter werde bestimmt wieder gesund. Alle waren erleichtert, dass Luitpold von der neuesten Tragödie, die die Familie betraf, nichts mitbekam. Er und sein Lehrer Dr. Scheller waren noch oben in seinem Zimmer und übten Lesen, bevor zum Essen gerufen wurde.

»Soll ich servieren?« Wilma stand im Türrahmen.

Carl nickte. Ja, wir wollen um der Kinder willen eine gewisse Normalität aufrechterhalten – das sagte sein Blick, den er Victoria, Maxim und Luise zuwarf. Sie verstanden. Und ja, bitte servieren Sie.

Als sie alle Platz nahmen und Luitpold mit seinem Lehrer noch auf der Treppe stand, klingelte das Telefon. Johannes nahm das Gespräch in seinem Arbeitszimmer entgegen. Es kam aus dem Vatikan.

»Julians Sekretär Emilio Francetti hat angerufen. Julian bat ihn darum, uns auszurichten, dass seine Mutter in der Klinik von Professor Lombardi operiert werde, Julian sei dort. Er meldet sich nach der Operation.«

Victoria hatte Viola und Luitpold ins Bett gebracht, er habe geweint und wieder stark gestottert, erzählte sie, als sie herunterkam. »Er hat beim Essen gespürt, dass etwas nicht stimmt. Wenn es ihm nicht besser geht, müssen wir Professor Gebhardt benachrichtigen.«

Sie hatten sich im Wohnzimmer versammelt und warteten. Doch Julian meldete sich nicht. Im Radio war die letzte Sendung gelaufen, es gab keine Nachrichten mehr. »Er wird im Krankenhaus bei Elisabeth sein.«

Es war spät, als Luise sich entschloss, heute in der Villa zu bleiben. Sie ging hoch in ihr Mädchenzimmer, in dem Irene nichts verändert hatte. Alles sollte so bleiben wie damals, als Luise mit achtzehn Jahren nach Paris ging, um mit fünfundzwanzig zurückzukehren. Doch da bezog sie ihre Suite im Hotel. Wenn Luise in der Villa übernachtet hatte, schlief sie im Gästeappartement. Es war größer und hatte ein modernes Badezimmer. Es war ein eigenartiges Gefühl, als sie sich jetzt umsah. Sie zog Schubladen der Kommode auf, und da lagen noch ein paar Nachthemden und ein Schlafanzug aus ihrer Jugendzeit. Sie dufteten nach Lavendel, denn Irene hatte überall in den Schlafzimmern kleine Säckchen mit getrockneten Lavendelblüten in Schränken und Kommoden verteilt, das helfe gegen Motten und sorge für einen schönen Duft. »Ach Mama …« Luise schossen die Tränen in die Augen. Heute kämpfte Mutters ewige Rivalin in einem römischen Krankenhaus um ihr Leben. Die Frau, auf die Irene so viele Jahre eifersüchtig gewesen war.

Endlich zog sich Luise aus und legte sich ins Bett, doch sie horchte angestrengt nach oben in den zweiten Stock. Carl hatte versprochen, alle sofort zu verständigen, wenn Julian sich meldete. Er hatte das Telefon auf sein Zimmer umgestellt.

Unten in der Halle schlug die Standuhr mit ihrem dumpfen Schlag, erst ein Mal, dann zwei. Dann Stille. Plötzlich öffnete sich leise die Tür, Victoria stand dort. »Ich habe Licht gesehen, kannst du auch nicht schlafen?«, flüsterte sie.

Luise richtete sich auf. »Nein, kann ich nicht.«

»Darf ich?«, flüsterte Victoria, und Luise nickte, und so schob sich ihre Schwester zu ihr ins Bett. »Weißt du noch, als Kind bin ich oft zu dir ins Bett gekrochen, wenn du in den Ferien zu Hause warst. Ich habe das Internat gehasst, weil es dich mir weggenommen hat und du dort Freundinnen gehabt hast. Ich war eifersüchtig.«

»Das hast du mir gar nicht erzählt!« Luise richtete sich erstaunt auf.

»Ich habe mich immer so sehr gefreut, wenn du in den Ferien gekommen bist, und habe geweint, wenn du wieder weggefahren bist«, erzählte Victoria leise weiter.

»Wirklich? Du hast doch getan, als wäre es dir egal, wenn ich abfahre.«

»Ja, ich habe eben so getan, ich wollte kein weinerliches kleines Kind sein.

Als du zur Hochzeit deiner Freundin nach Paris gefahren bist, war ich gerade mal neun. Ich habe geheult wie ein Schlosshund. Vielleicht habe ich ja geahnt, dass du erst nach sieben Jahren zurückkommen wirst.«

»Aber du warst doch dann auch im Internat.«

»Ja, schon, aber es gab diese Verbindung zwischen uns nicht mehr.«

»Als ich dann aus Paris zurückkam, warst du fast erwachsen, Vic.«

»Na ja, mehr oder minder. Ich war sechzehn.«

Sie schwiegen, dachten an die Jahre, in denen Luise nicht mehr in die Villa kommen durfte. Ihr Vater hatte es ihr verboten. *Nur wenn sie sich entschuldigen würde, kann sie zurück in die Familie kommen.* Johannes war hart geblieben, und Luise sah keinen Grund, sich zu entschuldigen. Sie hatte einen Mann geliebt – und dafür sollte sie sich entschuldigen? Erst eine furchtbare Katastrophe hatte dann endlich zur Versöhnung geführt.

»Weißt du noch?«, flüsterte Victoria, nachdem beide in Gedanken an die Vergangenheit versunken waren. »Ich konnte als Kind so schlecht einschlafen, und dann hast du mit mir gesungen.«

»Ich erinnere mich.« Auch Luise flüsterte. Dann plötzlich fing sie an zu singen, erst leise und zart, dann fiel Victoria ein, und sie sangen beide laut.

Frère Jacques …
dormez-vous?
dormez-vous?
Sonnez les matines
Sonnez les matines
Ding-dang-dong …

Sie wurden lauter, es war befreiend, die Stille mit ihrem Gesang zu durchbrechen, die Angst durch Singen zu vertreiben, die Nacht mit ihrer Angst zu besiegen.

Frère Jacques, tönte es bis hoch in den zweiten Stock, wo Carl in seinem Zimmer auf dem Bett saß, die Hände vors Gesicht geschlagen, und an Elisabeth dachte, die Frau, die er vor vierzig Jahren geheiratet, die er geliebt hatte und die doch seinen Bruder liebte. Er hatte Karriere gemacht, war über Jahre ein guter Bürgermeister gewesen. Er hatte sich um das Wohl der Stadt gekümmert und sich eingesetzt, doch wenn er nach Hause kam, hatte er die Blicke gesehen, mit denen seine geliebte Frau Johannes ansah. Carl hatte immer gewusst, er konnte sich auf seinen Bruder verlassen, niemals würde er ihn betrügen. Er wusste, sie hatten sich ein einziges Mal geliebt, nur ein einziges Mal, doch das hatte bewirkt, dass Elisabeth ging. Er hätte ihr doch verziehen, er hätte alles getan, um sie glücklich zu machen, seinen Bruder in der Liebe zu ersetzen, doch sie war gegangen.

Jetzt hob er den Kopf und lauschte.

Frère Jacques …
Dormez-vous …

Gedämpft erklang es aus dem ersten Stock.

Er erhob sich, öffnete die Tür – hatte er sich getäuscht?

Ding-dang-dong …

Ein Klang aus weiter Ferne, ein Klang aus längst vergangener Zeit, als sie alle hier lebten und glücklich waren, als noch keine Kriege über das Land brausten, als sie dachten, das Glück würde ewig dauern.

Dormez-vous …

SECHSUNDZWANZIG

Rom

JOHANNES

Sind Sie der Vater der Signora?«

Die Frage des Chirurgen traf Johannes tief. Oder hatte er den italienischen Arzt falsch verstanden? Aber er beherrschte die Sprache, es konnte kein Irrtum sein. »Nein«, erklärte er zurückhaltend, »ich bin ihr Ehemann.«

»Sie können nur ganz kurz hinein, Ihre Frau ist noch ohne Bewusstsein«, ermahnte ihn der Arzt, der mit ihm zu einem Zimmer ging und die Tür leise öffnete.

Neben dem Bett saß eine Krankenschwester, die sich sofort erhob, als sie eintraten. Professor Lombardi nickte ihr zu, flüsterte, dies sei der Ehemann der Signora, er dürfe aber nur ganz kurz bleiben.

»Wir haben sie sieben Stunden operiert, fast wäre sie uns noch auf dem Operationstisch unter den Händen weggestorben. Die Wunde am Kopf ist nicht gefährlich, nur ein Streifschuss. Aber der andere Schuss ist direkt neben dem Herzen in den Körper eingetreten, es ging um Millimeter. Sie hat großes Glück gehabt.«

Johannes trat leise ans Bett und beugte sich über Elisabeth. Sie trug einen Kopfverband, ihre Augen waren geschlossen. »Elisabeth«, flüsterte er, »Elisabeth.« Zart legte er eine Hand auf ihre Stirn und küsste sie zärtlich auf die Wange. Da bat ihn die Krankenschwester bereits wieder, zu gehen.

Draußen auf dem Gang prallte Johannes beinahe mit einem gut aussehenden, braun gebrannten Mann zusammen, der ihn voller Verwunderung ansah. Ein Assistenzarzt erklärte Johannes, es sei etwas verwirrend, denn dieser Herr, Ernesto Cucinelli, behaupte ebenfalls, der Gatte der Signora zu sein. Die beiden Männer starrten sich voller Wut und Abneigung an, dann drehte Johannes sich wortlos um und lief den Gang entlang. Fast fluchtartig verließ er die Klinik.

Vor dem Eingang blieb er stehen und atmete tief durch. Das also war der Mann, mit dem Elisabeth während des Kriegs in der Toskana gelebt hatte, der Mann, der ihre Liebe besaß, der sie offenbar glücklich machte, der Mann, der sicher zwanzig Jahre jünger war als er. Der Arzt hatte diesen … diesen … wie auch immer sein Name war … sicher nicht gefragt, ob er der Vater der Patientin sei. Er, Johannes, war alt. Er hatte keinen Anspruch mehr auf ihre Liebe. Für Elisabeth war er sicher nur Vergangenheit, gehörte zu ihrem früheren Leben in Bad Lichtenberg, dem Ort, an den sie nie mehr zurückgekehrt war. Er hätte nicht kommen dürfen.

Plötzlich stand Julian neben ihm. »Schön, Johannes, dass du hier bist. Ich habe Mutter kurz gesehen, als sie aus dem OP kam. Jetzt war ich in der Kapelle der Klinik und habe gebetet.«

»Dein Vater meinte, ich solle kommen, nicht er«, murmelte Johannes.

»Das ist gut so, wir alle wissen, wie sehr du Mutter geliebt hast und wie sehr sie dich liebt.«

Johannes antwortete nicht, er spürte nur diese tiefe Verzweiflung, die Hilflosigkeit, alt zu sein. Er kam sich plötzlich lächerlich vor, dass er ein Privatflugzeug gechartert hatte, um nach Rom zu fliegen, zu ihr zu fliegen, sie, die ihn sicher längst vergessen hatte. »Ich hätte nicht kommen sollen, für mich ist kein Platz mehr in ihrem Leben.«

»Johannes«, antwortete Julian ruhig, »das ist jetzt nicht der Moment für Selbstmitleid. Das Wichtigste ist doch, dass Mutter überlebt. Ich habe die ganze Nacht vor dem OP-Saal gesessen, zweimal kam die Schwester heraus, um mir zu sagen, sie hätten sie verloren, doch ein Wunder hat sie gerettet. Gott hat sie gerettet, und er wird auch wissen, warum sie leben darf.«

Jetzt erst erkannte Johannes, wie müde, erschöpft und verzweifelt sein Neffe aussah. Er erschrak. »Ich bin ein Egoist, entschuldige. Aber warst du dabei, als es passiert ist?«

Julian schüttelte den Kopf. »Nein, ich hatte mich verspätet. Weißt du, Johannes«, sagte er plötzlich, »gestern Abend ist die Frau erschossen worden, die ich geliebt habe. Alberta Cassini.« Er sprach diesen Namen langsam aus. »Sie musste sterben, weil sie einen Smaragdanhänger trug. Er war nicht einmal echt.« Plötzlich kamen ihm die Tränen, den Abend davor, die Nacht, er hatte sie tränenlos überstanden, nur in der Angst um seine Mutter.

Die Trennung von Alberta war durch den Mord an ihr gewaltsam besiegelt worden. Wenn er die Augen schloss, sah er das grausame Szenario. Sie war an ihm vorbeigetragen worden, das Tuch war verrutscht, und sie hatte ihn mit starren toten Augen angesehen. »Ich habe sie geliebt, aber Gott hat mich bestraft, da er sie sterben ließ. Ihr Tod für unsere Sünde.«

»Julian …« Johannes' Stimme hatte seine gewohnte Energie wiedergewonnen. »Das darfst du nicht einmal denken, wieso soll Gott, an den du glaubst, Liebe bestrafen.«

Julian schwieg, sie sahen sich an, dann umarmten sie sich, und beide schämten sich ihrer Gefühle, ihrer Tränen nicht. Endlich löste sich Julian. »Deine Frau hat immer gesagt, Liebe sei Schmerz, weißt du das?«

Erstaunt schüttelte Johannes den Kopf, nein, davon wisse er nichts.

»Was willst du jetzt machen, Johannes?«, fragte Julian vorsichtig.

Sein Onkel hob die Schultern und ließ sie wieder fallen. »Ich weiß es nicht, ich werde wahrscheinlich zurückfliegen.«

»Nein, bitte bleib. Das ist doch dein Wunsch, oder etwa nicht? Du willst sicher wissen, wie es ihr weiterhin geht.«

Stumm nickte Johannes.

Julian holte den Wohnungsschlüssel aus seiner Tasche. »Ruh dich aus, ich komme dann später zu dir und halte dich auf dem Laufenden. Auch kannst du von meiner Wohnung aus ein Gespräch nach Hause anmelden. Hier ist meine Adresse.«

Sie umarmten sich noch einmal, zwei Männer, die gestern die Frau verloren hatten, die sie liebten. Julian durch den Mord an ihr, Johannes hatte Elisabeth verloren, denn sie liebte einen anderen. Seit heute Morgen hatte er diese Gewissheit. Er würde zwar noch in Rom bleiben, bis sie gesund war, doch er würde nicht mehr ins Krankenhaus gehen – der Platz dort gehörte einem anderen. Einem Jüngeren. Dem Mann, den sie offensichtlich liebte und zu dem sie sicher zurückgehen würde.

Es war ein sonniger, mäßig warmer Tag, als Johannes zu Fuß durch Rom lief, um sich endgültig in Gedanken von Elisabeth zu verabschieden. Sie gehörte nicht zu ihm, hatte nie zu ihm gehört. Sie war die Frau seines Bruders gewesen, und jetzt war dieser junge Mann von circa sechzig Jahren an ihrer Seite.

Er hatte sie verloren.

Im Krankenzimmer schlug Elisabeth die Augen auf. »Johannes«, flüsterte sie, lächelte und schloss wieder die Augen. »Johannes, wie schön, dass du da bist.«

»Es tut mir leid, aber ich bin es, Ernesto. Du musst geträumt haben, nur ich bin bei dir.«

Dann verschlechterte sich Elisabeths Zustand plötzlich. »Sie müssen mit dem Schlimmsten rechnen, tut mir leid«, sagte Professor Lombardi zu Julian, »wir haben sie auf die Intensivstation verlegt. Da gibt es in den nächsten Stunden leider Besuchsverbot.«

Julian ging wie betäubt in Richtung der Kapelle, da plötzlich stand Johannes vor ihm. »Ich habe es in deiner Wohnung nicht ausgehalten. Ich muss einfach wissen, wie es ihr geht.« Da sah Julian ihn an. »Wir sollten Felix benachrichtigen, denn die Lage ist ernst.«

Am nächsten Morgen traf Felix in Rom ein, und sein Bruder holte ihn am Bahnhof Termini ab. Julian erschrak über das Aussehen von Felix. Blass, unrasiert, schlecht gekleidet stieg er aus dem Zug und sah sich unsicher um. Julian ging auf ihn zu und nickte auf die stumme Frage, ob ihre Mutter noch lebe.

»Komm.« Julian hängte sich bei ihm ein. »Ist das dein ganzes Gepäck?« Er wies auf eine Reisetasche.

»Die hat mir Luise rasch gepackt«, murmelte Felix, er wollte nicht preisgeben, dass sein Vater Carl ihn geschüttelt hatte und ihn unter Druck setzte, noch am Nachmittag nach Rom zu fahren. Er hatte Angst gehabt, Angst, dem Sterben seiner Mutter zusehen zu müssen, Angst auch, sie sei tot, wenn er ankam. Unmittelbar mit Sterben und Tod konfrontiert zu werden. Hatte er nicht schon zu viel verkraften müssen?

»Wir fahren direkt ins Krankenhaus und anschließend in meine Wohnung, da kannst du dich frisch machen und etwas schlafen. Ich denke, das ist in deinem Sinn.«

Schweigend verließen sie den Bahnhof, stiegen in ein Taxi und fuhren in die Klinik von Professor Lombardi. Felix brach der Schweiß aus, er fühlte sich miserabel. Julian schien seine schlechte Verfassung zu spüren, er legte seine Hand auf die seines Bruders und umschloss sie fest. Diese Geste beruhigte Felix. *Du bist nicht allein*, bedeutete sie, *ich bin bei dir, dein Zwillingsbruder.*

Wenig später betraten sie die Klinik und gingen einen langen Gang entlang, bis Julian vor einer Tür stehen blieb. »Mutter ist nicht mehr auf der Intensivstation, sondern wieder in ihrem Zimmer. Ich denke, du gehst allein hinein und bleibst, solange du es für richtig hältst.«

Leise öffnete Julian die Tür für Felix und schloss sie hinter ihm wieder. Auf Zehenspitzen trat Felix ans Bett seiner Mutter. Er erschrak zutiefst. Sie trug einen Verband um den Kopf, war zutiefst blass, die geschlossenen Augen eingesunken. Außerdem war sie an mehrere Geräte angeschlossen. Elisabeth schien zu schlafen. Leise setzte sich Felix auf den Stuhl an ihrem Bett und griff zögernd nach der Hand seiner Mutter, in der keine Nadel steckte.

Da bewegte sie sich ein wenig. »Schön, dass du da bist«, flüsterte sie.

Felix erschrak, unwillkürlich zog er die Hand zurück. Er kam sich überflüssig vor, wie ein Eindringling. Sicher meinte sie Julian. Schon wollte er aufstehen und flüchten, doch da lächelte sie wieder. »Ich bin glücklich, Felix, dass du gekommen bist.«

Da spürte Felix seine Tränen, die ihm in die Augen stiegen, Tränen, da er geliebt wurde, obwohl er ein Versager war. Es gab einen Menschen, der ihn bedingungslos liebte: seine Mutter. Wieso erkannte er das erst jetzt, da sie vielleicht sterben würde?

Er weinte lautlos, strich Elisabeth scheu über die Wange, und wieder lächelte sie. »Ach Felix, ich wünsche mir so sehr, dass du wieder glücklich sein wirst und für dich eine Heimat findest.«

Es waren Tage, an denen Felix und Julian sich am Bett von Elisabeth ablösten, bis endlich die Nachricht kam, sie habe es geschafft. Sie sollte aber in ein Sanatorium, und das sicher für eine lange Zeit, denn auch das traumatische Erlebnis müsse aufgearbeitet werden. Elisabeth konnte bereits stundenweise im Rollstuhl sitzen, und es war Johannes, der sie in den Park der Klinik schob und mit ihr auf einer Bank saß, denn Ernesto war auf Elisabeths Wunsch abgefahren. Dort blieben sie täglich eine gute Stunde, bis Elisabeth wieder müde wurde. Sie saßen dort, hielten sich an der Hand und sprachen wenig.

»Ein Paar, das sich das ganze Leben lang geliebt hat.« Julian wandte sich an seinen Bruder. »Wie traurig, dass sie ihre Liebe nie ausleben konnten.«

Die beiden Brüder saßen in Julians Wohnung, endlich hatten sie Zeit gefunden, miteinander zu sprechen.

»Mir tut auch unser Vater leid«, erklärte Felix. »Vor Jahrzehnten kam er mit seiner jungen Frau in die Familie, und da musste er erkennen, dass sich sein Bruder und sie vom ersten Moment an ineinander verliebten. Es war verrückt. Mutter war mit uns beiden schwanger und Johannes verheiratet und hatte drei Kinder.«

»Du hast recht«, antwortete Julian, »aber die Liebe überwältigt dich, man ist hilflos. Man ist ihr ausgeliefert. Und wie du weißt, sie haben sich fair gegen ihre Partner verhalten. Obwohl ich heute denke, sie hätten sich viel früher zueinander bekennen sollen.«

»Das glaube ich auch«, antwortete Felix. »Vater hätte es verkraftet, wenn sie sich ganz offen füreinander entschieden hätten.«

»Sie haben immer geschwiegen, das ist es. Aber man muss miteinander reden, sich ausdrücken, zu seinen Gefühlen stehen.«

»Du hast recht, das sollte man. Und darum sage ich dir, ich will nicht mehr nach Hause. Auch wenn du mich jetzt verurteilst, weil meine Kinder dort sind, aber ich kann einfach so nicht mehr leben.«

»Wieso sollte ich dich verurteilen? Es ist das erste Mal, dass du dich äußerst und aussprichst, was du fühlst.« Nachdenklich beobachtete er seinen Bruder, der zusammengekauert auf dem Sofa saß und die Hände vors Gesicht geschlagen hatte. Dann legte Julian ihm die Hand auf die Schulter. »Weißt du was? Wir werden morgen einen Ausflug machen und über Nacht wegbleiben, das müssen wir Johannes sagen.«

Felix nahm die Hände vom Gesicht. »Wohin, was hast du vor?«

Da lächelte Julian, hob die Schultern und meinte nur, sein Bruder solle abwarten.

Erst auf der Fahrt an den Comer See erzählte ihm Julian von seinem gefallenen Freund Davide und dessen Vater Pietro. »Mein Freund und ich haben ihn oft auf seinem Hof besucht, er liegt oberhalb des Sees und ist ein sehr schönes Anwesen. Nach dem Tod seines einzigen Sohns vernachlässigte Pietro das Anwesen, und so kam es zur Zwangsversteigerung. Ich wusste, wie viel der Hof Davides Vater bedeutet, und so habe ich ihn ersteigert. Ich habe Pietro, der jetzt sehr alt ist, versprochen, den Hof nur in gute Hände zu geben.« Felix sah ihn schweigend an.

Julian warf ihm einen kurzen Seitenblick zu, ahnte er, was er ihm damit sagen wollte?

Als der Wagen hielt, sah Felix ein Haus aus grauen Steinen mit einem tiefgezogenen Dach, auf dem das Moos wuchs. Dazwischen blühten sogar ein paar späte Blumen. »Das muss renoviert werden, wie kann man nur …« Angeregt von dem Anblick des Hauses, das ihm aber offensichtlich gefiel, stiegen sie aus.

»Dort in dem kleinen Haus wohnt Pietro«, erklärte Julian.

Die Tür öffnete sich, und heraus kam der alte Mann, begrüßte beide herzlichst, staunte, dass Felix und Julian Zwillingsbrüder seien, und dann machten sie einen Rundgang über das Anwesen.

»Wir haben viele Olivenbäume, und da drüben«, Pietro zeigte auf einen lang gestreckten Bau, »da stellen wir das Öl und die Olivenpaste her, die wir dann freitags unten in Como auf dem Markt verkaufen.«

»Öl? Sie stellen Öl her?« Julian erkannte das Interesse seines Bruders. »Wissen Sie, ich habe Rapsöl hergestellt.«

Er fing ein lebhaftes Gespräch mit Pietro an, dessen Frau eine Südtirolerin gewesen war und der sich gut in der deutschen Sprache verständigen konnte.

Während des Gesprächs zog sich Julian ein wenig zurück. Mit Freude sah er, wie das Gesicht seines Bruders Farbe bekam und wie er endlich wieder lachte und sich lebhaft unterhielt. Dann betraten sie das Haus. Dunkle Balken zogen sich durch die Decke, im Kamin loderte ein Feuer. Von diesem Raum aus hatte man einen direkten Blick in die Küche mit einem langen dunklen Holztisch, über dem Kupferpfannen von der Decke an einem Querbalken baumelten. Eine ältere Frau kam heraus und begrüßte die Gäste mit einem Buona giornata herzlich.

»Das ist Maria, die Haushälterin«, stellte Pietro sie vor, »sie spricht kein Wort Deutsch, aber sie würde sich sowieso nichts sagen lassen«, grinste er. »Wir beschäftigen drei Arbeiter, in der Saison sind es dann zwischen acht und zehn. Bitte nehmen Sie Platz, gleich gibt es Essen«, erklärte er dann, »aber wir warten noch auf Emilia. Sie wird gleich hier sein.«

»Wer ist Emilia?«, wollte Felix wissen.

»Meine Schwiegertochter beziehungsweise die Witwe meines Sohns. Sie lebt unten in Como bei ihrer verheirateten Schwester. Sie ist die Leiterin unserer Manufaktur für Öl und den Olivenaufstrich.«

Sie nahmen an dem großen gedeckten Tisch Platz, und da öffnete sich bereits die Tür, und herein trat vollkommen außer Atem eine junge Frau mit dunklen lockigen Haaren und einem strahlenden Lächeln.

»Wir kennen uns ja bereits«, begrüßte sie Julian mit Südtiroler Akzent.

Julian stellte ihr Felix vor.

Lächelnd reichte Emilia Julians Bruder die Hand und sah ihn forschend mit ihren großen dunklen Augen an. Felix ergriff zögernd ihre Hand, während er ihr Lächeln erwiderte.

Als sie am nächsten Tag in Rom ankamen und rasch in Julians Wohnung fuhren, überraschten sie Johannes beim Packen. »Ich fahre nach Hause, heute noch«, erklärte er, »und keine Widerrede. Dieser … dieser … der Freund eurer Mutter ist wieder zurückgekommen, er ist jetzt bei ihr im Krankenhaus.«

Johannes ließ sich nicht von seinem Plan abbringen. »Ich habe nur noch auf euch gewartet. Aber nun bin ich weg.«

Ein wenig später stand Felix auf der Terrasse von Julians Wohnung. Er beugte sich über das Geländer und sah unten auf der Straße die schwarze Limousine des Vatikans vorfahren.

Da drehte er sich um und ging ins Wohnzimmer. »Du musst zurück, nicht wahr?«

Julian nickte. »Die Festtage stehen vor der Tür. Ich werde in dieser Zeit an der Seite des Heiligen Vaters sein.«

»Ich werde über Weihnachten bei unserer Mutter bleiben, ich denke, meine Kinder verstehen das.« Sie werden mich nicht vermissen, schoss es ihm durch den Kopf, doch das sprach er nicht aus.

Julian hatte Elisabeth im Krankenhaus angerufen. »Mutter ist vollkommen aufgelöst«, erklärte er Felix nach dem Gespräch. »Es ist richtig, Ernesto war da, er will sie zurückhaben, er habe viele Fehler begangen. Aber Mutter hat endgültig mit ihm Schluss gemacht. Aber Johannes hat ihr gar nicht zugehört. Er hat Ernesto nur gesehen und dann die Flucht ergriffen.«

Die Brüder sahen sich an, dann lachten sie beide los. »Man glaubt es nicht, die beiden verhalten sich wie Teenager, die zum ersten Mal verliebt sind.«

Felix also würde über Weihnachten bei ihrer Mutter bleiben und die Brüder sie anschließend ins Sanatorium bringen. »Wenn du Lust hast, komm am Heiligen Abend in die Messe in den Petersdom. Man wird für dich einen Platz ganz vorne reservieren. Es ist ein großes Fest, an dem wir die Geburt unseres Herrn Jesu Christi feiern.«

Felix nickte. Wie lange war es her, dass er eine Kirche betreten hatte? Doch das war jetzt etwas anderes, etwas Großartiges, etwas, das er mit seinem Bruder teilen konnte.

»Nimmst du mich ein Stück mit?«, fragte er dann. »Ich laufe ein wenig durch Rom, bevor ich zu Mutter ins Krankenhaus gehe.«

»Natürlich, komm.«

Zusammen fuhren sie in der Limousine in Richtung Vatikan. »Und? Hast du es dir überlegt?«, wandte sich Julian an seinen Bruder. »Lass dir aber Zeit, wenn du dir noch nicht sicher bist, ob du den Hof übernehmen willst.«

»Ich bin mir sicher.« Felix reagierte lebhaft. »Ich gehe das Risiko ein. Es muss viel gemacht werden, das Haus muss renoviert werden, und wie du erzählt hast, steckt der Hof tief in den roten Zahlen. Aber ich werde es schon schaffen.«

»Ich freue mich für dich«, sagte Julian, »aber ich werde ihn dir nicht schenken. Sondern verpachten.«

»Ja, das ist gut, natürlich.« Felix lächelte, er durchschaute Julian. Er wollte durch die Pacht Felix' Ehrgeiz anspornen, er würde alles tun, um bezahlen zu können. Würde er ihm den Hof schenken, würde Felix vielleicht in eine gewisse Gleichgültigkeit zurückfallen, wenn sich nicht sofort Erfolg einstellte. »Ich weiß nur nicht, ob meine Kinder …«

»Deine Kinder lässt du natürlich in Bad Lichtenberg«, unterbrach ihn Julian. »Dort haben sie Wurzeln geschlagen, Luitpold macht seine Therapie, und Viola hat sich in der Schule eingelebt. Das hat Johannes doch alles erzählt. Du kannst sie nicht hierher verpflanzen, sie beherrschen die Sprache nicht, und der Schulweg nach Como da unten würde jeden Tag hin und zurück zwei Stunden dauern. Das ist doch Unsinn, das muss dir klar sein.«

»Natürlich, du hast recht. Sie sind in Bad Lichtenberg glücklich.«

»Dann ist ja alles geklärt, zumindest im Moment.« Julian legte die Hand auf die seines Bruders. Er freute sich, denn er spürte eine neue Energie, Vorfreude auf etwas, das ihn forderte, seinen ganzen Einsatz brauchte. »Felix, du hast einen Neuanfang in deinem Leben gefunden und wirst erfolgreich sein, wie du auch in Ostpreußen erfolgreich gewesen bist.«

Felix lehnte sich lächelnd in das Polster des Sitzes zurück. Sein Bruder ermöglichte ihm diesen Neuanfang, an den er nicht mehr geglaubt hatte und der sich so ganz anders gestaltete, als er ihn sich vorgestellt hatte. Dann öffnete er wieder die Augen und wandte sich an Julian: »Und du? War nicht einmal davon die Rede, dass du Erzbischof von München und Freising werden solltest?«

»Ja, sicher, aber ich gehe einen anderen Weg. Ich bleibe im Vatikan. Noch.«

Jetzt hielt die Limousine, der Chauffeur öffnete ihnen die hintere Tür, und die Brüder stiegen aus. Weiter konnte Felix nicht mitfahren. Sie umarmten sich lange, bis der Chauffeur hüstelte und erklärte, man müsse sich beeilen. »Seine Exzellenz, der Heilige Vater, erwartet Sie.«

Julian löste sich aus der Umarmung, stieg wieder ein, und Felix wartete, bis die Limousine abfuhr. Julian saß im Fond des Wagens, ein kurzes Winken, dann fuhr der Wagen ab.

Julian lehnte sich zurück und schloss die Augen. Er hatte etwas bewirkt, er hatte seinen Bruder aus der Depression geholt und hoffentlich auch glücklich gemacht. Gott schütze dich, Felix.

Er fuhr zurück in den Vatikan, seine geistige Heimat, sein Zuhause. Er hatte eine Liebe erlebt, ihren Schmerz und auch das unbeschreibliche Glück.

Es war vorbei, doch die Erinnerung an dieses Glück würde ihn sein Leben lang begleiten auf seinem Weg zur Spitze im Vatikan. Auf dem Weg zur Macht.

SIEBENUNDZWANZIG

Bad Lichtenberg
April 1948

NATALJA

Wirfst du das alles weg?«

Viola stand in der Tür und sah verwundert zu, wie Natalja Kleider und Schuhe aus ihrem Schrank räumte und sorgfältig in einen großen Korb sortierte.

Natalja sah hoch. »Nein, Frau Wöhler wird diese Sachen in die Flüchtlingshilfe bringen. Ich brauche das alles nicht mehr.«

»Und du meinst, die Frauen, die aus Ostpreußen geflüchtet sind, brauchen solche eleganten Sachen?« Zweifel sprachen aus Violas Worten.

Jetzt lachte Natalja. »Im Grunde hast du recht, aber ich denke, ein schönes Kleidungsstück freut jede, auch wenn man es nur ansehen kann.«

»Meinst du?« Violas Stimme klang zweifelnd. Doch dann stieß sie einen kleinen Schrei aus. »Du gibst diesen schönen Angorapulli weg, der ist von Elsa Schiaparelli.« Schon zog ihn Viola aus dem Berg Kleider heraus und hielt ihn sich an.

»Woher weißt du, dass er von dieser Modeschöpferin ist?«

»Weil es auf dem Etikett steht und weil mir Luise von Elsa erzählt hat. Du musst ihn behalten, er steht dir so gut.«

Doch Natalja schüttelte den Kopf. »Nein, Süße, nein. Ich möchte ihn nicht mehr tragen.«

»Warum nicht, hast du eine schlechte Erinnerung daran?«

Natalja sah Viola an. Ahnte das Mädchen, dass genau das der Grund war, diesen Pullover zu verschenken? Dass sie nichts haben wollte, was sie an Mario Kröger und diesen Abend in der Brasserie erinnern würde?

»Darf ich ihn behalten? Ach bitte.«

Viola sah Natalja so bettelnd an, dass Natalja nachgiebig wurde. »Ist gut, nimm ihn.«

Viola stieß einen kleinen Schrei aus, lief zum Spiegel an Nataljas Schrank und hielt ihn sich an. Sie sah hinreißend aus, aber was stand Viola nicht? Sie war mit zwölf Jahren sicher das schönste Mädchen der ganzen Stadt, doch sie war nicht einmal eitel. Ihre Schönheit war für sie eine Selbstverständlichkeit.

Dann ließ sie die Hand mit dem Pullover sinken und holte ein Kuvert aus ihrer Jackentasche. »Willst du Fotos sehen? Papa hat sie uns geschickt. Es geht ihm sehr gut«, erzählte sie, während sie Bilder aus dem Kuvert zog und sie auf dem Tisch ausbreitete.

Natalja beugte sich darüber. »Euer Papa sieht glücklich aus.«

»Ja, das finde ich auch. Es geht ihm gut, das schreibt er auch. Und siehst du das Haus? Ist das nicht schön?«

»Ja, und weißt du, wer diese Frau neben dem alten Mann und deinem Vater ist?«

Da schüttelte Viola den Kopf und sammelte die Fotos wieder ein. »In den großen Ferien besuchen wir ihn.«

Natalja hatte von der Familie gehört, dass Felix sich sehr verändert hatte. Er arbeitete, renovierte das Haus und ging mit den Arbeitern in den Olivenhain. Er baue jetzt auch Tomaten an, werde sie in Büchsen verkaufen. Er schien wirklich glücklich zu sein. In seinem Brief an Johannes hatte er mehrmals eine Emilia erwähnt, vielleicht fand er mit ihr wirklich ein neues Glück. Auch das hatte Natalja mitbekommen, als Johannes es Luise erzählt hatte. »Vermisst du deinen Vater, Viola?«

Viola schüttelte den Kopf. »Nein, eigentlich nicht, es ist nicht mehr so wie früher in Ostpreußen, weißt du, es ist anders geworden. Ich freue mich, wenn er glücklich ist. Aber nein, ich vermisse ihn nicht wirklich. Ich denke, auch Luitpold nicht. Aber wir freuen uns, wenn wir ihn besuchen«, betonte sie noch einmal schnell.

Viola sah Natalja forschend an. Wollte sie jetzt von ihr wissen, ob sie einen Vater vermisse? Schon legte sich Natalja eine Erklärung zurecht, doch Viola blieb neugierig und wühlte die Sachen im Korb durch, die Natalja so sorgfältig gefaltet hatte.

»Weißt du«, erzählte Viola, »dass unten am früheren Bahnhof ein Tauschgeschäft eröffnet hat?«

»Was ist das, ein Tauschgeschäft?«

»Da kannst du Sachen hinbringen und dir dafür was anderes aussuchen. Zum Beispiel diese Schallplatten, die auf deinem Tisch liegen.« Schon griff Viola nach einer.

»Bist du wahnsinnig? Die gebe ich doch nicht her, ich ordne sie nur«, schrie Natalja auf.

Viola blieb neugierig. »Wer ist das? Der sieht gut aus auf dem Foto.«

»Das ist Juri Petkov, ein berühmter Pianist.«

»Und du magst ihn?«

Natalja hob die Schultern und ließ sie wieder fallen. »Ja, schon, er ist wirklich sehr gut, aber ich mag Artur Rubinstein lieber.«

»Den da?« Viola griff neugierig nach einer weiteren Platte mit dem Foto von Artur Rubinstein auf dem Cover.

»Er spielt himmlisch«, schwärmte Natalja. »Er musste aus Deutschland fliehen, weil er Jude ist, und lebt jetzt in Kalifornien. Er gibt auch Interviews, aber Juri Petkov nie, man weiß nichts von ihm oder über ihn.«

»Vielleicht gibt es einfach nichts zu erzählen.«

Da lachte Natalja, strich der Zwölfjährigen kurz über die blonden langen Haare. »Ich habe Unterricht, ich muss jetzt wirklich gehen. Du kannst dir noch andere Sachen bei mir aussuchen, aber bitte ja keine Schallplatten.«

Viola stieß plötzlich einen kleinen Schrei aus. »Ich muss ja zum Turnunterricht, der findet jetzt immer nachmittags statt. Fast hätte ich es vergessen.« Schon wandte sie sich ab, blieb plötzlich noch stehen. »Ich glaube, ich habe den einen Mann auf der Schallplatte gestern hier gesehen.«

»Artur Rubinstein? Du hast Artur Rubinstein hier gesehen?«

»Aber nein, den anderen, den meine ich.«

»Ach, Viola, ich denke, deine Fantasie geht mit dir durch.«

Auch Natalja sollte eigentlich gehen, der Professor wartete sicher schon auf sie. Seit Januar arbeitete sie wieder mit ihm. War das wirklich die Lösung für eine Karriere? Nach den Weihnachtsferien hatte Luise in ihrem tadellosen Französisch mit dem Direktor des Conservatoire Nationale de Musique in Paris gesprochen und Natalja entschuldigt. Ihre Nichte wolle im Moment nicht zurückkommen, sie fühle sich ein wenig überfordert, sie wolle lieber mit Professor Geiger weiterarbeiten. Der Direktor fand, es sei die richtige Entscheidung. »Aber wir brauchen am Conservatoire so hoch talentierte Schüler oder Schülerinnen, wie Ihre Nichte es ist. Doch sie ist ja wirklich noch sehr jung.« Und dann schlug er vor, dass Natalja im kommenden Herbst zurückkommen sollte, ohne Probezeit natürlich. »Die Türen zum Konservatorium stehen ihr immer weit offen.«

Niemand in der Familie hatte gewusst, warum Natalja nicht mehr zurückwollte, und Natalja hatte geschwiegen. Aber sie wusste selbst, dass ihr der Wettbewerb unter den Studenten fehlte, die gemeinsamen Stunden mit den anderen, und dass der Einzelunterricht bei dem Professor sie nicht mehr wirklich weiterbrachte. Sie überlegte sich den Vorschlag, nach Paris zurückzukehren. Sie sollte sich nicht durch diese demütigende Erfahrung mit Mario in ihrer beruflichen Entscheidung beeinflussen lassen. Sie war ein Jahr älter, wenn sie zurückkommen würde, und nie mehr, wirklich nie mehr würde sie so naiv reagieren. Nie mehr sich von einem Mann in dieser Art behandeln lassen. Es hatte lange gedauert, es hatte sie geschmerzt, und in der Erinnerung hatte sie immer wieder diesen abstoßenden Moment sexueller Gewalt erlebt. Doch die große Scham, die sie empfunden hatte, die hatte sie überwunden. Das Gefühl, selbst schuld zu sein.

Tief in Gedanken verließ sie die Villa. Sie beeilte sich, und als sie schon am Haus von Professor Geiger ankam, sah sie, wie vor dem Nachbarhaus ein Lastwagen stand und die Spediteure vorsichtig einen in Decken eingehüllten Flügel lieferten. Erstaunt blieb sie einen Moment stehen, bevor sie bei Geiger klingelte und er öffnete.

»Ist da jemand im Nebenhaus eingezogen, der einen Flügel gekauft hat?«

»Ach«, erklärte der Professor, »der gehört einem Freund von mir, er hat für ein paar Monate das Haus nebenan gemietet. Und auf einen Flügel will er nicht verzichten. Aber komm rein, ich muss mit dir reden.«

Erstaunt folgte sie ihm in sein Wohnzimmer, wo seine Haushälterin Tee und einen Biskuitkuchen servierte. »Sie wird meinen Freund drüben versorgen, sonst will er niemanden sehen«, erklärte Geiger noch. »Weißt du«, begann er vorsichtig, nachdem sie den Tee getrunken und Natalja ein Stück Biskuit gegessen hatte, »ich muss dir leider etwas sagen. Etwas Negatives, aber auch etwas Positives.«

»Das Negative zuerst«, schlug Natalja vor.

»Also«, begann Geiger, »ich kann dich nicht weiter unterrichten, und zwar sind wir an einem Punkt angelangt, an dem ich dir nichts mehr beibringen kann. Und das Positive«, fuhr er rasch fort, bevor sie antwortete. »Ich habe mit der Leitung des Conservatoire Nationale geredet. Sie wollen dich unbedingt zurückhaben, du bekommst auch ein Stipendium.«

Jetzt lachte Natalja befreit auf. »Aber das weiß ich doch längst.«

»Und warum weiß ich das nicht?«

»Weil ich mir erst selbst darüber im Klaren sein wollte.«

Der Professor sah sie schweigend an. »Und hast du dich schon entschieden?« »Ja, fast. Aber meine Familie weiß noch nichts davon.«

»Gut, gut, wenn du eine Entscheidung getroffen hast, dann können wir uns in aller Ruhe auf deine Rückkehr ins Conservatoire vorbereiten. Ich wüsste auch jemanden, bei denen du wohnen kannst. Nur wenn du willst«, fügte Geiger schnell hinzu, da er Einspruch von ihr erwartete. »Ein befreundetes Ehepaar von mir. Er war Cellist an der Grand Opera in Paris, ist jetzt aber pensioniert. Er besitzt einen Flügel, und er und seine Frau veranstalten kleine Hauskonzerte. Für dich wäre das ideal. Außerdem wohnen sie in einer sehr schönen Gegend, am Place des Vosges.«

»Ich weiß«, jetzt lächelte Natalja. »Dort wohnte Victor Hugo, meine Tante und ich waren öfter dort in einem Restaurant.«

»Siehst du, es klingt doch ideal, findest du nicht?«

»Ja ...« Nataljas Antwort kam zögernd. »Vielleicht in der ersten Zeit.«

Denn eines hatte sie sich vorgenommen: Ging sie zurück, wollte sie in das Wohnheim von Mechthilde zurückkehren. Dort wohnte immer noch June, die noch eine mehrjährige Ausbildung vor sich hatte. Dort zu wohnen, bedeutete auch mehr Selbstständigkeit und Freiheit. Ja, ein Leben in Paris, das nahm immer festere Formen an.

Auf dem Nachhauseweg blieb sie nachdenklich. Sie dachte an June, mit der sie in regelmäßigem Briefverkehr stand. June hatte ihr geschrieben, Mario Kröger, der umschwärmte Tenor, habe ein Engagement an die Wiener Oper erhalten, und das bereits ab 1. Mai. Er werde große Karriere machen, schrieb June.

Natalja also würde ihn nicht mehr antreffen, wenn sie nach Paris ging. Sie würde arbeiten, gefordert werden, denn sie hatte längst erkannt, dass genau das der Punkt war, der ihr bei Geiger fehlte. Sie absolvierte mit ihm ein Übungsprogramm, aber er spornte ihren Ehrgeiz nicht mehr an, zu lange schon arbeitete sie mit ihm und nur mit ihm allein. Sie brauchte den Wettbewerb, das Gefühl, besser zu sein, den Ansporn, den Vergleich mit anderen. Und die Stunden mit den zukünftigen Orchestermusikern.

Als sie auf der Höhe der Wandelhalle stand, schreckte sie aus ihren Gedanken hoch: Stand da nicht Alexander? Doch der junge Mann drehte ab und ging mit schnellen Schritten weiter. Ohne zu überlegen, folgte Natalja ihm, aber er ging zu schnell, war dann bereits verschwunden. Es konnte nicht Alexander sein, denn dieser junge Mann lief auf die Lenhardt-Klinik zu, und schon schloss sich die Glastür hinter ihm. Nein, es war nicht Alexander. In der letzten Zeit, seit sie wieder hier war, hatte sie oft an ihn gedacht, ihn mit Mario verglichen, sich die Frage gestellt, ob auch er gewalttätig sein könnte, das Nein einer Frau nicht respektieren würde? Doch Alexander war anders, empfindsam, er konnte zuhören, sich auf jemanden ganz einstellen. Und als sie die Birkenallee hochging, spürte sie wieder die Sehnsucht nach ihm, dem jungen Mann, der vor so langer Zeit gegangen und nie mehr zurückgekommen war. Er hätte doch schreiben können, aber er hatte sie wohl vergessen. Aber hatte sie ihn nicht auch in Paris vergessen, als sie sich in Mario verliebte?

ACHTUNDZWANZIG

Bad Lichtenberg

VICTORIA

Kannst du jetzt mal bitte deine schlechte Laune aufgeben?« Marlies Groß, Victorias *Rechte Hand* im Opernhaus, reagierte gereizt, da Victoria sich nicht konzentrierte, erklärte, sie habe die Entwürfe für *Cosi fan tutte* noch nicht fertig, habe eigentlich auch keine Lust auf diese Mozart-Oper, da kein Etat zur Verfügung stehe. »Für nichts haben wir Geld, weder für Ausstattung noch für junge Sänger – einfach für nichts. Ich arbeite umsonst, und dein Gehalt ist ja nur …«

»Das ist jetzt nicht wichtig«, unterbrach Marlies sie hastig. »Das viel größere Problem ist die Baubehörde. Das Gutachten wird in den nächsten Tagen kommen, und ich habe ein ganz schlechtes Gefühl. Der Sachverständige hat die Bausubstanz im Zuschauerraum bemängelt, da kommt was auf uns zu.«

»Zur Not müssen wir das Haus schließen«, seufzte Victoria. »Ich habe mir so viel erwartet, gedacht, viel zu bewirken, aber …«

»Na ja, das Opernhaus ist Kulturerbe, da müsste doch die Stadt für die Renovierung aufkommen, wende dich doch mal an deinen Onkel, den Bürgermeister.«

»Der ist nur noch ein paar Tage im Amt, am Freitag ist seine große Abschlussfeier.«

»Und wer wird sein Nachfolger, weiß man das schon?« Victoria schüttelte den Kopf. »Na ja«, meinte Marlies, »wahrscheinlich will niemand das Amt übernehmen, es gibt zu viele Probleme. Die Stadt steht vor einer großen Herausforderung, kein Geld für den Aufbau des Bahnhofs, des Wohngebiets, dann kommen immer noch Flüchtlinge. Also dein Onkel ist klug, jetzt zu gehen.«

»Nein, er verlässt das Amt vorzeitig, weil es ihm gesundheitlich nicht gut geht«, erwiderte Victoria kurz angebunden. »Also bis in den nächsten Tagen, ich melde mich.«

Victoria nickte Marlies zu und verließ das Theater. Draußen blieb sie einen Moment stehen und atmete die frische Luft ein. Dann wühlte sie in ihrer Tasche, holte eine Zigarette aus der Schachtel, zündete sie an und machte einen tiefen Zug, bei dem sie sich mit geschlossenen Augen für einen Moment an die Hausmauer lehnte.

»Guten Tag, Vic.«

Victoria öffnete die Augen, sie erschrak so sehr, dass sie sich die Finger an der Zigarette verbrannte und sie mit einem kleinen Aufschrei zu Boden fallen ließ. Dann sah sie wieder hoch. Vor ihr stand ein Mann, den sie nur durch die Stimme erkannte, es war Juri. Juri Petkov. Er trug Schirmmütze und Brille. »Juri«, ihre Stimme war nur ein fassungsloses Flüstern, »wo kommst du denn her?«

Er lachte sie an, sein Blick glitt an ihr hinunter, und sie sah sich mit seinen Augen: eine Frau in den Vierzigern, unfrisiert, einen dicken Schal um den Hals und Hosen, die sich ausbeulten, aber sehr bequem waren. Dass er sie erkannt hatte, erschien ihr wie ein Wunder. Und er? Groß, schlank, gut gekleidet. Mehr konnte sie nicht sagen.

»Du hast mich Vic genannt, du hast es nicht vergessen …«

»Nein, natürlich nicht, Vic.« Er sah sie an, und jetzt erschien ein Lächeln auf seinem Gesicht. »Ich bin seit ein paar Tagen hier und will mich auf meine Tournee vorbereiten, hier bin ich ungestört.«

Victoria dachte daran, mit welcher Energie und Zeitaufwand sie sich Karten für sein Konzert in Wien besorgt hatte, um ihn zu treffen. Und wie sie sich ausgemalt hatte, am Bühneneingang des Konzertsaals zu stehen, elegant, überlegen, lächelnd. Wahrscheinlich kindisch, wie ein Teenager. Und nun stand er hier vor ihr und erklärte, er bleibe für die Vorbereitung seiner Konzerte in Bad Lichtenberg. Es war fast zum Lachen. »Wieso ausgerechnet hier?«

»Es hat mir damals sehr gut gefallen, erinnerst du dich?«

Sie wandte das Gesicht ab. Schwieg.

»Wie geht es dir?«, wollte er wissen.

»Gut, wunderbar«, erklärte sie. »Sieht man das nicht?«, fügte sie ironisch hinzu. Juri überging die Ironie. »Ich habe in einer deutschen Zeitung gelesen, dass Bad Lichtenberg durch einen späten Luftangriff teilweise zerstört wurde. Darunter auch dein Showtheater, das du berühmt gemacht hast.«

»Jaja, das ist Vergangenheit, aber jetzt, nun ja. Ich versuche, das Opernhaus erfolgreich zu machen.«

»Es wird dir gelingen, wie alles, was du beginnst.«

Jetzt lachte sie. »Juri, bitte, du musst mir nicht schmeicheln.« Sie sah ihn an, er hatte sich verändert, schien ein anderer Mann zu sein. Anders, als sie ihn in Erinnerung hatte, aber das war wohl normal. »Trägst du die Kappe und die Brille, um nicht erkannt zu werden?«

Er nickte. »Ja, aber ich denke, hier kann ich mich frei bewegen, wer kennt mich hier schon? Ich bin in den vergangenen zwei Tagen ohne Verkleidung herumgelaufen, niemand hat mich auch nur angesehen.« Jetzt lächelte er. »Nun ja, aber im *Deutschen Kaiser* sind viele internationale Gäste.« Er schwieg einen Moment, dann sah er sie direkt an. »Ich habe mich auch für diesen Ort entschieden, weil mein Sohn hier ist.«

»Dein Sohn?«

»Ja, das erzähle ich dir, wenn du mich besuchst. Heute Abend? Ich wohne direkt neben Professor Geiger.«

Das ging Victoria zu schnell. Sie schüttelte den Kopf. »Nein, heute nicht.«

»Morgen?«

Sie zögerte, dann sah sie ihn an. Er hatte die Brille abgenommen, und sie sah in seine tiefblauen Augen, ein Blick, der sie an den Juri der Vergangenheit erinnerte. Da nickte sie. »Gut, morgen Abend, acht Uhr?«

»Dann bis morgen, ich freue mich.«

»Warum hast du mir nicht geschrieben oder mich angerufen, dass du kommst?«, fragte sie noch schnell, als er sich bereits zum Gehen wandte.

»Ich wollte dich ansehen, wenn ich dir gegenübertrete. Sehen, wie du reagierst. Aber dass du so ablehnend bist, damit habe ich eigentlich nicht gerechnet«, gab er zu. »Also, wir sehen uns.«

Juris Bemerkung ging ihr nicht aus dem Kopf, als sie am nächsten Abend vor dem Spiegel stand und sich die Haare frisierte. Er wolle sehen, wie sie auf ihn reagiere.

Sie hatte erst nichts empfunden, als er ihr gegenüberstand, nur Erstaunen, Befremden. Doch dann auch Herzklopfen. Sie wühlte ihren Kleiderschrank durch, zog ein grünes Kleid an. Grün war immer schön zu roten Haaren, aber dann schlüpfte sie in eine schwarze weite Hose und einen leichten hellen Pullover. Es war ein erstes Treffen nach achtzehn Jahren. Sie würden sich unterhalten, vielleicht ergab sich auch die Gelegenheit, ihm von seiner Tochter zu erzählen. Sie musste sehr vorsichtig sein, denn nach so vielen Jahren plötzlich zu erfahren, man habe eine siebzehnjährige Tochter, das war sicher nicht so leicht zu verkraften. Dass Juri ihr vor Freude um den Hals fallen würde, schien unwahrscheinlich. Man musste abwarten, sehen, wie sich der Abend entwickelte. Sie legte etwas Rouge auf und zog die Lippen nach. Perfekt, stellte sie fest. Perfekt für ein erstes Gespräch, um zu erfahren, wie es dem anderen in den vielen Jahren ergangen war. War er noch verheiratet, wie ging es seinem Sohn, der vor dreizehn Jahren in der Charité an Krebs operiert worden war? War dieses Kind gestorben? Nein, überlegte Victoria dann, er hatte doch erzählt, sein Sohn sei auch hier.

Nachdem sie Juri wiedergesehen hatte, war sie neugierig auf alles, was ihn und sein Leben betraf. Sie wusste nur, während des Kriegs gab er in Amerika und Kanada Konzerte, vor allem in New York. Dort nahm er auch seine vielen Schallplatten auf. Das alles wusste sie von dem Besitzer der Musikalienhandlung der Stadt, bei dem auch Natalja ihre Klavierauszüge kaufte. Oder durch Besprechungen im Kulturteil der Zeitungen, private Interviews aber gab er nicht. Verspürte auch er diese Neugier auf sie, auf ihr Leben, auf ihre Zeit während des Kriegs?

Endlich war es so weit, sie hatte gesagt, sie käme um acht. Sie lief die Treppe hinunter, am Speisezimmer vorbei, rief hinein, sie sei zum Essen nicht da, und bevor neugierige Fragen sie verfolgten, war sie bereits aus dem Haus. Sie fuhr mit offenem Verdeck, denn es war ein warmer Frühlingsabend, und sie fand es schön, den Wind in den Haaren und auf dem Gesicht zu spüren. Und da erfasste sie endlich große Freude. Es war so weit! Nach so vielen Jahren traf sie Juri Petkov wieder.

Sie hielt vor dem Haus, wartete, dann öffnete sie das niedrige Gartentor und ging die paar Schritte zur Haustür. Als sie klingeln wollte, sah sie, dass die Tür nur angelehnt war. Vorsichtig trat sie ein. »Juri?« Doch es kam keine Antwort, nur aus dem hintersten Raum rauschte Klaviermusik auf. War das die Antwort auf ihr Rufen?

Zögernd ging sie nach hinten und stieß vorsichtig die Tür auf, die ebenfalls nur angelehnt war. Geblendet blieb sie stehen, überall standen in hohen Leuchtern Kerzen, deren unruhiger Schein sich in der glatten schwarzen Fläche des Flügels widerspiegelte. Dort saß Juri, und während er spielte, beobachtete er sie. Sie wandte den Blick ab, bis er an einem silbernen Kübel mit einer Champagnerflasche hängen blieb. Sie sah sich weiterhin um, bis sie im Schein der vielen Kerzen die offene Tür erblickte, darin ein breites Bett mit einer schimmernden Seidendecke, auch hier ein Leuchter mit flackernden Kerzen.

Ihr Blick ging zurück zu Juri. Aber sie sah nicht Juri, den Mann, den sie geliebt hatte, sie sah nur einen älteren Pianisten am Flügel sitzen, eine Melodie spielen und seine Wirkung auf die Frau ausloten, die reglos an der Tür verharrte. Die Musik setzte aus, Juri erhob sich und kam auf sie zu. »Schön, dass du gekommen bist«, sagte er lächelnd. »Magst du ein Glas Champagner?« Er trat ganz nahe zu ihr, sein Gesicht direkt über Victorias Gesicht.

Doch da löste sie sich aus ihrer Enttäuschung. »Juri.« Ihre Stimme klang belegt. »Bitte, so geht das nicht, ich bin gekommen, um zu reden, aber nicht, um dieses Spiel … diese Komödie mitzumachen. Ich möchte das nicht.« Sie hatte die richtigen Worte nicht getroffen, nicht finden können.

»Komödie, sagst du? Willst du mich beleidigen?«, fragte Juri heftig.

Victoria biss sich auf die Lippen. »Es ist vielleicht nicht der richtige Ausdruck, aber Juri, ich hatte andere Erwartungen, als ich hierherkam, und offenbar grundverschieden zu dem, was du dir vorgenommen hast. Aber was hast du dir dabei gedacht?

Es tut mir leid, ich kann das nicht.« Sie wartete, doch als Juri schwieg, nur das Gesicht abwandte, da drehte sie sich um und verließ den Raum, dann das Haus. Sie ging zum Gartentürchen, drehte sich noch einmal um, aber er kam ihr nicht nach. Er stand auch nicht an der Haustür, als sie ins Auto stieg. So ließ sie den Motor aufheulen, machte eine scharfe Bremsung, drehte den Wagen und brauste davon.

Sie fuhr auf die Hauptstraße, dann weiter auf die Landstraße in Richtung Baden-Baden, immer weiter, sie steigerte das Tempo bis zum Limit und fuhr weiter und weiter. Irgendwann bremste sie, kehrte um. Erst vor der Villa spürte sie, wie kalt ihr war, sie hatte nicht gemerkt, dass sie immer noch mit offenem Verdeck gefahren war. Sie legte den Kopf auf das Lenkrad und biss die Zähne zusammen, um nicht loszuheulen. Während der Fahrt hatte sie jeden Gedanken ausgeschaltet, sich nur aufs Fahren konzentriert. Jetzt aber spürte sie die maßlose Enttäuschung. War das heute das endgültige Aus ihrer Beziehung – eine Beziehung ohne Kontinuität, aber mit einer so großen Intensität? Endlich stieg sie aus, öffnete die Haustür und blieb überrascht stehen, als sie sah, dass in der Bibliothek noch Licht brannte. Erstaunt ging sie darauf zu, doch da stand ihr Vater bereits in der Tür.

»Komm«, sagte er, »ich habe auf dich gewartet.«

Da ließ sie sich von ihm am Arm nehmen, sanft aufs Sofa drücken, spürte, wie er die Decke um ihre fröstelnden Schultern legte und ein Glas Kognak in die zitternde Hand drückte. »Trink«, forderte er sie auf, »du bist ja ganz ausgefroren, es wird dir guttun.«

Er setzte sich neben sie, und sie legte den Kopf an seine Schulter. »Wie schön, dass du da bist«, flüsterte sie, und jetzt ließ sie ihren Tränen freien Lauf. Tränen der Enttäuschung, aber auch der Wut. Und dann erzählte sie von Juri Petkov, dem

Mann, den sie geliebt hatte, als sie sechzehn Jahre alt gewesen war, als er vor dem *Palmengarten* den *Liebestraum* von Liszt gespielt hatte, nur für sie. Und sie erzählte von Berlin, als sie ihn wiedergetroffen hatte – auch da saß er am Flügel und spielte den *Liebestraum.* Dann hatten sie sechsunddreißig Stunden miteinander verbracht. »Damals wusste ich noch nicht, dass er verheiratet war.« Sie erzählte, dass sein Sohn im Alter von acht Jahren an Krebs erkrankt war, da habe sie ihn und seine Frau zum letzten Mal gesehen. »Es war im *Adlon,* sie waren auf dem Weg in die Charité, und sie waren beide so verzweifelt.«

Und sie erzählte Johannes, dass Juri Petkov der Vater von Natalja war. Johannes hatte schweigend zugehört, ihr dazwischen noch einen weiteren Kognak eingeschenkt. »Jetzt weißt du es.«

Da lachte Johannes und fuhr ihr zärtlich durch die Haare. »Ach, Kind, das haben wir doch alle gewusst.«

Victorias Kopf fuhr hoch. »Wieso?«

»Zumindest geahnt«, relativierte Johannes. »Warum, glaubst du wohl, hat sich Irene gewünscht, dass Natalja den *Liebestraum* spielen sollte? Sie hatte es sich für die Feier nach der Beerdigung vorgestellt, aber du weißt ja, was da für ein Trubel geherrscht hat. Es war ein Hinweis, du hast ihn nicht verstanden. Aber das macht ja nichts«, fügte er rasch hinzu, als sich Victorias Augen wieder mit Tränen füllten.

So schwiegen sie, auch Johannes hatte sich einen Kognak eingeschenkt.

»Es war heute Abend so billig … so …« Sie konnte nicht ausdrücken, was sie empfand, Enttäuschung, auch Scham darüber, wie er sie einschätzte.

»Männer begreifen manchmal nichts«, hörte sie ihren Vater sagen, als sie schwieg. »Vielleicht wollte er heute alles richtig machen, ging vielleicht auch von eurer Vergangenheit aus, einem Moment, als er Klavier spielte und du darauf eingegangen bist, es schön gefunden hast.«

Da fiel Victoria der Abend der Wohltätigkeitsgala ein, als er am Flügel saß, sie vollkommen fasziniert zu ihm ging und er den *Liebestraum* gespielt hatte. Das war der Beginn ihrer aufregendsten gemeinsamen Zeit gewesen. Hatte er heute geglaubt, das funktioniere wieder? Nach so vielen Jahren gelebten Lebens? Offenbar.

Schweigend nickte sie.

»Gib ihm noch eine Chance«, riet ihr Vater, »er wird seinen heutigen Fehler sicher einsehen. Aber das Wichtigste ist, dass du mit Natalja sprechen musst. Du musst ihr sagen, dass Juri Petkov ihr Vater ist. Diese Gelegenheit wird sich nicht mehr so leicht ergeben. Und sie soll entscheiden, ob sie ihn sehen will, jetzt, da er hier in Bad Lichtenberg ist. Und du wirst sie nicht beeinflussen, hörst du, Vic? Es ist allein ihre Entscheidung, es hat mit dir nichts zu tun. Natalja ist erwachsen, sie ist jetzt siebzehn und in den vergangenen Monaten, seit sie aus Paris zurück ist, eine reife Persönlichkeit geworden.« Als Victoria nicht reagierte, die Augen geschlossen hielt, löste er sie sanft aus seiner Umarmung. »Es wird bereits hell«, flüsterte er ihr ins Ohr, stand auf und streckte sich.

»Danke, Papa«, murmelte Victoria und sah ihm nach, wie er zur Tür ging.

»Warum habt ihr nie gesagt, dass ihr gewusst habt, wer Nataljas Vater ist, wieso habt ihr geschwiegen?«, rief sie ihm nach.

»Ja, weißt du, Vic, wir sind eine eigenartige Familie, wir stehen uns sehr nahe, wollen, dass es dem anderen gut geht, aber wir sprechen nicht darüber, auch nicht über das, was uns bewegt.«

Am nächsten Morgen kam Victoria zum Frühstück herunter, als Viola und Luitpold bereits in der Schule waren, nur Natalja saß noch am Tisch und bröselte mit Weißbrot herum, während sie durch die Fenster in einen grauen Tag starrte.

»Natalja, ich muss mit dir reden. Es tut mir so leid, aber das hätte ich schon vor Jahren tun sollen.«

NEUNUNDZWANZIG

Bad Lichtenberg

NATALJA

Es regnete in Strömen, als Natalja in einiger Entfernung von Geigers Nachbarhaus stand. Dort also wohnte gerade Juri Petkov, der international renommierte Pianist, hemmungslos bewundert von Nataljas Lehrerin Eva Maximanovna. Petkovs Interpretation von Tschaikowskys dritter Symphonie sei genial. Das hatte Natalja noch im Ohr. Natalja aber hatte erklärt, nur Artur Rubinstein könne diese Sinfonie so spielen, dass man überwältigt sei. Und in Gedanken daran musste Natalja jetzt fast lachen. Was würde Eva Maximanovna wohl sagen, dass die Schülerin, die ihr oft widersprochen hatte, Juri Petkovs Tochter war?

Und ihre Mutter? Sie hatte es ihr vor einer Stunde gesagt. Gebeichtet, könnte man es fast nennen. Sie erschrak, als ihre Mutter plötzlich geweint hatte, sie habe einen großen Fehler gemacht. Und da war es Natalja, die ihre Mutter tröstete. »Ich habe einen Vater nie vermisst«, hatte sie schüchtern erklärt, während ihr ein Kloß im Hals saß. Sie wollte ihre Mutter nicht weinen sehen.

»Und ich habe dich auch nie nach ihm gefragt.«

»Es ist deine Entscheidung, was du jetzt machen willst.«

Dann erfuhr sie auch noch, dass ihr Vater für die nächsten Monate hier leben wollte. »Aber weiß er denn, dass ich seine Tochter bin?«, hatte sie gefragt.

Da hatte ihre Mutter gesagt, nein, noch nicht, sie hätten sich zweimal gesehen, kaum miteinander gesprochen. »Aber jetzt weißt du es wenigstens schon einmal. Und wie gesagt, es ist deine Entscheidung, was du tun willst.«

Natalja erinnerte sich an Mitschülerinnen, die eines Tages verweint und in Schwarz gekleidet in den Unterricht kamen, die Väter waren an der Front gefallen. Es gab auch Mädchen an der Schule, die ebenfalls von der Mutter allein aufgezogen wurden, da wusste man, dass die Eltern nicht mehr heiraten konnten, weil die Männer im Krieg gefallen waren. So wie bei Maxim. Auch er war unehelich geboren – was hieß das schon? Und jetzt plötzlich hatte sie einen Vater? Juri Petkov.

War sie von nun an nur noch die Tochter von ihm, würde man sie in der Musikszene mit offenen Armen aufnehmen, weil sie sein Kind war, und nicht mehr einfach nur Natalja Laverne, das Ausnahmetalent?

Nein, sie brauchte keinen Vater, auch wenn es Juri Petkov war.

Sie stand immer noch da. Wieso? Wollte sie dem Mann nahe sein, dessen Tochter sie war? Inzwischen war sie vollkommen durchnässt, aus den Haaren lief das Wasser, doch sie blieb stehen, sah zum Haus hinüber. Und da plötzlich öffnete sich die Tür, ein großer Mann lief durch den Vorgarten und hastete auf ein wartendes Auto zu. Als er die Tür öffnete, sah er zu ihr herüber. Hatte er gespürt, dass sie ihn anstarrte? Er verharrte einen Moment, dann winkte er, wartete. Er stieg in den Wagen, und erst da hob Natalja die Hand und winkte zurück, doch das sah Juri nicht mehr.

DREISSIG

Bad Lichtenberg

DIE FAMILIE

Beim Abendessen verkündete Carl, er habe eine Überraschung. Luise habe den Chauffeur des Hotels nach Baden-Baden geschickt, um Elisabeth am Zug abzuholen. »Sie wird morgen bei der Abschiedsfeier für mich an meiner Seite sein.«

»Was?« Johannes sprang auf. »Was? Wie kommst du dazu, sie hierherzuholen? Ihr geht es nach dem Massaker in ihrer Galerie immer noch nicht gut, das weißt du doch.«

Carl blieb gelassen. »Setz dich wieder«, forderte er seinen Bruder auf. »Sie war sofort einverstanden. Im Sanatorium, in dem sie monatelang gewesen ist, ist ihr die Decke auf den Kopf gefallen. Und ja, sie findet es richtig, bei meinem Abschied dabei zu sein. Wie ihr euch vielleicht erinnert, hat sie meinen Wahlkampf sehr unterstützt, und manche haben sogar behauptet, ich hätte es nur meiner Frau zu verdanken, dass ich Bürgermeister geworden bin«, setzte Carl launig hinzu.

Johannes hatte sich wieder gesetzt. Elisabeth kam, ganz selbstverständlich, nachdem sie jahrelang die Heimkehr vermieden hatte. Tat sie es Carl zuliebe? Weil sie ihn vielleicht doch noch liebte?

»Sie wird im Hotel übernachten.« Carl riss ihn aus seinen Gedanken. »Und wir werden morgen dann um elf Uhr im

Deutschen Kaiser als gesamte Familie fotografiert werden, Geschlossenheit zeigen.«

»Na ja, eine gesamte Familie sind wir ja nicht, oder kommen Julian und Felix auch noch?«, fragte Victoria.

Carl schüttelte bedauernd den Kopf. »Nein, Julian hat Pflichten im Vatikan, und Felix … er will nicht kommen. Das macht aber auch nichts«, fügte Carl schnell hinzu. »Er betont, er könne seinen Hof zu dieser Zeit nicht verlassen, auch nicht für kurze Zeit. Wir aber werden nach dem Fototermin gemeinsam zum Rathaus gehen, wo die Honoratioren der Stadt auf uns warten. Wir müssen uns auf eine lange Veranstaltung einstellen. Da werden Reden geschwungen, an deren Ende Elisabeth und ich uns als Abschluss meiner Tätigkeit ins Goldene Buch der Stadt eintragen werden.«

Alle wussten, dass anschließend das große Fest vor dem Rathaus für alle Bewohner der Stadt veranstaltet wurde. Mit einem Büfett, Musik und einer Tombola.

»Und stellst du auch deinen Nachfolger vor?«, wollte Maxim wissen.

Da lächelte Carl, meinte, sie sollten sich überraschen lassen, er habe einen Plan. Dr. Merz, der sich zur Wahl stellen wollte, kam bei der Bevölkerung nicht gut an. »Es kann vielleicht sogar zu einer Demo gegen ihn kommen. Mal sehen.« Carl gab sich gelassen.

»Hoffentlich spielt das Wetter mit«, meinte Victoria, die während des Essens abwesend wirkte und immer wieder zu ihrer Tochter sah.

Doch Natalja schien es nicht zu bemerken, sondern saß in sich versunken am Tisch. Auch sie hatte einen Plan. Und den würde sie nach der großen Feier durchziehen, ob Victoria damit einverstanden war oder nicht.

Kurz vor elf Uhr am nächsten Morgen kam die Familie in den *Deutschen Kaiser,* wo Luise auf sie wartete. Neben ihr stand Elisabeth. Johannes hatte nur Augen für sie. Wie schön sie war, die Jahre konnten ihrer Schönheit nichts anhaben.

Luitpold und Viola wurden ihr vorgestellt, und beide starrten ihre Großmutter fast mit offenem Mund an. Elisabeth trug ein graues Seidenkleid, und als sie sich zu den Enkeln hinunterbeugte, umgab sie ein Anflug ihres Parfums, ein Hauch von Patschuli. »Du bist unsere Oma? Aber Omas sind alt und haben graue Haare und eine Brille auf«, rief Luitpold erstaunt.

Viola stieß ihn in die Rippen. »Sei still«, flüsterte sie, »dann haben wir eben die schönste Oma, die es gibt.«

Die Situation entspannte sich ein wenig, als sie sich fürs Foto im Wintergarten nach den Anweisungen des Fotografen aufstellten. Dabei wurde viel gelacht, da sich eine Maskenbildnerin und ein Friseur um alle kümmerten. Sie wurden frisiert, geschminkt und die Kleider gut in Szene gesetzt.

Der Fotograf platzierte Viola ganz vorn, sie sei so ein hübsches Mädchen. Natürlich müsse er allen Damen der Familie dieses Kompliment machen, »eine Familie von außergewöhnlich schönen Frauen bis hin zur Jüngsten«.

Luise und Victoria zwinkerten sich zu und unterdrückten ein kleines Lachen. Viola, die sich sehr geschmeichelt fühlte, erklärte dem Fotografen, dass sie Schauspielerin werden wolle. Und er antwortete, das müsse sie sogar, denn eine solche Schönheit, wie sie bereits sei, müsse auf die Leinwand.

Danach verließen sie gemeinsam den *Deutschen Kaiser* in Richtung Rathaus. »Wir haben Glück, ein so strahlender Tag«, meinte Luise und hängte sich bei Victoria ein, die schweigsam blieb und sich mehrmals nach ihrer Tochter umsah. Luitpold lief neben Maxim her und Viola neben Elisabeth. »Bleibst du jetzt bei uns?« Elisabeths Blick ging bei dieser Frage unwillkürlich zu Johannes, der sich angeregt mit Carl unterhielt. »Das würde ich gern, mal sehen, ja, das wäre mein größter Wunsch.«

Ein Blumenmeer schmückte den altehrwürdigen Saal des Rathauses. Die Familie saß in der ersten Reihe, Carl und Elisabeth, die sich bereits ins Goldene Buch mit ein paar Abschiedsworten an die schönste Stadt der Welt eingetragen hatten, saßen oben auf dem Podest.

»Vater hat die Amerikaner eingeladen, sie sitzen hinter uns«, flüsterte Luise ihrer Schwester zu, während einer der Honoratioren der Stadt eine Lobesrede auf Carl Laverne hielt.

»Welche Amerikaner?«

»Von der *Global Investment Group.*« Psssst … zischten einige Zuhörer, und so warfen sich die Schwestern nur einen schnellen Blick zu, nickten und konzentrierten sich auf den nächsten Redner. Dann endlich war Carl mit seiner Dankesrede an der Reihe. Anschließend würden sie hinausgehen, da auf dem Platz bereits das Fest in vollem Gange war und man auch hier auf die Familie Laverne und vor allem auf Carl wartete.

»Er sieht schlecht aus«, flüsterte Johannes besorgt Luise zu, die neben ihm saß.

»Ab morgen kann er sich ja ausruhen«, flüsterte sie zurück, doch dann erstarrte sie.

»Ich möchte dem geschätzten Stadtrat, Kulturausschuss und allen Honoratioren meine Empfehlung für meinen Nachfolger aussprechen. Ich habe lange darüber nachgedacht, die Stadt braucht jemanden, der Energie und Führungsqualitäten besitzt und auch beste Verbindungen zu amerikanischen Sponsoren hat. Vielleicht kann man durch Investitionen die Stadt wieder zu dem Kleinod werden lassen, das sie vor vielen Jahren gewesen ist.« Da wurde geklatscht, Rufe wurden laut, genau so jemanden bräuchte das Rathaus. »Und daher …« Jetzt sah Carl zur ersten Reihe im Parkett hinunter und lächelte. »Wer also wäre geeigneter als meine Nichte Luise Laverne, die alle diese Eigenschaften besitzt?«

Ein Moment der überraschten Stille, doch dann erhoben sich die Leute, und es gab Standing Ovations für den scheidenden Bürgermeister. Viele wandten sich auch Luise zu, reckten die Hälse und klatschten. Als Carl vom Podium stieg und Elisabeth ihm folgte, wurde er umringt, ein großer Kreis wurde gebildet, der Luise mit einschloss.

Maxim wandte sich fassungslos an Victoria. »Hast du das gewusst?«

Sie schüttelte den Kopf. »Nein, aber vor ein paar Tagen hat Luise gesagt, sie überlege, einen neuen Weg zu gehen, einen Neuanfang zu wagen, der sie reizen könnte. Etwas, das auch Risiko einschloss und das Gefühl, auf eine ganz neue Art gefordert zu werden.«

»Vielleicht hat sie ja geahnt, dass Carl sie vorschlagen wollte, und hat sich schon einmal Gedanken gemacht.«

Johannes trat zu ihnen. »Tja, Maxim, wenn das Realität wird, weißt du ja, was auf dich zukommt.« Johannes schlug ihm auf die Schulter. »Denn wer wäre geeigneter für die Führung des *Deutschen Kaisers* als du? Luise bringt den frischen Wind ins Rathaus und du in das Hotel.« Während Johannes noch sprach, suchte sein Blick Elisabeth, die noch neben Carl stand, immer noch seine Ehefrau.

Plötzlich schrie sie auf, Unruhe entstand, Johannes drängte sich durch die Leute, und da sah er gerade noch, wie sein Bruder langsam in sich zusammensank und auf dem Boden liegen blieb.

EINUNDDREISSIG

Bad Lichtenberg
Am nächsten Morgen

CARL UND JOHANNES

»Ich verzeihe dir.«

Johannes, der am Bett seines Bruders Carl saß, schreckte aus seiner betäubenden Müdigkeit hoch. Carl hatte Glück gehabt; nach seinem Zusammenbruch war ein Arzt aus dem Publikum sofort bei ihm gewesen. Er wurde versorgt und ins Krankenhaus gebracht. Während auf dem Rathausplatz gefeiert wurde, bangte die Familie im Krankenhaus um das Leben von Carl. Doch die Ärzte gaben bereits am Abend Entwarnung. Keine Lebensgefahr, nur ein leichter Herzinfarkt, aber er müsse nun kürzertreten.

»Das wird er auch«, erklärte Johannes erleichtert dem Arzt, »heute hat er sein Amt als Bürgermeister niedergelegt. Und jetzt will er Schriftsteller werden.«

»Na«, hatte der Arzt erklärt, »ob das weniger anstrengend ist, wage ich zu bezweifeln.« Sie hatten gelacht, sich die Hände geschüttelt, die Familie war erleichtert nach Hause gegangen, doch Johannes hatte auch noch in dieser Nacht bei seinem Bruder gesessen.

»Carl«, flüsterte Johannes leise, »wie fühlst du dich?«

Auf die Bemerkung seines Bruders ging er nicht ein. »Ich sage es noch einmal, ich verzeihe dir. Zwischen den Welten habe ich mein Leben gesehen, es ist langsam an mir vorbeigeglitten. All die Jahre habe ich meine Frau geliebt, die einen andern liebte, und dieser andere ist mein Bruder. Aber jetzt will ich einen Neuanfang wagen, jetzt, da mir das Schicksal noch eine Chance gibt. Und aus diesem Grund verzeihe ich dir. Ich werde in den Anbau der Villa umziehen, ich will allein sein, dort kann man mich besuchen, und manchmal komme ich dann zum Sonntagsessen. Und du weißt ja, ich werde Schriftsteller.«

Jetzt lachte Johannes erleichtert auf – wenn Carl auch noch schwach war, hatte er Pläne und Träume. Er schien sich nicht zu alt zu fühlen, um sie zu verwirklichen, sollte er sich da nicht ein Beispiel nehmen?

»Geh jetzt nach Hause, Bruderherz, und schlaf dich aus. Der Arzt sagte, in drei Tagen kann ich nach Hause. Und … du weißt, wie ich denke, ich werde die Scheidung einreichen, und dann hast du …« Doch da sank sein Kopf zur Seite, er schlief bereits wieder ein.

Und Johannes erhob sich und verließ mit einem Lächeln auf den Lippen dankbar und erleichtert die Klinik.

ZWEIUNDDREISSIG

Bad Lichtenberg

VICTORIA

Victoria traf ihre Schwester im Wintergarten »auf einen kurzen Kaffee«.

»Du weißt ja«, entschuldigte sich Luise, als sie angehetzt kam und Victoria schon auf sie wartete, »der Wahlkampf beginnt. Ich bin sehr froh, dass mir Elisabeth mit ihrer Erfahrung zur Seite steht.«

»Also hast du dich endgültig entschieden? Sind die Verträge vielleicht sogar schon unterschrieben?«

»Der Termin ist morgen. Bei Vater in der Kanzlei. Auch die Vertreter der *Global Investment* sind anwesend, ich denke, sie haben Feuer gefangen und werden in einige Projekte in der Stadt investieren.«

»Weil du Bürgermeisterin sein wirst, denke ich.«

»Noch bin ich es nicht. Die Wahl ist erst am 14. September.«

»Na ja, wenn eine Frau wie du bereits Verträge unterschreibt, bist du dir doch zu hundert Prozent sicher. Die Blitzumfragen in der Bevölkerung favorisieren dich ganz klar für dieses Amt.«

»Du hast recht. Aber manchmal wird mir nachts mulmig. Auf was lasse ich mich da ein, ist diese überstürzte Entscheidung auch richtig, oder werde ich sie bereuen?«

»Luise, ich bewundere dich, du wagst in deinem Leben noch einmal einen Neuanfang, nachdem du über dreißig Jahre Direktorin und Miteigentümerin des Hotels gewesen bist.«

»Ich behalte noch zwanzig Prozent, das gibt mir immer noch ein gewisses Mitspracherecht«, erklärte Luise. »Und wenn mich Elisabeth mit ihrer Erfahrung nicht unterstützen würde, weiß ich nicht, ob ich mich dann so schnell entschieden hätte. Aber was ist das für ein Kuvert, das du da hast?« Luise zeigte auf einen großen Brief, den Victoria neben ihre Tasse gelegt hatte.

Jetzt hob sie es hoch. »Vom Bauamt. Wir müssen sofort schließen; stell dir vor, wir haben nicht gewusst, dass die Decke über dem Zuschauerraum jederzeit einstürzen kann. Es steht morgen in der Zeitung, für heute wurde die Vorstellung bereits abgesagt.«

»Und für wie lange müsst ihr schließen?« Victoria ließ sich mit der Antwort Zeit. »Es ist nicht nur die Renovierung, Luise, aber … es ist kein Geld da, das Bauamt hat sich bereit erklärt, die Kosten für die Instandsetzung zu übernehmen, aber der ganze Betrieb steht ja vor dem Aus. Das Opernhaus ist pleite, und wie du sicher inzwischen weißt, hat die Stadt kein Geld. Für Kultur in schlechten Zeiten könne man eben nicht investieren, wurde uns schriftlich mitgeteilt.«

»Das tut mir sehr leid, wie fühlst du dich?«

Victoria lachte auf. »Wie ich mich fühle? Das fragst du mich? Ich habe gestern im Zuschauerraum gesessen, in einer der Logen im ersten Rang. Mit den roten Plüschsitzen, den vergoldeten Figuren, den Putten und Schnörkel, es ist ein so bezauberndes Barocktheater und hätte es verdient, gepflegt und wunderbar bespielt zu werden. Auch die Akustik ist wunderbar.«

Luise sah ihre Schwester erstaunt an. »So begeistert warst du nicht, als du die Leitung übernommen hast.«

»Ja, so ist das eben. Manchmal schätzt man etwas erst, wenn man es verloren hat.« Victoria zündete sich eine Zigarette an und machte einen tiefen Zug. Als sie das Mitleid ihrer Schwester spürte, wechselte sie das Thema. »Wirst du deine eigene Suite im Hotel behalten? Sie gehört dir, aber ich denke, als Bürgermeisterin sieht es nicht so gut aus, wenn du in einem Luxushotel wohnst.«

»Das habe ich mir auch schon überlegt. Ich werde in die Villa ziehen, mir im zweiten Stock eine kleine eigene Wohnung einrichten. Ich habe dreiunddreißig Jahre in meiner Hotelsuite gelebt. Du weißt ja, Tante Anna hat sie mir zusammen mit den Anteilen am Hotel vererbt.«

»Ja, und Franz bekam die Wohnung in Berlin, in der ich dann gewohnt hatte.«

»Und du?«, fragte Luise plötzlich. »Was hast du eigentlich damals geerbt?«

Sie sahen sich an. »Natürlich die Perlen, sie hat mir die legendären Perlen vererbt«, rief Victoria aus, »das haben wir alle vergessen. Sie hat sie mir vererbt, aber mit der Auflage, sie dürften nicht verkauft werden. Außerdem sollte ich sie erst im Alter von fünfunddreißig Jahren bekommen, denn vorher sollte eine Frau keine Perlen tragen. Soweit ich mich erinnere, steht es so Wort für Wort in ihrem Testament.«

»Vater hatte damals gesagt, diese legendären Perlen eines russischen Großfürsten hätten den gleichen Wert wie die Anteile am Hotel oder die Wohnung in Berlin.«

»Ja, Vic, aber überleg doch, nach einer Expertise hatten sie schon vor dem Großen Krieg diesen hohen Wert, ich schätze, so um eine Million. Mindestens.«

»Einer Million was? Reichsmark?«

»Nein, Vic, nein. Schweizer Franken, sie befinden sich bei unserer Bank in Zürich in einem Safe. Fotos und diese Expertise liegen in Vaters Kanzlei im Safe.« Die Schwestern sahen sich stumm an.

»Und sie liegen immer noch auf der Schweizer Bank?«

»Natürlich, du glaubst doch nicht, dass unser Vater sie hat versteigern lassen. Sie sind dein Erbe. Tante Anna ist sogar mehrmals damit fotografiert worden. Ich weiß nur, dass die Perlen legendär sind und aus dem Schatz des letzten russischen Zaren stammen sollen.«

Victorias Müdigkeit und Resignation waren verflogen. »Ich könnte sie beleihen und im Herbst in London versteigern lassen. Meinst du, die *Global Investment* würde diese Perlen als Sicherheit für einen Kredit akzeptieren?«

»Rede mit Vater, aber ich bin der Meinung, dass unsere Schweizer Bank dir aufgrund dieser Sicherheit einen hohen Kredit einräumen wird, und nach der Versteigerung wirst du den Kredit ablösen können. Tante Anna wird dir verzeihen«, lächelte sie.

Victoria verabschiedete sich rasch, stieg ins Auto und fuhr zum Opernhaus. Ihre Euphorie hielt an, auch sie war sich fast sicher, einen Kredit zu bekommen, und wenn nicht, musste sie die Auktion in London abwarten. »Sie finden in jedem Fall einen Abnehmer«, hatte Luise noch gesagt, vielleicht einen reichen Russen, oder vielleicht sei auch ein Museum interessiert. Aber was würde ihr Vater dazu sagen? Letztendlich war der Letzte Wille seiner Schwester der, dass diese Perlen nicht verkauft werden durften, konnte sie sich da so einfach über diese Klausel hinwegsetzen? Ihr Vater würde es gutheißen, dass sie mit dem Erlös ein kleines Opernhaus finanzieren würde. Denn niemals würde Victoria diese achtreihige Kette tragen. Niemals. Sicher hatte sie aus diesem Grund auch die Perlen vergessen.

Als sie ausstieg, blieb sie stehen und sah zum Opernhaus hoch. Sie wollte es, wieso hatte es nicht gleich gefunkt, als Frank

Welser ihr damals vorschlug, es zu übernehmen? Es war keine Liebe auf den ersten Blick gewesen, aber das war auch nicht nötig – die Liebe zu diesem Barocktheater war langsam gewachsen. Und sie würde es der Stadt abkaufen, es zu einem Privattheater umwandeln. Ihr eigenes Theater daraus machen. Sie würde in der Zeit der Bauarbeiten mit Marlies Pläne machen, über Agenten junge Sänger engagieren, Schulklassen ins Theater locken.

Sie spürte, dass sie beobachtet wurde, und drehte sich rasch um. Juri kam auf sie zu und blieb vor ihr stehen. Victoria erschrak über sein Aussehen. Er war nicht nur blass, er war fast grau im Gesicht. Tiefe Schatten unter den Augen zeigten, dass er schon lange nicht mehr geschlafen hatte.

»Können wir reden?«

Victoria nickte. »Ja, natürlich.« Seit dem Abend bei ihm war eine Woche vergangen, und bis jetzt hatte er sich nicht gemeldet.

»Wollen wir in das Café da drüben gehen?«

»Hast du keine Angst, erkannt zu werden?«

Ein Schulterzucken, mehr nicht. So gingen sie schweigend ins *Café de Fleur*.

Juri bestellte Tee für sich, und als er die Tasse hob, sah Victoria, dass seine Hand zitterte, sodass er die Tasse mit beiden Händen umfassen musste. Eine Tragödie für einen Pianisten.

»Zuerst«, begann er hastig, »muss ich mich für neulich entschuldigen. Mein Benehmen tut mir aufrichtig leid.«

Jetzt lächelte Victoria, lächelte auch ihre Besorgnis über seine zitternde Hand weg. »Du hast gedacht«, meinte sie, »du sitzt am Klavier, Kerzen brennen, romantische Stimmung, und ich werde schwach.«

Jetzt lächelte auch er. »Ja, das gebe ich zu. Aber erinnere dich, damals in Berlin, als ich am Flügel saß, da bist du auf mich zugekommen, egal, was die Leute dachten, und wir sind zusammen in meine Suite gegangen.«

»Damals«, flüsterte Victoria, »da war dieser Moment zwischen uns, die Magie.«

»Und die gibt es nicht mehr?«, fragte er nach einer Pause, während er sie ansah.

»Juri, ich denke, auch du hast es gespürt – Nein.« *Ich habe mich so danach gesehnt, Juri, so sehr …* doch das sprach sie nicht aus. Die Enttäuschung spürte sie in jeder Faser ihres Körpers.

Juri stellte seine Tasse ab. »Ich wollte sofort am nächsten Tag kommen, aber ich war ein paar Tage nicht hier.«

»Bei uns«, erzählte Victoria, »war einiges los, mein Großonkel erlitt bei seiner Verabschiedung einen Herzinfarkt, meine Schwester wird wahrscheinlich Oberbürgermeisterin. Und ich muss das Opernhaus ab sofort schließen.«

Sie sprach nicht weiter, denn sie erkannte, Juri hatte kaum zugehört. Auf seiner Stirn hatte sich ein Schweißfilm gebildet, und das Zittern seiner Hand verstärkte sich. »Juri«, sagte sie zutiefst betroffen. »Bist du krank? Was ist los?«

»Mein Sohn«, sagte er schließlich, »mein Sohn ist krank.«

Sein Sohn. »Damals im *Adlon,* Juri, da haben wir uns zum letzten Mal gesehen, erinnerst du dich?«

»Natürlich. Meine Frau und ich waren auf dem Weg in die Charité. Ich sagte dir damals auch, dass unser achtjähriger Sohn Krebs hat. Damals sollte ihm das rechte Bein amputiert werden, der Krebs hatte sich in die Knochen gefressen, doch im letzten Moment entschieden sich die Ärzte dagegen. Wir sind nach New York zurückgeflogen.« Juri schenkte sich Tee aus der Kanne nach. »Wir dachten, alles sei überstanden, doch der Krebs kam zurück. Ich habe damals viel gearbeitet, Konzerte gegeben, und als ich nach zwei Monaten nach Hause kam, wohnte ein sogenannter Heiler bei uns, der unserem Sohn täglich Kräutertees und Naturheilmittel gab. Meine Frau zahlte ihm Unsummen, und unserem Sohn ging es wieder schlechter.« Nervös trank Juri von seinem Tee, er schien zu sich selbst zu sprechen, schien Victoria zu vergessen. »An der Krankheit unseres Sohns ist letztendlich unsere Ehe gescheitert. Heute sind wir geschieden, meine Frau lebt seit einiger Zeit mit einem anderen Mann in der Schweiz.«

Victoria blieb stumm. So ganz plötzlich, so unerwartet hatte sie so viel aus seinem Leben erfahren. Sie musste nicht mehr überlegen oder spekulieren, wie sie es in den vergangenen Tagen getan hatte. Und jetzt hatte sie Klarheit, sein Sohn lebte, und er war Nataljas Halbbruder. »Und wie geht es deinem Sohn jetzt?«

»Nicht gut.«

Sie sah die Hoffnungslosigkeit, den Schmerz in seinen Augen. »Warum hast du mir das nicht an dem Abend gesagt, statt …«

»Diese Komödie, ich weiß«, antwortete er mit einem bitteren Auflachen. »Vic, ich wollte ein paar Stunden vergessen, ich wollte sie mit der Frau verbringen, mit der mich eine so große Liebe verbunden hat. Vergessen, auch wenn es nur für kurze Zeit wäre.«

Es traf Victoria. »Wenn ich das gewusst hätte«, flüsterte sie.

»Ich muss gehen.« Abrupt erhob er sich. Er ging nicht mehr auf ihre Bemerkung ein. Und so stand auch sie auf, und sie verließen das Café, um diese Abendstunde kaum besetzt.

Draußen standen sie sich gegenüber. »Vor zwei Jahren habe ich ihn hierhergeschickt, um von der hiesigen Quelle das Heilwasser zu trinken. Man sprach immer von Wunderheilungen, es war meine letzte Hoffnung.«

»Und jetzt?«

»Er ist in der Klinik von Professor Lenhardt.«

Sie sah ihn an, sah wieder seine Verzweiflung, die Angst, den Schmerz. Wie sehr musste er seinen Sohn lieben.

Da umarmte sie ihn, zog ihn an sich, und so verharrten sie in großem Schweigen. Es war mehr als Worte der Anteilnahme, des versuchten Trosts. Er ließ sie nicht los, und so atmete sie kaum, bewegte sich nicht.

»Er ist mein Sohn, mein Leben, mein einziges Kind.« Juri weinte.

Sein einziges Kind. Unmöglich, ihm jetzt zu sagen, er habe noch eine Tochter. Was musste er mit seinem Sohn gelitten haben, über Jahre hinweg, Hoffnung, dann wieder die Krankheit, wieder die Hoffnung. Als sie ihn vor einer Stunde auf sich zukommen sah, hatte sie sich vorgenommen, ihm von Natalja zu erzählen, doch jetzt erkannte sie, das war nicht möglich. Nicht in der Situation, in der er sich befand. Und so blieb sie stumm.

»Es gibt doch immer wieder Wunderheilungen, Vic, du weißt das doch auch, oder nicht?«

»Doch, Juri«, flüsterte sie an seinem Ohr. »Doch, Juri, ja. Es gibt sie immer wieder.«

DREIUNDDREISSIG

Bad Lichtenberg

NATALJA

Heute wollte Natalja ihren Plan ausführen. Durch den Herzinfarkt ihres Großonkels hatte sie ihn verschoben, doch Onkel Carl ging es gut, er war bereits in den Anbau der Villa gezogen und verstand sich prächtig mit seiner neuen Haushälterin, die sich auch auf Krankenpflege verstand.

Natalja lief die Birkenallee hinunter, vorbei an der Wandelhalle, dort zögerte sie, doch dann bog sie in die Straße Am Anger ein und blieb vor dem Haus stehen, in dem Juri Petkov jetzt wohnte. Ihr Herzklopfen spürte sie im ganzen Körper. Sollte sie klingeln, rufen oder einfach warten, bis Juri herauskam und sie fragte, warum sie hier stand? Nein, das war eine dumme Idee.

Sie entschied sich fürs Klingeln, doch niemand öffnete. Auch die Fenster waren geschlossen, die Vorhänge zugezogen, und das gesamte Haus wirkte unbewohnt. Es war sechs Uhr abends, vielleicht war er bei seinem Freund, dem Professor. Noch einmal ein langes Klingeln, Warten, es blieb still. Damit hatte sie nicht gerechnet, sie hatte sich jedes Wort überlegt, das sie Juri sagen wollte. Sie sei Natalja Laverne, Tochter von Victoria Laverne und siebzehn Jahre alt. Sie gelte als großes Nachwuchstalent als Pianistin. Sie war sich sicher, dass er dann reagieren würde, verstehen, wer sie war, nämlich seine Tochter. Er würde sie in die Arme nehmen, erklären, er sei stolz auf sie, und es sei doch sehr schade, dass sie sich erst jetzt kennenlernten. Aber es war ja nie zu spät. Und er würde sie einladen, ihn auf seiner Tournee zu begleiten. Hoppla, schoss es ihr da durch den Kopf. Das wollte sie ja gar nicht. Sie wollte nicht die Tochter von Juri Petkov sein, sie wollte als Natalja Laverne ihre Karriere starten. Ihre Gedanken gingen mit ihr durch. Das waren dumme Gedanken, schalt sie sich, wartete noch einen Moment, dann drehte sie sich enttäuscht um. Ihre Anspannung, die Erwartung, alles fiel in sich zusammen, da es sich anders entwickelte, als sie gedacht hatte.

Zögernd drehte sie sich ab, ging den Weg zurück. Es hatte sie so viel Energie gekostet, hierherzukommen, und jetzt war alles umsonst.

Sie ging weiter, bog auf die Hauptstraße ein und wurde langsamer. Das Herzklopfen kam zurück, denn dort stand Alexander. Er unterhielt sich mit einem Arzt. Natalja wartete, bis der Arzt sich verabschiedete, Alexander kurz auf die Schulter klopfte und ging. Da lief Natalja auf ihn zu und stand atemlos vor ihm. »Alexander, seit wann bist du zurück?«

Er strahlte sie an, doch er schien noch schmaler, noch blasser geworden zu sein. »Ich war weg, tut mir leid. Ich bin erst vor einigen Tagen angekommen.«

»Du hättest mich doch anrufen können, oder mir schreiben, oder deiner Großtante etwas für mich ausrichten oder … ich weiß nicht, was …«

»Es tut mir leid, wirklich. Es ging einfach nicht, und meine Großtante ist inzwischen gestorben. Weißt du was?«, fuhr er schnell fort. »Ich lade dich in den *Deutschen Kaiser* zum Abendessen ein, ich habe gehört, ab sechs Uhr sind die Restaurants dort geöffnet. Es ist jetzt sechs Uhr, hast du Lust?«

»Ja, natürlich.« Nataljas Freude war groß, die Enttäuschung, Juri nicht angetroffen zu haben, verflogen. Im *Deutschen Kaiser* entschieden sie sich für das französische Restaurant. Es war der richtige Rahmen, entschied Natalja in Gedanken, denn sie wollte ihm von Paris erzählen.

Nachdem der Kellner sie an einen Tisch geführt hatte, und der Chef des Restaurants das Fräulein Laverne persönlich begrüßt hatte, bestellten sie. Es machte Spaß, alle Gerichte, die in französischer Sprache auf der Karte standen, zu kennen und auszusuchen. Als sie auf die Vorspeise warteten, entschuldigte sich Alexander, erhob sich und kam nach kurzer Zeit mit einem kleinen Strauß Maiglöckchen zurück, den er ihr überreichte. Er lächelte sie erwartungsvoll an. Es war das erste Mal, dass Natalja von einem Mann Blumen geschenkt bekam, und sie nahm sich vor, sie zwischen die Seiten ihres Tagebuchs zu pressen, als Erinnerung an diesen heutigen wunderbaren Abend. Und weil er so schön begann, wollte sie ihn nicht mit Fragen löchern, die ihm sicher unangenehm waren. Warum hast du dich nicht gemeldet, warum … Doch sie fragte nur eins: »Vor über zwei Jahren bist du in die Schweiz zu deiner Mutter gefahren, um mit ihr Weihnachten zu feiern, aber warst du so lange bei ihr? Was hast du dort gemacht? Warum hast du dich nie gemeldet?« Sie biss sich auf die Lippen. Sie wollte ihn doch nicht ausfragen, wenn er ihr etwas erzählen wollte, würde er es tun.

»Ich war nur einige Wochen bei meiner Mutter, anschließend in einem Sanatorium oberhalb des Vierwaldstätter Sees.«

»So lange? Zwei Jahre?«, platzte sie heraus.

Er überging ihre Frage. »Dann war ich noch in Berlin, aber bitte, Natalja, ich möchte nicht darüber sprechen. Nicht heute, nicht jetzt.«

Wann dann?, wollte sie schon fragen, doch als sich Alexanders Gesicht verschloss, schwieg sie. In ein Sanatorium ging man, wenn man sich nach einer Krankheit oder Operation erholen musste. Aber welche Krankheit?

»Du hast mir einmal gesagt, du bist sehr krank gewesen – und jetzt?« Wieder biss sie sich auf die Lippen.

Ein Schulterzucken von ihm, ein Schweigen, bis der Kellner kam und die Vorspeise servierte. Während des Essens erzählte sie ihm von Paris, von der Mona Lisa, vom Konservatorium und den jungen Frauen, doch von Mario Kröger sprach sie nicht. »Und warum bist du nicht dort geblieben?«

»Ich weiß nicht, einfach so, vielleicht Heimweh?« Sie versuchte, locker zu klingen, erzählte dann rasch, dass Professor Geiger ihr geraten hatte, im September dorthin zurückzukehren.

»Das musst du machen, Natalja, und zwar unbedingt. Nur mit Professor Geiger arbeiten, das reicht nicht. Du brauchst Mitschüler, den Wettbewerb, den Austausch, auch Stunden bei anderen Pädagogen.«

War sie enttäuscht, dass er nicht sagte, er würde sie vermissen, und sie solle doch hierbleiben, bei ihm? Als sie ihn ansah, erkannte sie, er wollte das Beste für sie, nur für sie. Nicht für sie beide. Keine Pläne, keine Aussage, wie lange er bleiben würde. Wäre er sowieso im September wieder weg? »Nun ja, ich kann es mir noch überlegen«, erklärte sie. Sie wurde unter seinen Blicken nervös, also erzählte sie von ihrem Großonkel, dem Abschied aus seinem Amt, von Felix, der oberhalb des Comer Sees einen Hof gekauft hatte. »Nein, gemietet«, verbesserte sie sich, »gekauft hat ihn sein Bruder.«

Alexander hörte zu, doch sie hatte gehofft, er würde von sich erzählen, endlich aus sich herausgehen. Als sie ihn beschwörend ansah, erkannte sie den unnatürlichen Glanz seiner blauen Augen.

»Ich weiß, dass du alles von mir wissen willst, aber bitte, ich kann nicht darüber sprechen. Wenn wir zusammen sind, möchte ich einfach nur die Zeit mit dir genießen. Bitte versteh mich.«

Und da beugte er sich über den Tisch und küsste sie. Es war ein zarter, wunderbarer Kuss.

»Ich habe mich in dich verliebt«, flüsterte sie, als er sich zurückzog, doch da legte er seinen Finger auf ihren Mund und verschloss ihn.

»Bitte sprich es nicht aus, bitte.« Seine Stimme klang fast flehend, sodass sie schwieg.

Als sie den *Deutschen Kaiser* verließen, sah sich Natalja um. Hatte jemand aus der Familie sie gesehen, würde man sie zu Hause ausfragen, alles wissen wollen, wie sie es eigentlich auch bei Alexander tat. Auf dem kurzen Weg bis zur Wandelhalle legte er den Arm um sie und zog sie an sich.

»Hast du heute auf mich gewartet, hast du gewusst, dass ich kommen würde?«

»Ich habe es mir gewünscht«, war seine Antwort. »Aber eigentlich hätte ich nicht so lange weggehen dürfen, ich hatte nur eine Stunde Ausgang.«

»Ausgang?«

»Ja, ich … wohne im Moment in der Klinik von Professor Lenhardt, vielleicht erinnerst du dich, ich war schon vor zwei Jahren dort. Jetzt muss ich mich beeilen, ich muss eine Infusion bekommen.«

»Bis morgen?« Sie sah ihn beschwörend an, und er nickte und sagte, ja, bis morgen. Er umarmte sie leicht, und als sie die Augen schloss und ihm das Gesicht entgegenhob, damit er sie noch einmal küssen sollte, berührte er kurz ihre Wangen mit seinen Lippen.

»Du sollst dich nicht in mich verlieben«, flüsterte er leise.

»Bitte.« Dann wandte er sich ab und lief auf die Klinik von Professor Lenhardt zu.

Sie blieb stehen und sah ihm lange nach. Auch wenn ein Gefühl der Angst sie beschlich, waren es trotzdem sicher mit die schönsten Momente in ihrem Leben: die Stunden mit Alexander und der wunderbare Kuss.

VIERUNDDREISSIG

Bad Lichtenberg

LUISE

Es war passiert: Sie hatte die Verträge unterschrieben. Ab sofort war Maxim Laverne der Direktor des *Deutschen Kaisers.* Vielleicht war es gut, dass sie sich so schnell und spontan für den Rücktritt entschlossen hatte, vielleicht hätten längere Überlegungen sie an dieser Entscheidung gehindert.

Zwanzig Prozent Anteile hielt sie noch, das gab ihr ein gewisses Mitspracherecht, doch Luise war sich sicher, wenn sie einmal aus dem Hotel heraus war, wollte sie auch kein Mitspracherecht mehr haben. Ihre Suite würde sie vermieten.

Es war früher Abend, und sie lief kreuz und quer durchs Hotel, sah in das luxuriös gestaltete Schwimmbad, ging in die Luxuspassage, grüßte die Boutique-Inhaber, lief weiter. Im Westflügel gab es seit Kurzem Luxussuiten, die über einen eigenen Butler verfügen konnten, und genau sie waren es, die für Monate im Voraus ausgebucht waren. Und während sie durch die Räume, die Halle, die Restaurants lief, dachte sie an Simon Roth. Die Gestaltung des gesamten *Deutschen Kaisers* trug seine Handschrift, und ohne ihn wäre das Hotel nicht so schnell in die erste Liga der europäischen Luxushotels aufgestiegen. Ohne seine Visionen wäre das nicht möglich gewesen. Sie hatte ihn geliebt, gehasst, doch dann hatte sie sich für den *Deutschen Kaiser* entschieden, den sie jetzt aber verließ.

Niemals hätte sie sich das vorstellen können, und doch tat sie es.

Heute war Luise im Rathaus gewesen, man hatte ihr die Daten genannt, Lokalitäten, an denen sie von jetzt ab bis zur Wahl am 14. September auftreten und reden sollte. »Das ist fast nur noch Formsache«, hatte ihr der Referent Dr. Piper erklärt, »im Grunde steht doch längst fest, dass Sie gewählt werden.«

Luise Laverne, die Bürgermeisterin, die Schwester des Kriegshelden von 1914 an der Somme, dessen Büste in der Eingangshalle des Rathauses aufgestellt worden war, und vor dem immer wieder Blumen hingelegt wurden. Franz Laverne, unvergessen und geliebt. »Und Sie, Frau Laverne, seine Schwester, einen Stock höher im Bürgermeisteramt. Das ist eine Geschichte, die wir ins Wahlprogramm aufnehmen und die ankommt, wir müssen die Wähler auch emotional packen. Und Sie als jahrelange Direktorin unseres Grand Hotels *Deutscher Kaiser* haben Geschäftssinn und Führungsqualitäten bewiesen. Sie sind außer Konkurrenz.«

Und jetzt also würde sie das Hotel verlassen; fast kam es ihr wie ein Verrat vor. Das *Grand Hotel,* das sie im August 1914 übernommen hatte. Sie war damals als gebrochene Frau aus Paris zurückgekommen und hatte dieses Erbe angetreten. Wie schnell war die Zeit vergangen … zwei Weltkriege hatten sie überstanden, und nun war diese Zeit zu Ende. Sie lief die Treppe in den zweiten Stock hinauf, in ihre Suite. Den heutigen Abend wollte sie ganz allein dort verbringen, über die Vergangenheit nachdenken und ihrer Zukunft entgegensehen. Ein Neuanfang mit Ende fünfzig. Würde sie es schaffen?

FÜNFUNDDREISSIG

MAXIM

Auch Maxim blieb im Hotel. Unruhig lief er in seinem Zimmer auf und ab, öffnete das Fenster, hörte dem Rauschen des Frühlingsregens zu, starrte in die Dunkelheit. War er glücklich? Ja – seit einigen Stunden war er Direktor des *Deutschen Kaisers.* Er wollte diesen Erfolg, die Freude allein genießen. Zumindest an diesem Abend. Er ging zu seinem Schreibtisch, nahm ein Foto im goldenen Rahmen hoch. Täglich sah er es an, eine lieb gewordene Gewohnheit. Das Bild zeigte seine Mutter zusammen mit ihm vor dem Café Kranzler in Berlin. Es war an ihrem letzten Geburtstag gewesen. Ein Straßenfotograf war plötzlich auf sie zugesprungen und hatte sie beide fotografiert. Seine Mutter hatte in die Kamera gelacht, glücklich in diesem Moment mit ihrem Sohn. Eine junge Frau mit schwarzen krausen Locken und einer kleinen Lücke zwischen den Vorderzähnen. Er und sie waren so sehr verbunden gewesen, jeder wusste vom anderen, wie es ihm ging, ohne dass sie darüber sprechen mussten. Lange sah er es an, als sähe er es zum ersten Mal.

Dann stellte er das Foto ab und griff nach dem nächsten. Es zeigte seinen Vater Franz in Uniform, er lachte in die Kamera, lachte Clara an, die dieses Foto gemacht hatte, als sie von ihrer Redaktion zu ihm geschickt worden war, um über ihn, den berühmt gewordenen Hauptmann Franz Laverne, einen Bericht mit Fotos zu schreiben. Aber bitte keine düsteren Geschichten, ausgezehrte Gesichter, das will das Kriegsministerium nicht – lachende, gut genährte Soldaten, bitte. Wie aber sah es in seinem Vater aus, als er in die Kamera lachte? Kurz danach war er gefallen, einen Tag bevor der Waffenstillstand geschlossen wurde. Er hatte nicht mehr erfahren, dass Clara schwanger geworden war. Seine Mutter, diese mutige Frau, die ihn allein großzog in einer Zeit, in der sie mit Hass und Anfeindungen zu kämpfen hatte. Und eines Abends war sie nicht mehr nach Hause gekommen. Getötet bei einem Attentat auf ein jüdisches Kaufhaus. Hatte sie diesen Moment bewusst erlebt, hatte sie an Franz, ihre große Liebe, gedacht, oder an ihn, den Sohn?

Warum nur war sie an diesem Abend im Jahr 1936 in das jüdische Kaufhaus gegangen? Wie oft hatte er sich diese Frage gestellt? Es ist Schicksal, hatte Johannes gesagt, darauf haben wir keinen Einfluss.

Seine Mutter wäre glücklich gewesen, dass ihr geliebter Maxim mit neunundzwanzig Jahren Direktor des *Deutschen Kaisers* wurde. Maxim ging wieder ans offene Fenster, atmete tief die Abendluft ein. Er war angekommen im Leben, jetzt war er ein Laverne.

War er das wirklich?

Nein, denn in seinem Herzen würde er immer der uneheliche Sohn der mutigen Clara Weinberg sein. Der Frau, die sterben musste, weil sie Jüdin war.

SECHSUNDDREISSIG

Bad Lichtenberg

JOHANNES

Johannes kam zum Abendessen in die Villa. Frau Wöhler kam ihm entgegen, und während sie ihm aus dem Mantel half, erzählte sie, dass das gnädige Fräulein heute nicht zu Hause essen würde, sie träfe sich mit einer Freundin vom Theater. Johannes verbiss sich ein Lächeln, für Frau Wöhler war Victoria, die auf die fünfzig zuging, immer noch das »Fräulein«, da sie unverheiratet war. Bei Luise vermied sie die Anrede, denn letztendlich hatte es den Anschein, als sei sie bald Bürgermeisterin, also eine Respektsperson. »Und das Fräulein Natalja hat bereits gegessen und ist auf ihr Zimmer gegangen.«

»Ist gut, Frau Wöhler, danke, dann kann ja Wilma servieren.«

»Es gibt kalt«, erzählte Frau Wöhler noch bereitwillig. »Aber leider ist Herr Maxim Laverne auch nicht da, obwohl er doch Wilmas eingelegte Gurken so gern isst.«

Johannes nickte der Haushälterin freundlich zu und öffnete die Tür zum Speisezimmer. Überrascht blieb er stehen, dort am Tisch saß Elisabeth. Darauf war er nicht vorbereitet. »Guten Abend, Elisabeth«, sagte er steif und setzte sich ihr gegenüber an den Tisch.

»Oma ist da«, erklärte Luitpold.

»Das sieht Onkel Johannes doch.« Viola schüttelte den Kopf.

»Ich bin vier Zentimeter gewachsen«, erzählte Luitpold stolz und sah erwartungsvoll Johannes an.

»Das ist ja wunderbar, gratuliere, pass auf, du wirst noch ein Riese werden.«

»Das will ich gar nicht«, erklärte er ernsthaft.

»Papa wird staunen, wenn wir ihn in den Sommerferien besuchen«, fügte Viola hinzu, die ihrem Bruder stolz über die Haare fuhr. Geschickt wich Luitpold ihr aus, er war schließlich jetzt ein großer Junge.

»Aber hoffentlich will Papa uns nicht behalten.« Luitpolds Sorge schien groß.

»Das kann euer Vater nicht mehr bestimmen, denn er hat mich zu eurem Vormund eingesetzt. Es bedeutet, die Entscheidungen treffe ich, nicht mehr euer Vater.«

»Das hat er getan?«, rief Elisabeth aus. »Mein Sohn hat dir die Vormundschaft übertragen, warum denn dir?«

»Ja, mir«, antwortete Johannes, verärgert über ihre Fassungslosigkeit. »Ich bin Anwalt, ich denke, das hat den Ausschlag gegeben.« Er hatte von Felix noch eine andere Vollmacht übertragen bekommen, nämlich Jette und Leopold für tot erklären zu lassen. *Ich möchte ein neues Leben beginnen, und das genau hier, in meinem neuen Zuhause. Ich bin endlich wieder glücklich geworden.*

»Ich denke, euer Vater freut sich sehr über euren Besuch, aber ihr kommt natürlich zum Schulbeginn wieder nach Hause.«

»Meinst du, Papa heiratet wieder?« Viola sah besorgt zu ihrer Oma hin.

Elisabeth dachte an das Foto, das Felix zeigte. Er lachte in die Kamera, und neben ihm stand eine junge dunkelhaarige Frau. »Das kann durchaus sein«, meinte sie vorsichtig.

»Bekommen wir dann eine neue Mutter?« Viola erschrak.

»Wir haben eine Mama«, erklärte Luitpold.

»Unsinn, sie ist tot«, fuhr Viola den kleinen Bruder an.

»Sie ist nur im Himmel, aber sie ist unsere Mama.« Zustimmung heischend wandte er sich an Johannes.

»Selbst wenn euer Vater wieder heiraten sollte, ist sie die zweite Frau eures Vaters, aber nicht eure Mutter.« Es war Elisabeth, die ruhig und bestimmt ihrem Enkel antwortete, der erleichtert aufatmete und sich eine der Gurken aus dem Glas fischte.

»Aber du erlaubst mir schon, dass ich einmal Schauspielerin werde?« Das beschäftigte Viola. Ihr Großonkel konnte also bestimmen, was sie machen durften.

»Erst machst du die Schule fertig und dann, ja, natürlich, wenn du begabt bist, kannst du auf eine Schauspielschule gehen.«

So ganz war das nicht in Violas Sinn. Sie hatte sich vorgestellt, nach Berlin zu fahren und dort, hübsch hergerichtet, einem Produzenten über den Weg zu laufen, der sie für den Film entdecken würde. Das hatte man jetzt doch schon öfter gehört, Produzenten entdeckten auf der Straße oder sonst irgendwo ein junges Mädchen, das dann Filmstar wurde. Aber Johannes' Aussage klang ja schon mal ganz gut.

»Aber erst, wenn du das Abitur gemacht hast«, fügte Johannes jetzt hinzu.

»Das dauert doch noch ewig.« Violas Mundwinkel verzogen sich weinerlich.

»Johannes hat recht, erst Schule, dann kannst du dein Ziel angehen. Du bist sehr hübsch, aber als ernsthafte Schauspielerin brauchst du eine gute Ausbildung.«

Das sah Viola etwas anders, aber wenn sie auf die Schauspielschule ging, dann konnte es ja sein, dass sie dort für den Film entdeckt wurde.

Beim Essen stand Johannes auf und schenkte Elisabeth ein Glas Riesling ein. Sie bedankte sich, und er nahm ihr gegenüber wieder Platz.

»Wenn ich weiterhin wachse, kann ich einmal Torhüter werden«, erzählte Luitpold.

»Aber ich habe gehört, du bist ein so guter Stürmer und schießt viele Tore«, meinte Elisabeth. »Das wäre doch dann die richtige Position für dich.«

Da strahlte Luitpold. »Kommst du einmal zum Zuschauen?«, fragte er sie.

»Natürlich, gern.«

Da strahlte Luitpold noch mehr. »Keine Oma ist so hübsch und jung wie du«, erklärte er dann großmütig.

»Wie lange bleibst du?«, fragte Viola unsicher. Auch sie bewunderte ihre Großmutter, die eine so elegante Großstädterin war, und wirklich immer noch so schön. Wie Viola wusste, war sie nur zwei Jahre älter als Luise.

Da blickte Elisabeth zu Johannes, der nach seinem Glas griff und schwieg.

Die Kinder sahen jetzt auf ihn, da Elisabeth ihn beobachtete. Da er weiterhin schwieg, sprang Elisabeth plötzlich von ihrem Stuhl hoch. »Wie lange willst du noch warten?«, rief sie erregt aus.

Johannes sah sie verblüfft an. »Was meinst du denn?«

»Wann endlich sagst du mir, dass du mich liebst.«

Luitpold blieb der Mund offen stehen, und Viola machte große Augen und sah zwischen den beiden hin und her. Johannes presste die Lippen aufeinander.

Da lief Elisabeth um den Tisch herum und zog Johannes hoch.

»Ich bin alt, und du bist noch so jung, willst du mich wirklich einmal im Rollstuhl fahren müssen?«

»Gern«, rief Elisabeth aus. »Gern, wenn das wirklich sein sollte. Johannes«, rief sie aus. »Ich liebe dich. Wie oft muss ich es dir noch zeigen, dir sagen?«

Die Tür zum Speisezimmer stand einen Spalt offen, und auf der Treppe zur Küche im Souterrain blieb Wilma stehen, das Dienstmädchen kam dazu, dann der Gärtner, der in der Küche gegessen hatte, und Frau Wöhler. Sie standen dort und lauschten der Liebeserklärung von Elisabeth Laverne.

Wilma schüttelte den Kopf. »Mein Gott, so ein Dickkopf. Wann antwortet er denn endlich?«

»Ich liebe dich auch.« Endlich sprach er es aus, nach Jahren, in denen sie sich immer geliebt hatten und nicht zueinander stehen konnten.

Und da sahen Viola und Luitpold, wie ihre Großmutter den Großvater von Natalja umarmte und er sie küsste, als wollte er sie nie mehr loslassen.

SIEBENUNDDREISSIG

Bad Lichtenberg

NATALJA

Alexander hatte gesagt, er warte heute um vier Uhr vor der Wandelhalle auf sie. In Erinnerung an den Abend im *Deutschen Kaiser* und dem Kuss konnte sie es kaum erwarten, ihn zu sehen.

Aber vorher hatte ihre Mutter sie gebeten, sich mit ihr im *Palmengarten* zu treffen. Sie müsse dringend mit ihr reden, und zu Hause würde immer jemand dazukommen, neugierig sein, aber im Restaurant hätten sie Ruhe. Victorias Stimme hatte nervös geklungen, aber auch so dringend, dass Natalja sofort zugesagt hatte. Nun saß sie pünktlich auf der Terrasse des *Palmengartens.*

Wann endlich kam ihre Mutter? Sie würde ihre Verabredung um vier Uhr mit Alexander jedenfalls nicht platzen lassen. Auch wenn es wichtig schien, was ihre Mutter mit ihr besprechen wollte, sie würde gehen.

Es war bereits halb vier, als Victoria mit quietschenden Bremsen vor dem Restaurant hielt und wie ein junges Mädchen aus ihrem Zweisitzer heraussprang. Natalja stand auf und winkte ihr, sodass Victoria sofort auf ihren Tisch zukam. Nur keine Zeit verlieren, Alexander wartete.

»Es tut mir leid, aber ich bin im Theater aufgehalten worden.« Außer Atem ließ sich Victoria auf einen Stuhl fallen.

»Ich denke, es ist geschlossen? Und ich muss dir gleich sagen, um vier bin ich weg.«

Victoria warf ihr einen erstaunten Blick zu, als sie die Entschlossenheit ihrer Tochter erkannte. Sie bestellte sich einen Kaffee und griff sofort nach einer Zigarette.

»Außerdem«, erklärte Natalja, »darf man vor dem Restaurant nicht parken.« Es war peinlich, ihre Mutter setzte sich über Regeln hinweg, an die sich der Rest der Menschheit hielt.

»Sei nicht so kleinkariert«, war Victorias Antwort. »So kenne ich dich ja gar nicht, was ist los mit dir?«

»Ich muss einfach gleich weg, das ist los.«

Victoria erkannte die Nervosität ihrer Tochter. Das war kein guter Anfang für das wichtige Gespräch, das sie führen wollte.

»Also, warum willst du mich sprechen?« Jetzt wurde Natalja doch unruhig. »Bekommst du keinen Kredit?« Sie wollte, dass es ihrer Mutter gut ging, dass sie wieder Erfolg haben würde, das war für sie wichtig, und das hatte Natalja längst erkannt.

»Aber nein, mein Kredit bei der Schweizer Bank ist fast durch, und dann kann ich loslegen.«

»Mit was loslegen?«

»Du hast nie zugehört, wenn wir uns beim Essen unterhalten haben, siehst du, und jetzt hast du keine Ahnung.«

Da Natalja heimlich auf ihre Armbanduhr sah, sprach sie schnell weiter. »Ich muss dir etwas gestehen.«

Natalja erschrak, stumm sah sie ihre Mutter an. Und dann erzählte Victoria, dass sie Juri zwar noch einmal getroffen habe, aber ihm nicht sagen konnte, dass Natalja seine Tochter sei.

»Und um mir das zu sagen, hast du mich hierher bestellt?« Natalja wusste nicht, ob sie verärgert oder enttäuscht sein sollte, dass ihre Mutter offenbar nie den Mut fand, Juri von ihr zu erzählen.

»Fragst du nicht, warum ich es nicht konnte?«

Natalja schüttelte den Kopf. »Nein, irgendwann wird er es erfahren.«

Diese Aussage überraschte Victoria, unsicher sah sie ihre Tochter an, während sie die Zigarette im Aschenbecher ausdrückte. »Weißt du, in dem Gespräch mit Juri ging es um seinen Sohn.«

Natalja verstand nicht sofort, dann begriff sie. »Juri hat einen Sohn?«

Victoria nickte. »Ja, er hat einen Sohn und du dadurch einen Halbbruder.«

»Und du hast es nicht gewusst?«

Victoria atmete durch. »Eigentlich schon und irgendwie doch nicht. Ich wusste, dass dieses Kind im Alter von acht Jahren Krebs hatte und in Berlin in der Charité operiert werden sollte, damals habe ich Juri zum letzten Mal gesehen. Ich weiß nicht, es hat irgendwie keine Rolle gespielt, ich habe es vergessen oder verdrängt, oder auch gedacht, das Kind sei …«

»… gestorben«, unterbrach Natalja sie tonlos.

Victoria nickte. »Es tut mir leid, aber jetzt weiß ich, dass dieser Sohn lebt. Und er ist hier in Bad Lichtenberg.«

»Wie alt ist er?«

»Ich schätze, so um die zwanzig.«

»Er hatte Krebs«, murmelte Natalja tonlos. »Das ist es.«

»Ja, und Juri schickte ihn bereits vor zwei Jahren zwischen vielen Therapien hierher, da er auf das Heilwasser unserer Quelle gehofft hat.«

Sie hatte also nicht nur einen Vater, der von ihr nichts wusste, sondern auch noch einen schwer kranken Halbbruder. Nataljas Herz schlug, es wurde ihr schwarz vor Augen. Es konnte nicht sein, ein Zufall, ein grausamer Zufall des Schicksals. »Wie heißt er?« Als Victoria zögerte, griff Natalja nach ihrem Arm. »Sag mir, wie sein Name ist, Mama.«

»Ich weiß es nicht, ich weiß es wirklich nicht. Er hat immer nur von seinem Sohn gesprochen, manchmal von seinem Kind, aber seinen Namen … ich kann mich nicht erinnern.« Victoria hatte das Gefühl, versagt zu haben. Vollkommen versagt, denn es ging ja auch um den Halbbruder ihrer Tochter. »Ich weiß es nicht«, wiederholte sie. »Aber ich konnte Juri einfach nicht von dir erzählen, er war so voller Schmerz, da sein Sohn so schwer krank ist … ich …«

Sie sprach nicht weiter, denn Natalja war aufgesprungen, verabschiedete sich nicht mehr, sondern drängelte sich durch die voll besetzten Tische und rannte los. Rannte bis zur Wandelhalle. Sie verlangsamte ihre Schritte und sah zu ihm, der sich suchend umdrehte. Er suchte sie. Er stand da, schmal, die Sonne schien auf seine blonden Haare, er sah so durchsichtig, so zart aus. *Wie ein Engel,* schoss es ihr durch den Kopf. Doch dann erschrak sie. Entsetzen packte sie, nein, er war nicht ihr Halbbruder, eine Laune der Natur, dass sie es nach dem Bericht ihrer Mutter glauben könnte. Nein, es war Alexander, ihre erste Liebe, und er würde gesund werden … nicht wie Juris Sohn …

Jetzt sah er sie. Er kam ihr ein paar Schritte entgegen, das Gehen schien ihm schwerzufallen. Er war so schwach, so … Natalja unterdrückte ein Schluchzen und lief auf ihn zu, umarmte und küsste ihn. Sie küsste ihn, und da erwiderte er den Kuss, und die Umarmung wurde leidenschaftlicher, und sie küssten sich immer noch, bis sie sich atemlos voneinander trennten. »Natalja«, lächelte er erstaunt. »Meine Natalja, das hättest du …«

Da legte sie ihm den Finger auf die Lippen. »Ich liebe dich, Alexander, ich liebe dich, egal, wer du bist, ich liebe dich, und bitte sage jetzt nichts … ich liebe dich so sehr …« Und wieder küsste sie ihn, bis er sie sanft losließ. »Wer bist du, Alexander, wer bist du?« Doch sie wollte es nicht wissen; nicht einer Wahrheit ins Auge sehen, die sie nicht verkraften konnte und die alles verändern würde. Sie sah ihn an, sah sein Lächeln, die Liebe in seinen Augen. Da drehte sie sich um, lief weg, sah nicht zurück. *Alexander, ich liebe dich … nur das zählt* …. sie wiederholte die Worte wie einen Refrain, lief, stolperte, und als sie in die Birkenallee einbog, fing sie zu rennen an, als wollte sie der Wahrheit davonlaufen.

Victoria hatte ihrer Tochter nachgesehen, wollte ihr noch nachrufen, sie solle doch warten, aber Natalja war bereits außer Sichtweite. So zahlte Victoria hastig, verließ das Restaurant und stieg in ihr Auto, das sie wie immer direkt vor dem Restaurant geparkt hatte. Sie fuhr langsam, bis sie in die Birkenallee einbog. Als sie Natalja sah, fuhr sie schneller, überholte sie, wartete, fuhr dann neben ihr her. »Natalja, bitte, steig ein, lass uns reden.«

Doch Natalja blieb nicht stehen, sondern rannte weiter. Da beschleunigte Victoria das Tempo, fuhr hoch bis zum Tor, stieg aus und wartete dort auf ihre Tochter.

Als auch Natalja atemlos ankam, wollte sie schweigend an ihrer Mutter vorbeilaufen, doch da packte Victoria sie energisch am Arm und hielt sie auf. »Bitte, Natalja, du musst mich verstehen, aber ich verspreche, ich werde es Juri sagen, aber erst, wenn …«

»Wenn was?«, schrie Natalja ihre Mutter an.

»Wenn es sich entschieden hat, ob sein Sohn die Krankheit überwindet oder …«

»Ob er stirbt, das meinst du doch, oder?«

Victoria nickte zögernd, während Natalja durchs Tor und auf die Eingangstür zulief und ihre Mutter nicht mehr beachtete. In der Villa rannte sie ins Musikzimmer und setzte sich an den Flügel, doch sie legte nur die Hände auf die Tasten. Heute war etwas Wunderschönes geschehen, sie hatte einen jungen Mann geküsst, richtig geküsst und immer wieder, und er hatte die Küsse erwidert. Es war einfach nur schön gewesen. Und doch gab es diese Angst, die ihr Herz zusammenpresste, denn kannte sie nicht längst die Wahrheit?

Am nächsten und auch am übernächsten Tag wartete Alexander nicht auf sie. Wie ging es ihm, bereute er es, ihre Küsse erwidert zu haben? Alexander, wer bist du?

Aber sie wusste es doch. Tief im Innern wusste sie es.

Warum hatte er nie geredet, nie erzählt, wer er war, wie es ihm ging?

Es war bereits später Abend, als ein Anruf für Natalja kam. Sie hatte mit den anderen gegessen, hatte sich aber sofort in ihr Zimmer zurückgezogen. Sie ging ihrer Mutter aus dem Weg. Nur nichts hören, nicht hören, wie ihre Mutter sich immer wieder entschuldigte. Aber war sie denn schuld? Nur weil sie ihr nichts von dem Halbbruder erzählt hatte? Während sie sich in ihn verliebte?

Da klopfte es an ihre Tür. »Natalja, ein Mann will dich sprechen, es sei sehr wichtig«, rief Luise durch die geschlossene Tür.

Alexander, er rief sie an, alles würde gut werden …

Sie öffnete die Tür, lief die Treppe hinunter und nahm in der Halle den Hörer entgegen, den ihr Luise schweigend entgegenhielt.

Die anderen saßen noch im Wohnraum zusammen, die Tür stand offen, und so hörten sie nur, wie Natalja mit tonloser Stimme sagte: »Ja, ja, ich komme.«

Einen Moment hielt sie den Hörer noch in der Hand, bevor sie auflegte, dann drehte sie sich um und sah durch die offene

Tür zu ihrer Familie. Ihr Blick suchte den ihrer Mutter. »Es war Juri Petkov, sein Sohn Alexander liegt im Krankenhaus, er will mich sehen.«

»Komm, es ist spät, ich fahre dich«, bot Maxim an.

Sie nickte, und dann fuhren sie schweigend die nur wenig beleuchtete Birkenallee hinunter bis zur Klinik von Professor Lenhardt.

»Soll ich warten?«

Stumm schüttelte sie den Kopf.

»Ruf an, wenn du …« Maxim sprach nicht weiter. Ihn verwirrte der Blick seiner Cousine, so ernst, so verzweifelt, so fragend.

Als Natalja die Klinik betrat und sich umsah, kam Juri auf sie zu. »Schön, dass Sie gekommen sind, es war Alexanders Wunsch.«

Der Wunsch seines Sohns Alexander, jetzt war es bittere Wahrheit. Jeder letzte Funken Hoffnung erstarb in ihr. Sein Sohn. Während er sprach, sah er sie kaum an, nahm sie leicht am Arm und ging mit ihr in den ersten Stock einen langen Gang entlang, bis er vor dem letzten Zimmer stehen blieb. Er öffnete leise die Tür und flüsterte Natalja zu, dass Alexander die meiste Zeit schlief. Dann stand sie allein im dämmrigen Licht einer kleinen Nachttischlampe, die mit einem Tuch bedeckt war. Leise trat sie ans Bett. Sie hatte erwartet, dass er an Geräte angeschlossen sei, doch er lag nur da, die Augen geschlossen, die Brust hob und senkte sich in flachem Atem. Über dem Bett hing ein Kreuz, war es das Sterbezimmer der Klinik?

»Alexander«, flüsterte sie, »ich bin's, Natalja.«

Sie griff nach seiner Hand, und da lächelte er, ohne die Augen zu öffnen. »Wie schön, dass du gekommen bist.« Seine Stimme klang so zart, wie ein Hauch nur. Sie setzte sich aufs Bett, hielt seine Hand, die ihr immer wieder entglitt und die sie immer wieder nahm. »Ich wollte es dir nicht sagen, dass es keine Hoffnung auf Heilung gibt, ich wollte mit dir noch ein paar schöne Momente erleben.«

»Ich weiß, ich weiß«, flüsterte Natalja. »Und es war richtig so.«

Irgendwann kam Juri leise herein, sah sie fragend an und setzte sich auf die andere Seite des Betts. Juri schien geweint zu haben. Der Ausdruck seines Gesichts war so verzweifelt, dass sie ihn am liebsten umarmt hätte. Doch sie erhob sich nicht, und so saßen sie sich am Bett gegenüber, Vater und Tochter am Sterbebett des Sohns, des Bruders. Und nur sie, Natalja, kannte die Wahrheit. Sie waren eine Familie. Jede halbe Stunde kam eine Schwester herein, benetzte mit einem Schwamm die gesprungenen trockenen Lippen von Alexander, zählte den Puls, nickte ihnen zu, und verließ leise das Zimmer. Dann bat Alexander, sie sollten das Fenster öffnen, und Juri sprang auf und erfüllte ihm den Wunsch. Kühle Nachtluft drang herein. »Der Himmel ist heute so schön«, flüsterte Alexander, ohne die Augen zu öffnen.

Es war still im Zimmer, erfüllt von Trauer und Schmerz.

»Sollten wir nicht einen Priester holen?«, flüsterte Natalja.

»Es gibt hier keinen russisch-orthodoxen Priester«, sagte Juri flüsternd, »aber dann wollte Alexander, dass ich einen katholischen Pfarrer hole. Er hat ihm heute Nachmittag schon die Sterbesakramente gegeben.«

Am Nachmittag hatte sie noch gehofft, er könne es schaffen, und sei es nur für wenige Monate. Sie biss sich auf die Lippen, sie durfte jetzt nicht in Tränen ausbrechen. Sie sah auf Juri, der jetzt ruhig und gefasst schien. Die Hoffnung, die Qual des Hoffens, jeden Tag, sie war ausgestanden. Das Schicksal hatte entschieden, Alexander sollte sterben. Irgendwann wurde Alexander unruhig. »Geh nicht weg, bitte, Natalja, bitte …«

»Nein, Alexander, nein, ich bleibe …«

Da erhob sich Juri, strich seinem Sohn zärtlich über die Haare und überließ Natalja die letzten Momente mit Alexander. Sie beugte sich über ihn, küsste ihn auf die Lippen, die Stirn, die Wangen und wieder auf die Lippen. »Ich liebe dich, ich liebe dich … Alexander.«

Langsam wurde es hell, der Himmel verfärbte sich in einem leichten Rosa, die Kühle eines neuen, eines frischen Morgens drang ins Zimmer. »Ich habe so viele Jahre gekämpft, aber es ist so leicht zu sterben …« Jetzt öffnete er die Augen, die sie ansahen, die sie anlächelten, leb wohl, heute wird ein schöner Tag werden … leb wohl …

Die Augen schlossen sich.

Natalja blieb am Bett sitzen, sie konnte nicht aufstehen, sie wollte ihn noch ansehen. »Wo bist du hingegangen, Alexander?«, flüsterte sie. »Wo bist du jetzt?«

Da kam Juri noch einmal herein, um von seinem Sohn endgültig Abschied zu nehmen, und Natalja erhob sich und verließ das Zimmer. Draußen lehnte sie sich gegen die Wand, sie konnte einfach noch nicht gehen, nicht den Ort verlassen, an dem Alexander gerade erst gestorben war.

Als Juri herauskam, sahen sie sich stumm an. »Soll ich Sie nach Hause bringen?«

Sie schüttelte den Kopf. »Ich nehme mir ein Taxi.« Sie spürte, es war Zeit zu gehen, Juri wollte allein mit seinem toten Sohn sein.

»Ich bringe Sie nach unten«, schlug er vor, und schweigend gingen sie die Treppe hinunter und bis zum Ausgang. »Dreizehn Jahre habe ich mit meinem Sohn gekämpft, und jetzt hat er den Kampf verloren.«

»Aber in diesen dreizehn Jahren hatten Sie ihn und haben sicher auch gute Zeiten mit ihm erlebt.«

Jetzt lächelte er sie an, es schien, als nähme er sie erst jetzt richtig wahr. »Das ist richtig, dreizehn Jahre waren wir zusammen.«

Da kam die Dame vom Empfang auf sie zu. »Sie sind Natalja Laverne?«

Sie nickte.

»Da wurde eine Nachricht für Sie abgegeben, Sie sollen Ihren Cousin anrufen, wenn er Sie abholen soll. Ich kann das für Sie erledigen, Fräulein Laverne.«

»Danke, ja, aber ich will zu Fuß gehen.«

Sie verabschiedete sich von Juri und verließ die Klinik. Sie sah hinauf in den Himmel. Alexander hatte es gewusst. Es würde ein schöner Tag werden.

ACHTUNDDREISSIG

VICTORIA

Victoria und Marlies hatten sich Stühle und einen Tisch vor den Bühneneingang gestellt. Dort saßen sie und tranken Kaffee, vor sich Zettel, Notizen, Blöcke und alte Programmhefte. »Es ist schon eigenartig«, schüttelte Marlies den Kopf. »Wir können uns nicht vom Theater trennen, obwohl drinnen die Bauarbeiten begonnen haben.«

»Ja, aber hinein dürfen wir ja nicht, und unsere Besprechung in ein Lokal verlegen, das wäre ja nicht gut. Also sitzen wir hier in der Sonne und spüren die Magie des Theaters.«

Marlies beobachtete Victoria. Sie hatte am Tag zuvor die Kreditzusage bekommen. Als sie den Betrag nannte, konnte Marlies es nicht glauben. »Eine Kette ist so viel wert?«

»Sie ist noch viel mehr wert, das wird die Versteigerung im Herbst bei Sotheby's in London ergeben. Es sind legendäre Perlen einer sehr bekannten Mätresse des Fin de Siècle.«

»Und das war deine Großtante?«

»Ja, du siehst, wir sind nicht so konventionell, wie du glaubst.«

»Das denke ich doch gar nicht, aber vielleicht habt ihr Frauen eines von ihr geerbt: euch nicht zu binden, eure Freiheit zu behalten.«

»Kann sein, kann auch nicht sein«, sagte Victoria lapidar. Wenn sie sich auch bemühte, jetzt Pläne zu machen, blieben ihre Gedanken immer bei Natalja. Sie war still, in sich gekehrt. Nach der Nacht in der Klinik hatte sie ihr nur kurz mitgeteilt, dass Alexander, ihr Bruder, gestorben sei.

Sie blieb ablehnend, und so fragte Victoria nicht, wie gut sie Alexander bereits gekannt hatte, ohne zu wissen, dass es ihr Bruder sei. War er der junge Mann, mit dem sie vor vier Jahren ihre Tochter im Schneegestöber gesehen hatte?

Am gestrigen Abend dann hatte Natalja verkündet, sie ginge ab dem 10. September zurück auf das Konservatorium in Paris. Wie aber ging es Juri? Sein geliebter Sohn war tot. Sollte sie ihn besuchen, ihn umarmen, ihr Mitgefühl aussprechen? Doch das kam ihr zu einfach vor. Es würde nicht ausdrücken, wie groß ihr Mitgefühl für ihn war.

In dem Moment sah sie Juri kommen, er blieb mit Abstand stehen. Victoria sprang auf, und Marlies reagierte sofort. »Ich gehe ins *Café de Fleur*, einen Kaffee trinken, mir ist danach.« Schon war sie weg.

Juri kam näher. »Ich wollte mich verabschieden«, begann er.

»Du gehst weg?«

»Ich fahre heute Abend mit meinem Sohn ab. Wir bringen ihn nach Hause«, sagte er leise.

»Wir?«

»Meine Frau und ich. Wir treffen uns in Zürich.«

»Was heißt das, *nach Hause?*«

»Nach Sankt Petersburg. Nein, es heißt ja jetzt: Leningrad. Dort wird er in meinem Familiengrab zur letzten Ruhe gelegt werden.«

Sie schwieg. Was sollte sie schon sagen? Alles würde so banal klingen.

»Sie ist unsere Tochter, nicht wahr?« Das kam so plötzlich, so unerwartet, dass sie ihn nur überrascht ansah. »Als Alexander mich bat, eine Natalja Laverne anzurufen, da erzählte er mir, dass sie siebzehn Jahre alt sei und bei Professor Geiger Unterricht bekam.«

Plötzlich war es so leicht, die Wahrheit zu sagen. »Ja, Juri, sie ist unsere Tochter. Und sie hat dein Talent geerbt. Aber sie wusste nicht, dass Alexander ihr Bruder ist.«

»Auch er wusste nicht, dass sie seine Schwester war. Für Alexander war es in der letzten Zeit seines Lebens das Schönste, was er noch erleben durfte. Es war gut so, wie es war. Sie haben sich geliebt, beide wussten nicht, dass sie Halbgeschwister waren.«

Und da ging Victoria endlich auf ihn zu, und sie umarmten sich. Vielleicht dachten beide an den Moment im *Adlon,* als er ihr erzählte, sein Sohn habe Krebs, vielleicht dachten sie auch, wie schnell die Zeit verging und wie sehr auch sie sich geliebt hatten. Und Victoria war glücklich, dass er endlich die Wahrheit kannte, und doch war es so leicht gewesen, sich zu ihr zu bekennen.

NEUNUNDDREISSIG

Bad Lichtenberg
September 1948

DIE FAMILIE

Jetzt war es »amtlich«. Luise war Bürgermeisterin, sie hatte die Wahl gewonnen. Nach der Bekanntgabe des Wahlergebnisses am 14. September stand sie auf dem Platz vor dem Rathaus, umringt von Wählern, und nahm Glückwünsche entgegen.

Sie hatte sich auf ein neues Abenteuer eingelassen, und nun war es Realität geworden. Ab morgen bereits würde sie oben im ersten Stock des ehrwürdigen alten Rathauses hinter einem riesigen Schreibtisch sitzen und sich den Herausforderungen stellen müssen.

Große Aufgaben warteten auf sie. Während sie noch Hände schüttelte, hörte sie mit halbem Ohr, wie die Leute auch immer noch leidenschaftlich über die Währungsreform diskutierten. Die inflationäre Reichsmark gab es nicht mehr, eine neue DM war geboren. Manche waren dagegen, die meisten dafür, viele fragten sich, wie es mit dem neuen Geld weiterging.

Würde diese neue Währung Entscheidungen beeinflussen? Aber sie freute sich auf das Neue in ihrem Leben, neue Herausforderungen, war das nicht immer der Reiz ihres Lebens gewesen? Sie sah zu Johannes hinüber, der ihr lächelnd zunickte. Du hast es geschafft, so wie du alles im Leben geschafft hast. Hatte sie das? In der Liebe jedenfalls war sie gescheitert. Aber vielleicht wollte sie es nicht anders, wollte letztendlich immer frei sein, ungebunden. Sie lächelte ihrem Vater zu, der in seinem Alter auch einen Neuanfang gewagt hatte. Neben ihm stand Elisabeth, schön wie eh und je, sie lachten sich an, sie küssten sich vor allen Leuten, und jeder konnte ihr großes Glück erkennen. Nach so vielen Jahren lebten sie endlich ihre Liebe. Sie wollten auch heiraten, denn die Scheidung von Carl war ausgesprochen. Sie warfen sich also ganz in ein neues Leben.

Jetzt wurde Luise ein Glas Sekt in die Hand gedrückt, neben ihr stand ihr persönlicher Referent, Hendrik Piper, zwanzig Jahre jünger als sie und, wie sie wusste, hoffnungslos in sie verliebt. Er war hübsch und jung, und sie lächelte und prostete ihm zu. Auf gute Zusammenarbeit.

Dann suchte ihr Blick Victoria. Ihre Schwester stand ein wenig abseits, winkte Viola zu, die mit ihren Freundinnen zusammenstand und von ihren Ferien in Italien erzählte. Es hatte Luitpold und ihr sehr gut auf dem Hof gefallen, doch leben wollten sie hier, hier sei ihr Zuhause. Das hatten sie bereits, noch Kinder, ganz klar definiert. Sie hatten auch Julian in Rom besucht, hatten mit ihm im Petersdom einer Messe beigewohnt, das war das Erlebnis, das Luitpold am meisten beeindruckt hatte. Er wollte nun Priester werden, denn sein Onkel Julian, mit dem er auch in der Limousine des Vatikans fahren durfte, wurde zu seinem großen Vorbild.

Das Leben lag vor den beiden. Wie beneidenswert. Manchmal hatte Victoria das Gefühl, sie habe »ausgelebt«. Sie konnte sich doch freuen, Pläne für das Opernhaus machen. Und sie hatte ein entspanntes Jahr vor sich, denn die Bauarbeiten verzögerten sich, sodass die Wiedereröffnung erst für nächsten September geplant war. Sie hatte also Zeit, mit Marlies einen

Spielplan zu entwickeln, junge Sänger zu engagieren, all das zu machen, was ihr doch Spaß machte. Es war ihr Neuanfang. Aber wo blieb die große Freude über ein neues Leben? Doch wenn sie ehrlich zu sich war, da gab es diese fatale Sehnsucht, die sie nicht zur Ruhe kommen ließ, die ihr die Freude am Neuen nahm. Der eine Moment, als Juri sie umarmt hatte, bevor er seinen Sohn nach Russland heimbrachte, ihn auf seiner letzten Reise begleitete, der hatte genügt, um die Gefühle der Vergangenheit aufleben, vielleicht sogar neu erstehen zu lassen. Aber das war bereits vier Monate her, und sie hatte nichts von ihm gehört. Er war gegangen – kam er jemals wieder zurück? Und es erschien ihr dumm, ihm nachzureisen, nach einem Konzert am Bühnenausgang unter vielen Verehrerinnen zu stehen und auf ihn zu warten. Was hatte sie sich nur bei diesem Plan gedacht? Sie würde die Konzertkarten verfallen lassen. Sie kramte nach einer Zigarette, doch dann steckte sie sie wieder ein. Sie sollte nicht so viel rauchen, sie war nicht mehr jung und sollte endlich anfangen, auf sich zu achten.

Sie sah zu Natalja hinüber. Sie trug die Haare streng nach hinten frisiert und meist hochgeschlossene Blusen oder leichte Pullis. Sie war erst siebzehn Jahre alt, und sie hatte einen ganz eigenen Stil entwickelt. Sie war erwachsen und selbstständig geworden. Das hatte Victoria doch immer gefördert. Übermorgen fuhr Natalja nach Paris, um ihr Studium am Konservatorium fortzusetzen. Sie würde bei dem Ehepaar Malraux leben, Freunde von Professor Geiger. Alles war gut. Oder doch nicht?

Auch für Natalja begann ein neuer Lebensabschnitt. Es war gut, wie es war, das sagte sich Victoria immer wieder vor. Es war gut für Natalja zu gehen, nicht hierzubleiben, an dem Ort, der sie an Alexander erinnerte, an dem sie sein Sterben miterlebte. Alexander, der junge Mann, in den sie sich so heftig verliebt hatte. Alexander, der ihr Halbbruder gewesen war.

Es war spät geworden, die Feier ging zu Ende, das Büfett wurde abgeräumt, die Schilder mit Luises Foto eingesammelt.

Johannes kam zu Victoria herüber. »Wir wollen noch oben in der Villa ein wenig weiterfeiern, kommst du?«

VIERZIG

Bad Lichtenberg–Paris

NATALJA

Jetzt also saß sie im Zug nach Paris. »Grüß mir die Mona Lisa«, hatte Luise ihr beim Abschied zugeflüstert, als sie ihre Nichte gar nicht mehr aus der Umarmung freigeben wollte.

Paris. Ihre neue Heimat, die Stadt, in die sie damals nicht mehr zurückkehren wollte, aber auch die Stadt, die sie liebte. Heute Abend also würde sie an der Gare Lyon ankommen und von dem Ehepaar Malraux abgeholt werden. June hatte ihr geschrieben, sie könne doch wieder zurück in die Pension kommen, ein Zimmer sei noch frei. Sie würde es sich überlegen, hatte sie geantwortet.

Als der Zug bei Straßburg hielt und die Zollbeamten den Zug bestiegen, holte sie einen Brief aus ihrer Handtasche. Er war von Juri. Ihrem Vater.

Liebe Natalja,
ich bedanke mich, dass Sie damals Alexander in den letzten Stunden begleitet haben. Er hat Sie geliebt, wie Sie ihn sicher auch geliebt haben.
Bitte verzeihen Sie, dass ich mich erst daran gewöhnen muss, eine Tochter zu haben. Ich bedanke mich auch bei Ihrer Mutter, dass sie geschwiegen hat, als das Sterben von Alexander begann, als wir wussten, es gibt keine Hoffnung mehr.

Ich habe mich in den letzten Wochen oft gefragt, wie ich reagiert hätte, hätte ich früher gewusst, dass ich eine Tochter habe. Ich weiß es nicht. Meine ganze Liebe gehörte meinem Sohn Alexander.
Ich habe von Professor Geiger erfahren, wie begabt Sie sind, und das lässt mich doch auch stolz werden. Auch, dass das Conservatoire in Paris Sie mit so offenen Armen aufnimmt. Am 13. Dezember beginne ich mit Verzögerung meine große Europatournee, das erste Konzert findet in Paris, im Salle Pleyel, statt. Dort wird eine Karte für Sie liegen. Vielleicht könnten wir uns anschließend sehen, uns dann näher kennenlernen, und zwar über die Musik, die uns beiden so viel bedeutet. Es wäre ein schöner Anfang einer Vater-Tochter-Beziehung. Ich lege die Adresse meiner Konzertagentur bei, über die Sie mich jederzeit erreichen können.
Ich hoffe, dass wir uns in Paris sehen.
Juri

Natalja steckte den Brief wieder ein. Ja, sie würde am 13. Dezember in sein Konzert gehen und dann auf ihn warten. Und ja, es war richtig, wie er sich verhielt, sie hätte es nicht anders gewollt. Keine Duzerei, kein, ach wie schön, du bist meine Tochter …

Man musste sehen, ob eine Vertrautheit, eine Verbundenheit entstehen würde. Eines würde sie sich wünschen, nämlich einmal nach Russland zu fahren, denn letztendlich war sie Halbrussin. Und sie beherrschte die Sprache. Jetzt lächelte sie und sah hinaus in die Landschaft, die an ihr vorbeiglitt. Victoria hatte ihr ausführlich von dem Moment erzählt, als sie Juri mit seiner Frau im *Adlon* kurz getroffen hatte, von der spürbaren Verzweiflung des Ehepaars, dessen Kind in der Charité an

Krebs operiert werden sollte. Natalja verstand ihre Mutter, dass sie in diesem Moment von Juris Verzweiflung nicht hatte damit herausplatzen können, er habe eine fünfjährige Tochter. Es war richtig, wie alles gekommen war. Wie hätte sie sich verhalten, wenn sie gewusst hätte, dass der junge Mann, in den sie sich so heftig verliebt hatte, ihr Bruder war? Auch er hatte sie geliebt, und sie hatte ihn geküsst, wie man einen Bruder nicht küssen sollte. Das hatte sie Luise erzählt. Doch Luise war nicht entsetzt gewesen, vielmehr hatte sie sie in den Arm genommen und gefragt, ob sie denn bereits ganz genau wisse, dass er ihr Bruder sei? Nein, nicht so ganz, aber irgendwie …

»Du hast es also nicht gewusst, nicht wirklich, und außer dem Kuss ist doch nichts passiert. Und Alexander starb, ohne es zu erfahren. Er hatte sicher die letzten schönsten Momente in seinem jungen Leben mit dir erlebt, das ist es, was zählt.«

Es war kein Tag vergangen, an dem sie nicht an Alexander gedacht hatte. Aber in dieser Zeit hatte sie erkannt, dass Musik half, Schmerz zu verarbeiten, in manchen Stunden auch ganz zu vergessen. Oft spielte sie die Mondscheinsonate und erinnerte sich an den Moment im Dezember vor vier Jahren, als sie mit ihm zusammenstieß. Und dann lächelte sie und klappte den Auszug auf, der von damals immer noch wellig vom ersten Schnee gewesen war.

Natalja lehnte sich im Polster ihres Sitzes zurück und schloss die Augen. Sie fuhr nach Paris, in ihr neues Leben, in ihre Freiheit. Und sie freute sich auf die Arbeit, zusammen mit anderen Studenten, mit jungen Musikern, die ein kleines Orchester bildeten und mit denen sie zusammen kleine Konzerte geben oder auch nur üben konnte. Sie würde arbeiten, und die Musik würde ihr auch weiterhin helfen, sich an das Schöne zu erinnern.

EINUNDVIERZIG

Bad Lichtenberg

VICTORIA

Luise hatte ein Treffen im *Palmengarten* vorgeschlagen. Sie wolle nicht ins *Café de Fleur,* da saßen um diese Uhrzeit so viele Angestellte des Rathauses, und in den *Deutschen Kaiser* wolle sie in der nächsten Zeit auch nicht gehen. »Jeder dort will wissen, ob ich es nicht bereue, nicht mehr Direktorin zu sein.« Das sei ihr jetzt mehrmals passiert, also bitte nicht den *Deutschen Kaiser.*

Als Victoria im *Palmengarten* ankam, fiel ihr auf, dass am Eingang jetzt ein Flügel stand und ein Pianist mit seinem Spiel die Unterhaltung der Gäste des *Palmengartens* untermalte.

Sie sah sich um, entdeckte Luise und setzte sich ihr gegenüber. »Hast du den Pianisten bemerkt? Das ist neu, oder?«

Luise nickte. »Ja, wir im Rathaus haben beschlossen, ein wenig Nostalgie in den Ort zurückzubringen. Genau wie ein neuer Pavillon der Vögel geplant ist, ein junger Ornithologe wurde von uns engagiert.« Sie wechselten einen schnellen Blick. »Olga Reimann ist Geschichte«, erklärte Luise, »sie ist abgereist. Aber, sag mir, Vic, wie geht es dir?«

Was sollte Victoria darauf antworten? »Gut, wirklich, wir kommen in der Planung voran. Vor allem will ich neue Sänger engagieren.«

»Du wirst aus dem Opernhaus etwas ganz Besonderes machen, wie du es damals auch mit deinem Showtheater getan hast.«

»Jaja, schon gut«, wehrte Victoria ab. Schweigend trank sie ihren Kaffee. »Weißt du«, sagte sie dann leise, »seit ein paar Tagen erinnere ich mich immer an damals.«

»Was heißt das, *damals?*«

»Heute ganz besonders. Es ist September, aber genauso ein schöner Tag wie im August 1914.«

Warum kam die Erinnerung so stark, so lebendig zurück? Sie würde sich nie davon lösen können.

»Weißt du«, erzählte sie ihrer Schwester, »im August 1914 saß ein junger Pianist hier am Eingang und spielte den *Liebestraum,* nur für mich. Ein schöner junger Mann. Und nie wieder hat ein Pianist diese Komposition so schön gespielt wie er. Damals begann unsere Liebesgeschichte.«

Sie schwieg, und da fiel ihr auf, dass die Gespräche im *Palmengarten* verstummten. Sie hörte nur eines, oder täuschte sie sich? Jemand spielte den *Liebestraum,* und zwar so virtuos, wie ihn doch nur …

Sie saß mit dem Rücken zum Eingang. Langsam drehte sie sich um. Es konnte doch nicht sein – dort saß Juri, und sie sah ihn, wie er früher und wie er jetzt war. Ihr Juri. Und er spielte für sie.

»Hast du das gewusst?«

Luise strahlte. »Er hat mich gebeten, das Treffen zu arrangieren.«

Victoria erhob sich, lief auf ihn zu und sah ihn an. Es schien, als sei es wieder Sommer 1914. »Damals«, flüsterte sie, »war es der Beginn unserer Liebe …«

»Und sie ist noch nicht zu Ende«, flüsterte Juri ihr zu, während die letzten Klänge des *Liebestraums* verklangen.

Von der Ruhe vor dem Sturm:
Teil 2 des historischen Familienromans
»Die Chronik der Familie Laverne«

KATJA MAYBACH

SCHICKSALS STUNDEN

ROMAN

1930: Der 1. Weltkrieg ist überstanden, die Schwestern Luise und Victoria Laverne wagen einen Neuanfang, nachdem der Tod ihres geliebten Bruders Franz in der Schlacht an der Somme die Familie in eine tiefe Depression gestürzt hatte. Victoria geht gegen den Willen der Familie nach Berlin und feiert in der lebenshungrigen Hauptstadt erste Erfolge als Kostümbildnerin für Shows und Filme. Luise hingegen gelingt es, das Kurhotel Deutscher Kaiser nach dem schlimmen Brand allmählich aufzubauen, und ist endlich wieder verliebt – in einen jüdischen Architekten. Da immer mehr Angehörige der NSDAP in den Kurort kommen, um sich zu erholen, ist die Situation nicht einfach. Und plötzlich erscheint die sechzehnjährige Olga, Enkelin des Brandstifters, auf der Bildfläche. Sie will die Rachetat ihres Großvaters vollenden und die Familie Laverne zerstören …